谨以本书纪念贵州建省600周年
本书由贵州省社会科学院资助出版

GUIZHOU MINJIAN
GEYAO GAILUN

◎ 何积全 著

贵州民间歌谣概论

中央民族大学出版社
China Minzu University Press

图书在版编目（CIP）数据

贵州民间歌谣概论/何积全著. —北京：中央民族大学出版社，2013.12

ISBN 978-7-5660-0584-7

Ⅰ. ①贵⋯ Ⅱ. ①何⋯ Ⅲ. ①民间歌谣—文学研究—贵州省 Ⅳ. ①I207.7

中国版本图书馆 CIP 数据核字（2013）第 284864 号

贵州民间歌谣概论

著　　者	何积全
责任编辑	李　飞
封面设计	布拉格
出 版 者	中央民族大学出版社
	北京市海淀区中关村南大街27号　邮编：100081
	电话：68472815（发行部）　传真：68932751（发行部）
	68932218（总编室）　　　68932447（办公室）
发 行 者	全国各地新华书店
印 刷 厂	北京宏伟双华印刷有限公司
开　　本	787×1092（毫米）　1/16　印张：17.75
字　　数	300千字
版　　次	2013年12月第1版　2013年12月第1次印刷
书　　号	ISBN 978-7-5660-0584-7
定　　价	42.00元

版权所有　翻印必究

目 录

第一章　贵州民间歌谣的起源和发展 ……………………（2）
　　第一节　贵州民间歌谣溯源 ………………………………（2）
　　第二节　贵州民间歌谣的体式及其变化 …………………（26）
　　第三节　贵州各民族的文化交流 …………………………（34）

第二章　贵州民间歌谣的分类 ……………………………（41）
　　第一节　劳动歌 ……………………………………………（41）
　　第二节　仪礼歌 ……………………………………………（50）
　　第三节　生活歌 ……………………………………………（83）
　　第四节　时政歌 ……………………………………………（98）
　　第五节　情　歌 ……………………………………………（110）
　　第六节　儿　歌 ……………………………………………（118）

第三章　贵州民间歌谣的特点 ……………………………（126）
　　第一节　民族性 ……………………………………………（126）
　　第二节　地域性 ……………………………………………（134）
　　第三节　立体性 ……………………………………………（141）
　　第四节　群体性 ……………………………………………（150）

第四章　贵州民间歌谣的价值 ……………………………（152）
　　第一节　贵州民间歌谣的实用价值 ………………………（152）
　　第二节　贵州民间歌谣的审美价值 ………………………（193）

第五章　贵州民间歌手与歌谣的传承 ……………………（237）
　　第一节　贵州民间歌手 ……………………………………（237）
　　第二节　贵州民间歌谣的传承 ……………………………（258）

第六章　贵州民间歌谣的搜集、翻译和保护 …………………… (263)
第一节　贵州民间歌谣的搜集 ………………………………… (263)
第二节　贵州少数民族歌谣的翻译 …………………………… (270)
第三节　贵州民间歌谣的传承和保护 ………………………… (274)

主要参考书目 …………………………………………………… (277)

后　记 …………………………………………………………… (279)

贵州民间歌谣包括民歌和民谣两部分。《诗经·魏风·园有桃》毛诗说："曲合乐曰歌，徒歌曰谣。"即是说乐歌是歌声与乐器配合的，徒歌则不是。随着诗歌与乐器的逐渐分离，人们习惯上把能歌唱的民间歌谣叫民歌，把能吟诵的叫民谣。民间歌谣有广义和狭义之分，广义的民间歌谣，包括史诗、叙事和抒情长诗、抒情短歌等以歌唱、吟诵为主的韵文体作品；狭义的民间歌谣，专指用于歌唱、吟诵的以抒情为主的短篇韵文。本书研究的民间歌谣，主要取狭义。

贵州民间歌谣十分丰富。这从黔北地区汉族、仡佬族的民歌《比歌才》和天柱县侗族的《要我唱歌就唱歌》中可见其一斑。《比歌才》中，甲唱："你的山歌没几首，我的山歌几挞斗，那年耗子抠个洞，漏出几千几万首。"乙唱："你歌没有我歌多，我的山歌用牛拖，枷担纤索被拖断，只见山歌滚满坡。"《要我唱歌就唱歌》中说："要我唱歌就唱歌，我唱的歌用船拖，不信你拿船装看，百八只船够你拖。"虽然有所夸张，但贵州民间歌谣"多又多"，却是不争的事实。在贵州的许多地方，特别是少数民族地区，可以称得上是歌的海洋，诗的世界。人们以歌代言，以歌明理，以歌抒情，以歌立法。歌谣在相当长的时间里在各民族的文化生活中占据了中心地位。这些民间歌谣，是贵州各族人民心声的流露，是贵州各族人民生命力的展示。它反映了贵州各族人民各个时期的社会生活，表现了贵州各族人民各个时期的思想感情，有着深厚的文化底蕴。

贵州民间歌谣作为人类非物质文化遗产的重要组成部分，它凝结着贵州各民族的民族精神和民族情感，承载着贵州各民族的文化血脉和思想精华，它是贵州各民族的精神家园，有着无可取代的重要价值。研究贵州民间歌谣，搞清它的内容、特点、功能及其发展状况，对于促进歌谣本身的发展提高，对于丰富贵州各族人民的精神生活，以及保护这一重要的非物质文化遗产，继承和发扬贵州各民族文化的优秀传统，都是有重要意义的。

第一章 贵州民间歌谣的起源和发展

第一节 贵州民间歌谣溯源

早在几十万年前，在贵州这块美丽而神奇的土地上，就有人类活动。黔西观音洞旧石器遗址、桐梓岩灰洞旧石器遗址的发掘，充分证明了这一点。以后，"水城人"、"兴义人"、"穿洞人"、"马鞍山人"、"桃花洞人"、"白岩脚人"、"福洞人"等人类化石的面世，更证明了人类在这块土地上的生生不息、发展壮大。

这些原始人在贵州高原上创造赖以生存的物质财富的同时，也创造了让人身心愉快的精神财富。包括歌谣在内的原始艺术，便是这些精神财富的一种。这些原始艺术是怎样产生的？古今中外众说纷纭，有摹仿说、巫术说、游戏说、性爱说等等。应该承认，以上诸说对原始艺术的起源都有一定的关系。就歌谣而言，劳动歌起源于生产劳动，礼仪歌起源于宗教礼仪，而情歌的产生则与人们的性爱有关……在某种程度上说，歌谣的产生是多元的。但就最根本的原因和最直接的动力而言，却是人类的生产劳动。因为在生产力极端低下的原始社会中，人们为了生存、活命，就必须劳动。劳动几乎占去了人们的大部分精力和时间，成为人们生活的最基本、最主要的内容。劳动中那种感情的宣泄、那种野性的呼喊，可能就是歌谣的萌芽。这些歌谣显然不是纯粹以审美的动机出发的，而是以实用的功利为目的的，正如鲁迅在《门外文谈》中所说的："我们的祖先的原始人，原是连话都不会说的，为了共同劳作，必需发表意见，才渐渐地练出复杂的声音来，假如那时大家抬木头，都觉得吃力了，却想不到发表，其中有一个叫道'杭育杭育'，那么，这就是创作；大家也要佩服，应用的，这就等于出版；倘若用什么记号留存了下来，这就是文学；他当然就是作家，也是文学家，是'杭育杭育派'。"[①]

再有，作为原始艺术的歌谣的起源，与原始人对节奏的感觉有直接的关

---

① 《鲁迅全集》第6卷，第75页，北京：人民文学出版社，1959年。

系。可以说，节奏感是歌谣缘起的中介。而这节奏感的出现又与劳动有着密切的关系。因为强烈的节奏感，不仅可以使劳动者步调协同一致，而且可以减轻人们精神和心理上的紧张和疲劳。19世纪末德国经济学家毕歇尔就这样说过："在劳动中，原始人在歌咏方面所迈出的第一步，并不是按某些音节的抑扬规则将富有意义的词排列起来，使自己思想感情达到快适并使别人能够理解，而是一种半劳动性的歌声相适应的序列，以便加强给他带来轻松化的感情，提高积极的情趣。第一批劳动歌谣是由构成语言和词的原始材料的那种简单自然音响组成的，这样形成的歌谣，只是由无意义的音响序列构成，在其表演过程中只把这种音乐效果和声音节奏作为运动节奏的支承材料来看待。为什么这两种节奏相互间具有一致性呢？这种必然性是由对呼吸的共同依赖关系决定的。"① 俄国文艺理论家普列汉诺夫也说："节奏具有真正巨大的意义。""对于节奏的敏感，是原始人类在长期的生产斗争中形成的心理和生理本性的基本特质之一。""在原始部落里，每种劳动都有自己的歌，歌的拍子总是十分精确地适应于这种劳动所特有的生产动作的节奏。"② 可见节奏是歌谣构成的一个因素。而古歌谣很多节奏又来源于劳动的步调和劳动工具发出的声音。传统民间歌谣作为古歌谣的传承，自然与节奏有着密切的关系。贵州高原上既然早就有人在这里生活，人们为了生存，就必须劳动，在劳动中歌谣的产生就是不可避免的事了。

贵州民间歌谣究竟产生于何时？由于史籍没有这方面的记载，已无可稽考。

成书于1700多年的《华阳国志》记载的一首描写川滇黔边境山川险恶、道路崎岖的歌谣，有学者认为与贵州有关。《华阳国志》写道：自僰道至朱提，有水、步道。水道有黑水及羊官水，至险难行。步道（渡）三津亦艰阻。故行人为语曰：

犹溪、赤木，
盘蛇七曲；
盘羊、乌拢，
气与天通。

---

① 卢卡契：《审美特性》，第1卷，第213—214页，北京：中国社会科学出版社，1986。
② 《普列汉诺夫美学论文集》，第1卷，第338—339页，北京：人民出版社，1983。

> 看那濮泚，
> 往柱呼尹［伊］。
> 庲降贾子，
> 左儋七里。

民歌用"盘蛇七曲"形容犹溪、赤木两条河溪的蜿蜒曲折，用"气与天通"，形容盘羊、乌拢这两座大山的高峻挺拔。看那"往柱呼伊"，说出行人跋山涉水，汗流浃背。"庲降贾子，左儋七里"，写出商人经过这里，挑的担子七里也不能换肩。民歌用简洁、明快的语言，把这一带山川险峻、道路崎岖的境况生动地表现了出来。莫友芝在《黔诗纪略》中采录了这首民歌，并在按语中说："汉庲降都督，在今大定府（现大方县），而威宁州亦有汉晋南广、朱提地。明初置乌撒卫，连城于乌龙箐卫，即今州城。乌龙，即乌拢也。"并认为：这是贵州汉族最早的民间歌谣，"贵州歌谣之古，无过此者。附书以溯风原。"

对于莫友芝的"按语"，学术界有不同看法。有的学者认为："僰道"，是现在的四川宜宾，而"朱提"是今天的云南昭通。从"僰道"至"朱提"，无论走水路或行步道，都不经过现在的贵州。

笔者认为，"僰道"至"朱提"，从郡治所在地来看，确实与现在的贵州没有多少关系。然而民歌并没有说是从这个郡治所在地到那个郡治所在地。古代一个郡治，管辖了很大一片地方。以"朱提"而论，从东汉至南北朝，它管辖的地方包括了现在贵州的威宁。民歌中提到的"乌拢"，就与威宁有关。《威宁彝族回族苗族自治县概况》说："乌撒卫城座落于乌龙箐之背。乌龙箐原是一片苍翠的林带，前有茫茫草海，后有莽莽青山。"与莫友芝"明初置乌撒卫，连城于乌龙箐卫，即今州城。乌龙，即乌拢也"的说法是一致的。况"庲降都督府"在蜀汉时曾设在平夷（今贵州毕节），以后又迁至味县（今云南曲靖）。而庲降都督府，在魏晋南北朝时，所辖有越巂、朱提、建宁、永昌、云南、兴古、牂牁等郡，涵盖了今天贵州的部分地区。笔者推测：从"僰道至朱提"这条步道，与秦代开始修筑，汉时唐蒙、司马相如督修的"五尺道"有关。据史学家考证，这条"五尺道"，从今天四川的宜宾开始，经高县、拱县、筠连，入云南境过盐津、大关、彝良、昭通，经过贵州的威宁、赫章，再入云南的宣威、曲靖。这是贵州最早的官道，它沟通了当时的贵州与巴蜀、滇的联系。虽然这条道路行走艰难，但来往的行人一直很多，其中就包括了以生意买卖为业的商贾。《史记·西南夷列传》就载有："巴蜀民或窃出商贾,取其笮马、僰僮、髦牛,以此巴蜀殷富。"

从书面文字记载来看,这确实是贵州汉族最早的民间歌谣,但从实际情况来看,并非如此。因为民间歌谣是活态的口头文学,它的传播方式是口口相传,许多没有被文字记载下来。加之在长期的历史进程中,人民大众受反动统治阶级的压迫和剥削,没有读书学习的机会,对自己创作的歌谣不能用文字加以保存;就是有个别读过书的人,也因为受封建统治阶级的影响,对民间文学十分轻视,认为民间歌谣不过是"田夫野竖寄兴之所为",不屑于加以记录。因而不能说,《华阳国志》记载的那首民歌是最"古"的。1972 年,从黔西县罗布夸发掘出来的一个东汉时期的说唱俑便可说明这一点。这个说唱俑,身着圆领长袍,正襟危坐,两腿分开,左手扶膝,右手向上做手势,面对观众,正在说唱。1987 年,在兴仁县发掘出西汉的抚琴俑,身着右衽宽袖衣,内着圆领衫,头戴平巾帻,双膝并拢着地,作跪坐姿势,正在用手拨弄琴弦。文学是现实生活的反映。谁能否认,他们在说唱、弹琴的内容中没有民间歌谣呢?

遗憾的是,从魏晋南北朝到明代贵州建省前,文献古籍中缺乏有关贵州民间歌谣的记载。究其原因,主要是这段时期贵州还不是一个单一的行省。就以元朝而言,现今贵州这块土地当时还分属于湖广、四川、云南。这样一来,没有专门机构、专门人员来"采风",加之文化滞后,使得许多民间歌谣散落民间,没有被采录下来。

1413 年(明永乐 11 年)贵州建省后,贵州民间歌谣的发展进入到一个新的发展阶段。从地域的角度看,由于行省的建立,各民族的民间歌谣这才纳入到"贵州"的范围。换句话说,这才有了真正的、名符其实的贵州民间歌谣。

莫友芝在《黔诗纪略》中辑录了一些明代贵州的民间歌谣。在这些歌谣中,有的是反映当时的时政的。如《邻水杨歌》:

邻水杨,
但愿年年巡贵阳。
贪污畏法,
军民安康。

赞颂了邻水人杨纯在明代成化年间作贵州巡抚时的政绩。他敢作敢为，"敏决如流"，从而使得"贪污畏法"，军队、民众生活极为安定。

然而这只是莫友芝在文献中查找得来的汉族歌谣，在贵州歌谣的海洋中，它只是微小的一滴。这时期的贵州歌谣特别是贵州少数民族的歌谣是异常丰富的。

到了清代，封建王朝加强了对贵州各民族的统治，被诬为化外之地的地方逐渐减少。这在一定程度上加速了各民族政治、经济、文化上的联系，促进了贵州民间歌谣的发展。清田雯在他的《黔书》中谈到贵州的风俗时曾写道："城南城北接老鸦，细腰社鼓不停挝。踏歌角抵蛮村戏，椎髻花铃唱'采茶'"。这里的"唱采茶"，说的就是唱民歌。采茶，是民歌的一种调子。这时期，贵州的民间歌谣已非常丰富。从现今查到的资料中可以看到，有抬物的劳动号子：

> 洋洋坡，慢慢梭；
> 抬头一望，还有坡上；
> 越上越陡，上去就好走；
> 两边虚空，脚踩当中；
> 当中有个眼，脚踩两边点；
> 当中有个坑，各踩各小心。[1]

有破除迷信的劝诫歌：

> 张算命，李算命，
> 当下听来句句真。
> 啥子"父在母先亡"？
> 两头有理欺骗人。
> 你要信，你去信，
> 我有猪头不敬神。
> 与其拿钱去丢水，

---

[1] 贵州省石阡县地方志编纂委员会：《石阡县志》，贵阳：贵州人民出版社，1992。

不如赈济讨口人。①

有荒年弃婴的苦情歌：

> 田开口，交租愁，
> 饥荒难把我儿留。
> 睡盆子，娘心忧，
> 儿飘水上谁来收？
> 锦江水，慢慢流，
> 免得我儿撞石头。
> 锦江浪浪别山高，
> 免得我儿撞岩包。②

有动人的情歌。《遵义府志》载："上元时，乡人以扮灯为乐，用娇童作时新妆，随月逐家，双双踏歌，和以音乐，艳似灯火，抑扬俯仰，极态增妍，谓之'闹元宵'。其中所唱《十二月采茶歌》：'二月采茶茶花开，借问情郎何处来。''三月采茶茶叶青，茶树底下等鸳鸯'。音词清婉，莫祥所自。"

引人注目的，是反映现实的时政歌。这时期，由于统治阶级压迫的深重，社会各种矛盾的加深，使得时政歌不断增多。如流传在黔西、大方一带的《歪嘴歌》：

> 皇仓多少水西米？
> 皇仓多少水西财？，
> 我们三族九寨人，
> 笔笔都在心中揣。
>
> 哪家官来心肠好？
> 哪家官来心肠歹？
> 我们三族九寨人，

---

① 黔西县政协文史组、县志编委办公室：《水西文史资料》，第二集（内部资料）。
② 贵州省江口县地方志编纂委员会：《江口县志》，贵阳：贵州人民出版社，1994。

慧眼识人看不歪。

过去往来几十代，
吴王杀人万坑埋。
我们三族九寨人，
铁板钉钉记心怀。

任你钢刀有多快？
难断江水卷龙来；
我们三族九寨人，
誓将尔头挂白岩。①

表达了清朝初期贵州民众对吴三桂带兵入黔、滥杀无辜的愤恨和抗议。身为清廷平西王总管的吴三桂，为了镇压水西彝族安坤起事，召集云南、贵州各镇守兵讨伐，所到之处，为非作歹，这首《歪嘴歌》，本来叫《万嘴歌》，反映了上万民众对吴三桂残酷镇压水西义军的不满。扬言凡再唱此歌者，抓到后将押至校场五马分尸。然而人民的怒火是扑不灭的，歌声像冲翻大堰的洪水，遍布开来。

又如流传在黔西一带的《慢慢瞧》：

新官上任心肠好，
擦亮眼睛慢慢瞧，
等他任满路边看，
金银财宝几十挑。②

对新任官吏贪赃枉法、肆意敛财的行径进行了辛辣的嘲讽和无情鞭挞。
再如流传在江口的《同治元年起》：

同治元年起，

---

① 黔西县政协文史组、县志编委办公室：《水西文史资料》，第二集（内部资料）。
② 黔西县政协文史组、县志编委办公室：《水西文史资料》，第二集。（内部资料）

> 米卖二吊几，
> 顿顿吃稀饭，
> 夜壶冲破底。①

把咸同起义失败后江口一带老百姓的痛苦生活淋漓尽致地表现了出来。清代咸丰、同治年间，贵州各族人民不甘清朝统治者的剥削和压迫，爆发了声势浩大的农民大起义。清朝统治者调集了湖广、四川等地的清军进行镇压。活跃在江口上五洞一带的"红号军"被镇压后，人民穷得"顿顿吃稀饭，夜壶冲破底"，写出了老百姓当时穷苦困顿的生活。

流传在黔西汉族群众中的《闯教堂》，更是反映了19世纪60年代初至20世纪初贵州人民反教会侵略的如火如荼的斗争：

> 洋人占地铲桑麻，
> 百姓举刀闯教堂；
> 吓得神父钻狗洞，
> 州官发抖像筛糠。②

"洋人占地铲桑麻"，揭露了外国传教士恣意妄为、横行不法的行为，"百姓举刀闯教堂"，表现了群众怒不可遏、奋起反抗的斗争，"吓得神父钻狗洞，州官发抖像筛糠"，说明了群众对教会与包庇教会的官府的斗争取得了初步的胜利。这首民歌，折射出当时贵州人民风起云涌的反资本主义列强利用宗教从事的侵略活动，有着重要的史料价值。

流传在松桃一带的《茶灯十字调》，对清朝末年贵州、湖南交界地方的政治变革作了最生动、最直接的反映：

> 一字写来像根棍，
> 湖南有座凤凰城。
> 凤凰城内酒肉臭，
> 城外白骨多寒心。

---

① 贵州省江口县地方志编纂委员会：《江口县志》，贵阳：贵州人民出版社，1994。
② 黔西县政协文史组，县志编委办公室：《水西文史资料》，第二集。

二字写来二横长，
中山先生游西洋。
西洋游回返祖国，
倡导主义撵帝王。

三字写来有长短，
穷不造反苦更苦
一年到头不如牛，
敲诈勒索何日止。

四字写来不留门，
凤凰驻有八千兵。
八千镇压石柳邓，
柳邓用兵真如神。

五字写来方方正，
凤凰道台朱益凌，
益凌是个清奴才，
不斩何能平民愤。

接着民歌唱到哥老会揭竿而起，革命的火焰燃烧了起来。号召广大民众要齐心协力，与清军血战到底。男人理应奋勇当先，妇女也要像穆桂英那样驰骋疆场。并告诉大家：他们的斗争并不孤立，中山先生已在各地领导民众起义。民歌最后落脚到松桃，道出了松桃当时的景况：

十字写来线穿针，
松桃成立光复军。
义军攻下凤凰厅，
杀猪（朱益凌）宰羊（杨让梨）快人心。

民歌鼓动民众要跟随孙中山投身革命，推翻帝制，光复中华：

>我把十字唱完了，
>还得宣讲中山名，
>三民主义他提出，
>民族民权与民生。
>
>众位兄弟听清了，
>推翻清帝志成城，
>踊跃参加"光复军"，
>踊跃参加"光复军"。

歌谣采用西南地区流行的曲调《茶灯十字调》，表现了辛亥革命前夕湘黔地区"山雨欲来风满楼"的革命形势。把这些民歌连接起来审视，不难看出它有"诗史"的价值。

1911年辛亥革命后，贵州民间歌谣的发展出现了一个高潮。这时期，贵州各民族不仅政治、经济、文化的交流日趋频繁，而且共同的遭遇把大家的命运联系在一起。这突出表现在时政歌有如雨后春笋般地涌现了出来，充满着浓厚的时代气息。时政歌的涌现，一方面说明当时政治的腐败，民众已经忍无可忍；另一方面说明民众正在觉醒，大量用歌谣来表明自己的观点。如流传在贵阳、兴义的《民国十八年》：

>民国十八年，
>汉版十八圈，
>好个十八子，
>才坐十八天。
>
>苦了老百姓，
>到处断火烟，
>要问他是谁？
>省长李晓炎。

这首以童谣形式出现的民谣，揭示了贵州军阀周西成同李晓炎之间的斗争以及给人民带来的灾难。1929年，贵州出现了军阀混战。李晓炎虽然打死了周西成，但只当了十八天"省主席"就无力支撑政局了，迫不得已只好让给毛光翔。"苦了老百姓，到处断火烟"，深深地道出了军阀之间尔虞我诈、争权夺利的争斗给人民群众带来的痛苦。

再如流传在遵义一带的《红军恩情比天高》：

> 三五年，腊月间，
> 风吹乌云见青天，
> 白军听说红军到，
> 夹起尾巴喊皇天；
> 红旗飘，红军到，
> 干人个个都欢笑。
> 财主金银分不完，
> 猪牛羊羔随你要；
> 红军好，红军好，
> 打富济贫变世道，
> 家家户户都在说，
> 红军恩情比天高。

1935年，中国工农红军长征到达遵义，带领人民打土豪，分浮财，搞得红红火火。长期在地狱中生活的贵州人民"风吹乌云见青天"，打心眼里拥护红军、感谢红军。民歌从一个侧面反映了红军到达遵义后"打富济贫"的活动，表现了遵义人民对红军的感激和爱戴之情。

1948年，国民党在贵州的统治越来越腐朽，物价飞涨，货币大贬值，贫困和饥饿严重地威胁着广大人民。为了发泄心中的不满，习水县的民众在共产党地下组织的领导下，借用花灯调子，编歌唱道：

> 正月是新年，
> 干人真可怜。
> 莫得礼品去拜年，
> 只得打裸连。
> （裸连：方言，随身附和之意。）

心想走他乡，
别处去沾光。
这个年头难得过，
到处是灾荒。

二月惊蛰天，
干人受熬煎。
保长又在划圈圈，
把你壮丁编。
拿钱把你放，
无钱拿米来。
我只为无钱把命抵，
丢下儿和女。

三月是清明，
干人好遭孽，
几张烂片片，
穿的衣裳都莫得。
金圆券是王光光，
（金圆券：国民党政府发行的一种纸币。王光光：假过场。）
越出越大张。
油盐柴米拼命涨，
生活怎下场？

四月正栽秧，
干人没主张。
转来转去找绅粮，
求他生个方。
绅粮在盘算，
一斗硬要还两斗，
整得好沉痛，
泪向肚中流。

五月是端午,
干人实在苦,
想打酒来又无钱数,
粽子没得煮,
搞点包谷面,
熬锅稀汤汤。
吃点海椒都没盐,
想起真可怜。

六月太阳大,
干人没办法,
不去帮人把力下,
饭碗要打瞎。
天亮就下田,
累得周身垮,
汗水跟倒背沟流,
跟人作牛马。

七月烧伏纸,
干人没钱使。
帮个短工买叠纸,
报答娘老子。
青黄不接扣,
一碗四季豆。
叫声老人不要愁,
将就来领受。

八月收庄稼,
干人把粮差,
帮了这家帮那家,
转得眼睛花。

才把包谷收,
又打包谷子。
周身晒脱皮,
还是不得息。

九月是重阳,
干人好凄凉。
一年庄稼还老账,
得根光棒棒。
粮食刚收完,
款子又来了,
苛捐杂税少不了,
不缴不得了。

十月小阳春,
干人好伤心。
要想大家不当兵,
只有躲拉兵。
躲又躲不脱,
大家要联合。
只要大家一条心,
不怕保长捉。

冬月冷冻大,
天上飘雪花。
干人挨饿没抓拿,
另外想办法。
同是父母生,
贫富大不均。
反抗剥削求生存,
只有来斗争。

>　　腊月雪纷飞，
>　　干人要革命。
>　　打倒土豪和劣绅，
>　　好把田土分。
>　　拥护共产党，
>　　成立新政府，
>　　这个年头真民主，
>　　干人无痛苦。①

诉说了干人——穷苦百姓一年十二个月的痛苦，揭露了社会的不公平、不合理，道出了人民只有起来革命才能过上幸福的生活的真理。

新中国成立后，是贵州民间歌谣发展的一个新的里程碑。贵州各族人民同全国人民一样，成了国家的主人。随着贵州人民政治和经济地位的根本改变，贵州民间歌谣也产生了重大变化。

首先是民间歌谣的数量增加了，质量也得到了很大提高。广大人民由于心情舒畅，创作的欲望空前高涨，从而使新民歌新民谣像雨后春笋般地涌现出来，其数量不知比传统歌谣要多出多少；不仅如此，更应该看到的是这些新民歌新民谣的创作主体虽然仍是农民、工人，但由于他们大多受过教育，有一定的文化知识，从而使得他们创作的作品的质量较之传统歌谣有了新的突破。

其次是传播的方式更趋多样化。过去贵州民间歌谣的传播方式仅是单一的耳口相传。新中国成立后，特别是改革开放后，贵州民间歌谣传播的方式更多了。除了耳口相传外，还通过报纸、刊物、书籍、广播、电视、VCD等大众媒介进行传播。

再次是随着社会生活的改变，歌谣的内容也有了变化。主题更加深化了，题材更加广泛了。就以时政歌而言，新中国成立后，贵州域乡一反过去"苦歌"和"反歌"多的情况，涌现了大量的"颂歌"。贵州各族人民满怀激情，歌颂共产党领导他们翻了身，歌颂共产党带领他们过上了幸福生活。正像威

---

① 遵义地区文艺《集成·志书》编辑部：《中国歌谣集成·贵州遵义地区卷》，贵阳：贵州人民出版社，1993。

宁汉族群众在《好比月亮跟太阳》中唱的那样：

> 共产党，像太阳，
> 你爱农家恩情长，
> 农家一心跟你走，
> 好比月亮跟太阳。

党的十一届三中全会以后，全省农村广大干部和群众积极投入农村经济体制改革。经过多年的努力，全省大部分农村人口基本解决了温饱问题，其中一部分开始走上富裕的道路。整个农村发生了翻天覆地的变化。水城汉族群众高兴地唱道：

> 党中央来真英明，
> 放宽政策得人心。
> 土地承包责任好，
> 田产黄金地产银。

诚然，由于我们的社会制度还不完善，党内还存在着不正之风，人民群众有时也用歌谣来进行批评，发泄不满。但这毕竟是支流，不是主流。

上面探讨的，仅是贵州汉族民间歌谣的发展概况。而贵州是个多民族的省份，不仅民族成分多。而且许多民族的历史都非常悠久。据有关史籍记载，最早出现在贵州这块土地上不是汉族，而是濮族等土著。汉晋以后，苗瑶各族从东向西迁移，氐羌各族从西向东扩展，百越各族从南往北延伸，使贵州形成了四大民族集团交汇的结合部。汉族虽然从秦汉以来就开始迁入今天的贵州，但大规模的迁入却是在明清及以后的时期。对于这些少数民族的民间歌谣，由于汉文缺乏记录，有关它的具体状况及其发展脉络，我们没有清晰地认识。

不过这并不等于少数民族过去没有民间歌谣。从汉文史籍的星星点点的记载中，我们还是可以捕捉到其中的一些蛛丝马迹。《唐书》记载"东谢蛮燕聚则击铜鼓，吹大角，歌舞为乐。"说明民歌和舞蹈在少数民族娱乐中是必不可少的。《宋史·蛮夷传》也有这样的记录："至道元年，其王龙汉㽙遣其使龙光进率西南牂牁诸蛮来贡方物。太宗如见其使，询以地理风俗……上因令作本国歌舞，一人吹瓢笙如蚊呐声，良久，数十辈连袂宛转而舞，以足顿地为节。询其曲，则名曰'水曲'。""诸蛮"表演的这种以芦笙伴奏的歌舞，在现今贵州的许多少数民族中还承传着，可见贵州少数民族的歌舞是有相当悠久的历史的。

明代贵州建省后，史籍方志对有关贵州少数民族的歌谣演唱的记载更多。郭子章在《黔记》中载有：苗族"未娶者，以银环铈耳号曰马郎，婚则脱之，妇人杂海贝铜铃药珠结缨络为饰，处子行歌于野……"新添卫丹行二司少数民族"十月朔日为节，致午祭鬼为乐，葬亦杀牛歌舞。"曹学佺《贵州名胜志》中载有：贵阳军民府的少数民族"男女吹木叶而索偶，死不哭，绕尸而歌，谓之唱斋。"《贵州图经新志》载有：镇远府少数民族"尤尚端午、正日二节，男女会集饮酒，未婚者相唱和戏舞，情意合则为伉俪，不用媒妁焉。"黎平府少数民族"身负小篮，三五成群，歌唱采掇于山。"有资料还显示：明代正德年间，著名文学家何景明奉命出使云贵，途经镇远时，写下了"关山连蜀道，市井杂彝歌"的诗句。"彝歌"指的是当地少数民族的歌谣。"市井杂彝歌"，说明了贵州少数民族歌谣当时不仅在村寨中流行，而且在市井巷陌中也有传唱。其繁盛的景况，由此可见一斑。

清代，史籍方志对贵州民间歌谣演唱的情况比比皆是。田雯的《黔书》载有：广顺等地的少数民族"种植时，田歌相答，哀怨殊可听。岁首则迎山魈，逐村屯以为傩。男子妆饰如社夥，击鼓以唱神歌。"李宗昉《黔记》载有：贵阳、安顺、兴义、都匀等地的布依族"每岁孟春聚会，未婚男女于野外跳月歌舞，彩带结球抛而接之，谓之'花球'，意既洽，彼此互掷，遂私焉。"荔波水族"每岁首，男女成群连袂歌舞，相欢者遂为婚姻。"爱必达的《黔南识略》载有：贵阳苗族"孟春合男女于野，谓之跳月，择平地为月场，以冬春树一木植于地上，缀以野花，名曰花树。男女皆艳服，吹芦笙踏歌跳舞，绕树三匝，名曰跳花……。一些地方官员、文人墨客对贵州民间歌谣演唱的描写，也是屡见不鲜。如清末民初彝族学者余达父在《毕节竹枝词》中就写有"龙蟠岗头春草生，龙蟠岗下水流清。校场东西好杨柳，人来人去踏歌行。"毕节是汉、彝、苗等民族杂居的地方。当春天到来的时候，龙蟠岗头绿草如茵，龙蟠岗下水明如镜，校场两边和风煦煦，杨柳飘拂，人们成群结队，以脚踏地，边歌边舞。这种歌舞，毫无疑问包括了少数民族的歌舞。"人来人去踏歌行"，把当时各民族的群众唱歌跳舞的盛况活脱脱地表现了出来。

然而这只是汉文对有关贵州少数民族民间歌谣演唱情景的零星记录。至于贵州少数民族民间歌谣的实际状况如何？这还得从贵州少数民族传承下来的民间文学和少数民族用本民族文字记载的典籍中去寻找线索。

贵州的少数民族蕴藏着极为丰富的民间歌谣。由于贵州自然环境较为封闭，加之交通不便，很少受到外来文化的冲击，使得少数民族的许多古老的歌谣得以穿透厚重的历史岩层较好地留存下来。有些歌谣甚至历经了千百年，至今仍活在人民群众的口头上。例如，在侗族地区流传着这样一首童谣：

    公上山，把兽赶。
    奶下河，把鱼捉。
    公得肉，分众友。
    奶得鱼，分不留。

    人有股，喜盈盈。
    人有份，笑嘻嘻。
    手拉手，喊呜呼。
    脚跟脚，歌来合。[1]

这首童谣，可能产生在侗族原始社会时期。因为它真实地反映了侗族在原始社会中的社会生活。那时候，人们过的是采集渔猎生活。男子要上山打猎，女子要下河捞鱼。打得猎、捞得鱼后平均分配。大家有了肉和鱼高兴万分，唱歌跳舞庆祝。"手拉手，喊呜呼。脚跟脚，歌来合。"同今天侗族的"踩歌堂"如出一辙。

又如流传在黔西北彝族群众中的《什么最残忍》：

    什么最残忍？
    野狼最残忍。
    猪群被它分，
    母子受它害，
    猪儿被捉去，
    母猪苦哀哀。

---

[1] 张人位等主编：《侗族文学史》，贵阳：贵州民族出版社，1988。

什么最残忍?
老鹰最残忍。
鸡群被它分,
母子受它害,
鸡儿被捉去,
母鸡苦哀哀。

什么最残忍?
主子最残忍。
娘儿被他分,
母子受他害,
姑娘被捉去,
妈妈苦哀哀。①

在黔西北彝族居住的地区,农奴制延续了很长一段时间。在这种制度下,人们被划分成若干社会地位不同的等级。各个等级之间,关系固定,界限森严,在人身上存在着种种依附关系。等级最低的是娃子、丫头。他们靠主子分给的一块"份地"生活,而代价是每代必须交一个子女去做娃子、丫头。去充当娃子、丫头的子女没有人身自由,生杀予夺、买卖馈赠全由主子主宰,从而造成了许多家庭母女分散、骨肉分离的悲惨景象。这首歌谣,就是主子凶恶地捉走姑娘、母亲又无可奈何只得暗自悲伤的真实写照。

再如流传在黔东南苗族群众中的《穷人像笼里的小麻雀》:

大田是地主的,
菜园是地主的,
道路是地主的。
地主的田坎纵横交错,
地主的水沟上下相连。

---

① 《中国歌谣集成·贵州卷》编辑委员会:《中国歌谣集成·贵州卷》,北京:中国ISBN中心,2009。

穷人像笼里的小麻雀，
吃喝不能自己做主，
白水煮菜哪里经饿，
越想心越冷哟，
越想越难过！

在封建社会中，地主对农民进行敲精吸髓地剥削，使自己的财富越来越多，"田坎纵横交错"，"水沟上下相连"。可农民呢，连最基本的生存条件都成问题，"白水煮菜"，无比凄苦。歌谣通过对当时社会生活面貌的概括描述，揭露封建社会由于地主的剥削和压迫社会两极分化是多么严重。

像这样的民间歌谣，在贵州少数民族地区，有如烂漫的山花一样多得数不胜数。在千百年的流传过程中，歌谣虽然有所变异，但其内核却还是原来的。这些都是了解、研究贵州少数民族生活和历史的极为珍贵的资料。

再有，贵州的少数民族诸如彝族、水族等过去都有本民族的文字。特别是彝文，形成的时间较早。据有关专家考证，至迟在汉代就已出现了。在长期的历史进程中，彝族学者留下了不少彝文典籍。这些彝文典籍包含了丰富的内容，正如清道光《大定府志》卷四十九《水西安氏本末》附录《土目安国泰所译夷书九则》中所说：彝文"书籍有曰命理，言性理者也；曰苴载，记世系事迹也；曰补书，巫祝书也；曰弄恩，雅颂也；曰怯杰，风歌也；又有堪舆禄命书。"这中间的"弄恩"、"怯杰"就包括有民间歌谣。更值得一提的是：明代水西的彝族统治者还在"土官"中专门设立了歌官"慕史"。"慕史"的职责是"掌历代之阀阅，宣歌颂之乐章"。也就是说，"慕史"的职责包含对民间歌谣的搜集和整理。

正因为如此，贵州彝族的民间歌谣相对而言是保留得比较系统和完整的。成书于唐代的彝文典籍《彝诗九体论》[①]就采录了这样一首彝族民歌：

哎——，
无树的地方，
青草满坡长；

[①] 康健等编：《彝族古代文论》，贵阳：贵州人民出版社，1997。

> 哎——，
> 没水的地方，
> 鸭儿闹嚷嚷；
>
> 哎——，
> 后生不在场，
> 姑娘放声唱！

这首民歌，赫章的彝族群众至今还传在唱。且看《无树的地方》①：

无树的地方

赫章县

[乐谱：1=C，慢速，4/4拍。歌词音节为：
(zɿ a zɿ vu) sɿ (a) ma dzo mi dʑ (w e zɿ a zɿ o), vu ŋa ndzɣ (a) sɣ (si) sɣ, (zɿ a a zɿ o) vu (a) ŋa ndzr (a) sɣ (si) sɣ。
对应汉字：(咿啊咿呜) 无(啊)树的地方(欧 哎 咿啊咿哦)，雀鸟闹(啊)哄(是)哄，(咿啊啊咿哦) 雀(啊)鸟闹(啊)哄(是)哄。]

---

① 《中国民间歌曲集成·贵州卷》编辑委员会：《中国民间歌曲集成·贵州卷》，北京：中国ISBN中心，1995。

附词：2. 无水的地方，鸭扑扑扇翅；3. 无哥玩的地方，妹声怨切切。
　　　　（罗校均唱　胡家勋记　王子尧、录一方、王继超译词）

大约成书于宋代的《论彝诗体例》①记载了这样一首民歌：

蜜蜂呀蜜蜂，
蜜蜂要迁徙，
迁到哪里去？
蜜蜂回答说：
迁到岩上去。
绕呀蜜蜂绕
蜜蜂岩上绕：
可怜的蜜蜂，
敢绕不敢歇。
为何呀为何，
为何不敢歇？
因为岩口呀，
岩口有多宽，
蜜蜂看得清；
岩底有多深，
蜜蜂难知晓。

鸭儿呀鸭儿，
鸭儿要迁徙，
迁到哪里去？
要迁海里去。
可是鸭儿呀，
游呀水上游，
敢游不敢歇。
为何不敢歇？

---

① 康健等编：《彝族古代文论》，贵阳：贵州人民出版社，1997。

因为鸭儿呀,
海面有多宽,
它能看得见,
海底有多深,
它却查不清。
可怜呀可怜,
鸭儿真可怜。

姑娘呀姑娘,
姑娘要出嫁。
她嫁哪里去,
嫁到婆家去。
嫁走了之后,
在呀在婆家,
住呀和夫住。
可是姑娘呀,
不知呀不知,
许多事不知,
为何她不知,
事情是这样:
婆家的房屋,
房屋有多宽,
姑娘全知道;
婆家的家底,
家底有多厚,
姑娘也知道;
可是婆家呀,
婆家里的人,
心在想什么,
又想做什么,
姑娘不知道。
可怜呀可怜,

可怜的姑娘!

这首民歌,在彝族民间还在传诵。且看流传在威宁彝族地区的《蜜蜂要迁走》①:

蜜蜂要迁走

威宁县

附词:

    1. 迁往大岩边,
     绕着大岩转,
     怕绕不怕飞,
     为啥不飞高,
     大岩有多高,
     它心里有数,
     岩底有多深,
     它心里无数。

---

① 《中国民间歌曲集成·贵州卷》编辑委员会:《中国民间歌曲集成·贵州卷》,北京:中国IS-BN中心,1995。

2. 鸭子要迁走,
   迁往水塘边,
   绕着水塘转,
   怕绕不怕走,
   为啥不怕走,
   塘口有多长,
   它心里有数,
   塘底有多深,
   它心里无数。
3. 闺女要出嫁,
   嫁到婆家去,
   来回地走动,
   怕绕不怕走,
   为啥不怕走,
   婆婆的家底,
   她心里有数,
   婆婆如何想,
   她心里无数。

(罗绍文唱　胡家勋记　王子尧、录一方、王继超译词)

这些彝族民歌,在千百年的流传过程中虽然有所变异,但变异不大。不仅表达的意思相同,而且许多歌词都是一样的。从谱牒学的角度观察,不难发现它们之间存在着的渊源和传承关系。

第二节　贵州民间歌谣的体式及其变化

贵州由于在明代以前其土地分属于四川、云南、湖广,加之当时汉族人口少,资料又缺乏,因而对贵州汉族民间歌谣的演变发展已不可考。但有一点是可以肯定的:那就是到明代贵州建省后,许多汉族大批移居贵州,贵州汉族的民间歌谣也有文字记载了。

汉族移民的成分复杂,有农村来的,也有城镇来的;有务农的,也有经商的，还有做工匠的。他们人到了贵州，也把移居前所在地的文化包括民间歌谣也带了过来。

汉族移民带来的民歌体式有号子、山歌和小调几类。号子是人们在从事集体劳动时，为统一步调，协同使劲、减轻疲劳而唱的歌。由于劳动方式不同而形成多种类型，如打夯号子、车水号子、船夫号子等。其演唱形式多为一人领唱，众人唱和，如流传在遵义市红花岗区的《船工号子》：

　　领：船儿撞滩，
　　合：嗨哟！
　　领：靠人推，
　　合：嗨哟！
　　领：人遇艰难，
　　合：嗨哟！
　　领：靠互助，
　　合：嗨哟！
　　领：你帮我来，
　　合：嗨哟！
　　领：我帮你，
　　合：嗨哟！
　　领：我为人人，
　　合：嗨哟！
　　领：人人为我。
　　合：嗨哟！

（李少臣唱　秦勇搜集）

山歌是农村劳动者在山间林野所唱的歌。这类歌多为徒歌，主要反映劳动、爱情等生活，篇幅短小，曲调爽朗质朴，节奏自由，如《旱田螺蛳口难开》：

　　这头过去那头来，
　　转眼看妹长成才。
　　有心和妹结个伴，
　　旱田螺蛳口难开。

（涂少臣唱　王考宏搜集）

在贵州汉族的山歌体中，有四言体、五言体、七言体、杂言体多种，七言体的山歌中占据了绝大多数，七言四句体的山歌更是独占鳌头，像"天上起云云起斑，大河水浅小河干，大田栽秧栽不下，挨了一年又一年"这类七言四句体的山歌更是风靡整个汉族地区。

这种类型的歌谣虽然还有其他体式，但不过是七言四句体歌谣的变体罢了。如七言五句体的歌谣《带妹带到大桥头》：

带妹带到大桥头，
桥头有棵好石榴，
两手剥开好石榴，
两手剥开石榴子，
几多情意在心头。

这中间的"两手剥开好石榴，两手剥开石榴子"意思是相同的，是同义反复，可以说基本上还是七言四句体。

又如三字头的歌谣《唱拢来》：

唱拢来，
哥妹唱拢莫唱开；
莫学画眉隔山叫，
要学鸳鸯戏水来。

这中间的"唱拢来"，不过是"唱拢来呀唱拢来"的简化而已，仍然脱离不了七言四句体的体式。

再如"赶句"：

哥在这山山前山后山左山右摘葡萄，
妹在这楼楼前楼后楼左楼右绣荷包，
哥的葡萄酸酸甜甜苦苦辣辣拿给妹，
妹的荷包红红绿绿撇撇须须花花朵朵缠郎腰。

也是以七言四句体为基础,在每句第三、四字后面嵌入几个排比式的同类词、语。

这种七言四句体的歌谣是怎么来的呢?笔者以为原因很多,其中重要的一条是受到了"竹枝词"的影响。"竹枝词"又名"巴渝词",为古代巴人所创造。它起源很早,清人王文浩《苏文忠公诗编注集成》卷一注《竹枝歌》云:"自唐以前已有之"。有七言二句体、七言四句体、五言四句体等体式。它流传很广,为广大民众所喜爱。《夔州府志》记载唐代开州(现重庆开县)的风俗时说:"皆重田神,春则刻木虔祈,冬则用牲极赛,邪巫击歌以为溪祀,男女皆唱《竹枝歌》"。说明每当重大节日,人们都要高歌《竹枝词》,可见《竹枝词》的普及已到了家喻户晓的程度。《竹枝词》发展到唐代以七言四句为主要体式,这从唐代著名诗人刘禹锡的《竹枝词九首》这种仿"竹枝词"的创作中可以看出来。比如其中妇孺皆知的一首:

> 杨柳青青江水平,
> 闻郎江上踏歌声,
> 东边日出西边雨,
> 道是无晴(情)却有晴(情)。

这种七言四句体的歌谣体式,极大地影响了贵州的汉族歌谣。为什么会这样呢?(1)贵州不仅与巴渝毗邻,而且在历史文化上有着密切的联系,巴人的后裔土家族,有很多还生息繁衍在现今贵州这块土地上;(2)明清以后,到贵州的移民很多,其中以巴蜀(即今重庆、四川)为最。这从贵州方言多属川黔方言这方面可以看出来。《贵州省志·汉语方言志》载:"贵州川黔方言地理分布最广,从贵州东北的松桃到贵州西南的兴义五市四十五县四特区都属于贵州川黔方言区"。

"五市:贵阳市、安顺市、兴义市、遵义市、六盘水市。

四十五县:清镇、平坝、普定、镇宁、关岭、紫云、兴仁、晴隆、普安、安龙、册亨、望谟、贞丰、毕节、大方、黔西、金沙、织金、纳雍、赫章、威宁、修文、息烽、开阳、瓮安、余庆、石阡、铜仁、松桃、江口、印江、思南、德江、沿河、务川、道真、正安、绥阳、湄潭、凤冈、遵义县、桐梓、仁怀、习水、赤水。

四特区：水城特区、六枝特区、盘县特区、万山特区。"

由于以上原因，加之《竹枝词》这种体式适合表达感情，易于掌握，唐代以后便风行大江南北，贵州民间歌谣受其影响就是意料中事了。

20世纪二三十年代，有人推测，这种七言四句体的山歌的地理传播路线是"从四川（当时重庆也属四川管辖）沿西南东南各省到苏州而始变成自由添字的吴歌"。这种推测，现在看来不是天方夜谭，而是有一定的事实作为依据的。

"小调"就是民间的小曲、杂曲、时调，产生于民间日常生活和风俗活动中，曲调幽雅抒情，音乐秀丽委婉，以咏唱历史传说故事、描写自然、抒写离情者较多。曲调有《孟姜女调》、《五更调》、《采茶调》、《绣荷包》等。如流传于贵阳市花溪区汉族中的《绣荷包》：

> 一绣荷包照样裁，
> 上咐情哥找线来，
> （上咐：贵州方言，交代的意思。）
> 情郎哥，
> 我要荷包细细戴，
> 你要荷包奴家绣出来。

（刘之和、黄培智唱　王立智记）

与"山歌"多流行于农村不同，"小调"多流行于城镇，且多为有乐器伴奏的"乐歌"。张紫晨在《歌谣小史》中认为：这种"小调""是受了市民层和都市的影响在小令、散曲基础上发展起来的，无论形式、取材都和农村民歌不同"，[①] 说得有理。

至于贵州少数民族的歌谣体式要复杂得多。许多民族的歌谣不仅内容充实广泛，而且形式也多种多样。以贵州彝族的民歌来说，它的体式就别具一格。彝族民歌以五言居多，正如彝族古代文论家举奢哲在《彝族诗文论》中所说："彝族的语文，多是五字句，七言却很少，三言也如此，九言同样是，也是少有的—五言占九成，其余十之一。"[②] 其代表性体式是"三段歌"，彝语说："沓侯咪手着，麻腮素麻作"，翻译成汉语，就是"一首歌三段，此理

[①] 张紫晨：《歌谣小史》，第216页，福州，福建人民出版社，1982。
[②] 康健等编：《彝族古代文论》，贵阳：贵州人民出版社，1997。

人皆知",可见"三段歌"在彝族传统民歌中占有多么重要的位置。这种歌,由三段组成,如:

出走鸭出走,
鸭出走哪里?
鸭游到湖里。
是谁送鸭去?
小鸡送鸭去。
还未到湖里,
小鸡就返回。
小鸭泪淋淋,
留在湖泊里。

飞去蜂飞去,
蜂群分家去。
它飞到哪里?
飞到悬岩去。
是谁送行去?
送行苍蝇去。
还没到悬岩,
苍蝇回来了。
蜂群泪淋淋,
留在悬岩里。

出嫁出嫁去,
阿姐出嫁去。
出嫁去哪里?
她嫁到婆家。
是谁送姐去?
阿弟送姐去。
未到婆家门,
阿弟就返回。

　　　　　婆家留下了，
　　　　　阿姐泪淋淋。

（王秀平演唱采录）

　　歌中的三段，前两段是喻体，后一段是主体，正如彝族古代文论家布麦阿纽在《论彝诗体例》①中说的："前两段为比，后一段点题。贵在前段起，主落于后段，中段为三连。"

　　像这样体式特别的民歌，还有黔东苗族的"三脚歌"、毕节一带布依族的"三滴水"、三都水族的"双歌"、从江壮族的"欢"等，后面还会提到，此不赘述。

　　值得注意的是，贵州少数民族歌谣体式是在变化着的。从这种体式的变化中，我们可以捕捉到歌谣演变发展的历史轨迹。大家知道，歌谣产生于民间，它始终与音乐保持着密切的关系。根据朱光潜在《诗论》②中对诗歌进化史的时期划分，我们对贵州民间歌谣特别是贵州少数民族歌谣变化可以这样分期：一、有音无义时期。这是歌谣的最原始时期，歌谣还没有和音乐分开，原始歌谣大半如此。二、音重于义时期。这是歌谣的正式成立期，诗歌想融化音乐和语言，词皆可歌，在歌唱时语言丢开固有的节奏和音调，迁就音乐的节奏和音调，音乐为主，语言为辅，较进化的民俗歌谣大半属于此类。三、音义并重时期，音乐和歌词同等重要。

　　这从侗族的原始劳动歌"耶"的发展中我们可以清楚地看出来。早先的"耶"，是有音无义的，歌词仅是伴随着劳动经常重复出现的、有强烈节奏和简单声音的呼喊如"呜！嘿确！耶！嘿确！"随着生产力的进步，社会生活的变化，这种原始劳动歌进入到音重于义的时期。在有节奏的呼喊占主导的前提下，歌词中加进了一些协调劳动动作的词句。如：

　　　　　呜！
　　　　　嘿确！
　　　　　耶！
　　　　　鱼下滩，

---

① 康健等编：《彝族古代文论》，贵阳：贵州人民出版社，1997。
② 朱光潜：《诗论》，第39—40页，上海：上海古籍出版社，2001。

嘿确!
个跟个,
嘿确!
咱拉木,
嘿确!
脚跟脚,
嘿确!
呜!
嘿确!
耶!
嘿确!

再后来,发展到音义并重时期。歌词内容除了有强烈的呼声外,还有一些对劳动生活的描述。如:

哈哈号,
嘿呼啦!
齐用力,
嘿呼啦!
莫玩耍,
嘿呼啦!
柱头大,
嘿呼啦!
立新楼,
嘿呼啦!
呼加勒,
嘿呼啦!
呼加啦,
嘿呼啦!

据《侗族文学史》[①] 作者称，这些劳动号子似的原始歌谣"耶"，由于是现代才搜集到的，免不了有后人加工丰富的痕迹，但它反映的是人类早期的生活，其原始的形态是没有多大变化的。

第三节 贵州各民族的文化交流

贵州是个多民族的省份。文化的多维构成的意蕴形成了各民族人民对异性文化开放和包容的心理特质。

最早生活在贵州这块土地上的是仡佬族先民的濮族。"仡佬仡佬，开荒辟草"，清楚地记录了仡佬族先民最早在贵州这块土地上辛勤劳动的事实。以后其他民族陆陆续续迁移贵州。这些民族共同生活在贵州这块土地上，虽然有时也有摩擦、冲突，但更多的时间里是和睦相处的，各自对异性文化都采取了尊重的态度，表现出了极大的开放性、包容性。

贵州各民族在长期和睦相处的过程中，由于政治上的相互支持，经济上的相互帮助，从而带来了文化上的交流。作为文化重要组成部分的歌谣，民族间的相互交流自然也就不可避免了。事实上一个民族的民间歌谣要发展，除了要依靠这个民族民间歌谣本身的变革、创新外，还要依靠与其他民族民间歌谣的交流。贵州民间歌谣之所以出现过让人惊异的辉煌，是同贵州各民族民间歌谣的碰撞、交流分不开的。

文化交流从来是双向的，即使是再弱小的民族，她的民间歌谣仍具有独特性，仍有其他民族歌谣学习和借鉴的价值。根据有关调查，贵州各地汉族民歌的艺术风格就受到了贵州各地区少数民族的影响。"如黔中地区的某些山歌具有当地布依族用汉语演唱的山歌风味；黔西北地区某些歌同当地的彝族用汉语演唱的情歌"洒叉"的风味非常相似；黔东南、黔南某些山歌则显露出该地区苗、侗、布依山歌影响的痕迹。"[②]

文化交流虽然是双向的，但不是对等的。按照文化学的观点，文化交流中是以主流文化为导向的。贵州民间歌谣中的汉族歌谣和少数民族歌谣在交流中是以谁为主导的呢？可以这样说，在贵州"改土归流"以至建省前，是

[①] 张人位等主编：《侗族文学史》，第28—31页，贵阳：贵州民族出版社，1988。
[②] 《中国民间歌曲集成·贵州卷》编辑委员会：《中国民间歌曲集成·贵州卷》，北京：中国ISBN中心，1995。

以少数民族民间歌谣为主导；之后，是以汉族民间歌谣为主导。在贵州"改土归流"以至建省前，贵州人口是"夷多汉少"即少数民族人口多，汉族人口少。少数民族文化是主流文化，少数民族歌谣理所当然地占据了主导地位。这也就是贵州建省前为什么汉族民间歌谣出现不多的根本原因。贵州建省后，特别是"改土归流"后，情况发生了重大变化。首先是汉族的人口增多了，从过去的"夷多汉少"变成了"汉多夷少"。据有关资料，从明代直至新中国成立，贵州除了有汉族断断续续迁入外，还出现了三次大的汉族移民高潮：一次是明王朝派兵平定云南后，朱元璋以"诸蛮夷易变生乱，朕恐大军一回，彼复跳梁啸聚"为由，指令30万大军屯戍贵州；一次是入清以后，为了控制贵州"苗疆"，朝廷接受贵州布政使冯光裕"招汉人错处，以变苗司"的主张，引入大批汉族在"苗疆"屯田垦殖；一次是抗日战争时期，由于战事，沿海的工业企业、文化人及沦陷区的难民大批迁入贵州，这些人中有相当一部分在贵州安了家，落了户。其次是汉族掌握了行政主导权，"改土归流"后，"土官"基本上已被"流官"所代替，而"流官"大多数是由汉族担任的；再次是移入贵州的汉族大多掌握有先进的生产技术和经营方式，在经济上占有优势。正由于上述政治、经济等方面的原因，使得汉文化在贵州建省以后特别是"改土归流"后成了主流文化。

汉文化成了主流文化后，汉族的民间歌谣对少数民族的影响是很大的。这突出表现在：

1. 许多少数民族在学习汉族先进的生产技术和经营管理的同时，也学习到了汉族的语言以及汉族的民间歌谣，从而使得汉族的民间歌谣在少数民族群众中逐渐传开来。例如汉族情歌《生不丢来死不丢》："生不丢来死不丢，要等蚂蟥生骨头，要等白岩长菌子，冷饭发芽哥才丢。"几乎在贵州各个少数民族中都有传唱。

少数民族吸收汉族的民间歌谣，主要体现在歌词上。许多少数民族民歌的歌词与汉族民歌的歌词相同或基本相同。但这种吸收并非整首歌都全部照搬，许多民族都力求在文化中表现本民族的特点。在民间歌谣中，我们发现有许多少数民族的歌谣，歌词是汉族的；而曲调却是本民族的。例如，彝族

"洒叉"《毛风细雨顺山来》[1] 与汉族山歌《毛风细雨顺山来》。[2]

毛风细雨顺山来
（洒叉）

大方县

（乐谱：1=D，2/4拍，中速）

毛 风（的）细 雨 顺（呀）山（的）来，
打 湿（的）小 妹 花（呀）飘（的）带，

顺（呀）山（的）来， 打 湿（哩）小 妹
花（呀）飘（的）带， 千 针（哩）万 线

绣（呀）花（的）鞋（嘛喽喽）绣 花（哩）鞋（啊呃）。
难（呀）织（的）来（嘛喽喽）难 织 来（啊呃）。

（陈学秀唱　石应宽记）

毛风细雨顺山来

大方县

（乐谱：1=♭D，3/4拍，中速 稍自由）

毛 风 细 雨 顺呀顺山来哟， 顺呀顺山来，
打 湿 小 妹 花呀花飘带哟， 花呀花飘带，
毛 风 细 雨 顺呀顺山来哟， 顺呀顺山来，
打 湿 小 妹 花呀花飘带哟， 花呀花飘带，

---

[1] 《中国民间歌曲集成·贵州卷》编辑委员会：《中国民间歌曲集成·贵州卷》，北京：中国ISBN中心，1995。
[2] 《中国民间歌曲集成·贵州卷》编辑委员会：《中国民间歌曲集成·贵州卷》，北京：中国ISBN中心，1995。

| 6· 6· 6 | 3 5 6· 6 | 5 3 2 3 2 1 6· | 5 3 2 3 2 — ‖

打湿　　小妹　　花绣　鞋哟，　　花绣　鞋。
千针　　万线　　做不　来哟，　　做不　来。
打湿　　小妹　　花围　腰哟，　　花围　腰。
千针　　万线　　也难　挑哟，　　也难　挑。

（李润琴唱　余文容记）

又如：仡佬族《情姐下河洗衣裳》① 与汉族的《情姐下河洗衣裳》②

情姐下河洗衣裳

石阡县

1 = ♭D

中速

情姐下河（哎）　洗衣裳（哎），

双脚踩在（哎）　石梁梁（哎）。

手拿棒槌（哎）　朝天打（哎），

两眼观看　　少年郎（哎）。

---

① 《中国民间歌曲集成·贵州卷》编辑委员会：《中国民间歌曲集成·贵州卷》，北京：中国IS-BN中心，1995。

② 《中国民间歌曲集成·贵州卷》编辑委员会：《中国民间歌曲集成·贵州卷》，北京：中国IS-BN中心，1995。

棒槌打在（哎）妹指拇（哎），

痛就痛在（哎）郎心上（哎）。

（毛承翔唱　朱体惠记）

情姐下河洗衣裳

石阡县

1 = ♭D
中速 稍自由 高亢

情姐下河（呃）洗衣裳（呃），

双脚踩在（哎）石梁梁（呃）。

拿棒槌（也）朝天打（呃），

眼观看（安）少年郎（呃）。

槌打着（呃）妹指拇（哦呃），

就痛在（哎）郎心上（呃）。

（毛承翔唱　朱体惠　郑一凡记）

还应该提到的是，少数民族吸收汉族的民间歌谣的歌词，有两种情况：一种是直接接收过来，一步到位；一种是间接的，有个逐步转化的过程。在布依族第二土语区的群众中，有一种称之为"夹黄歌"的民歌。因为歌词中有的是布依语，有的是汉语，故而人们这样称之。如流传在织金布依族群众中的《夹黄歌》：

> 一个铜圆滚过街，
> 滚来滚去滚回来，
> 一个铜圆多少子？
> 改故干谋夜六样，
> 顺钱着谋夜六合。

（黄治平唱，蒙新贵、王桂林搜集）

前三句是汉语，后两句是布依语，意思是"我讲给你听"。这种"夹黄歌"，就是布依族在学习汉族民歌过程中出现的一种现象。

据邓敏文在天柱、锦屏、三穗、玉屏等北部侗族地区考察，该地区的侗族歌谣中，也有一种歌词是半侗半汉的。如：

> 初初 MAP
> 初 MAP 半 KENP DONGH 八仙。
> DONGH LOUX 八仙真 LAH 命，
> 八仙带 VAOC LAOS 桃园。

歌词意思是：
> 初初来，
> 初来半路遇八仙。
> 遇到八仙真好命，
> 八仙带我进桃园。

这首民歌总共 24 个音节，其中 15 个音节是汉族语词，9 个音节是侗族语词。民歌虽然是侗族群众演唱的，但歌词内容和格律形式却与当地汉族民歌没有多大差异。这种歌，可以认定是少数民族在吸收汉族民歌过程中出现的一种现象。

2. 许多少数民族借鉴汉族民间歌谣，按照汉族民间歌谣的形式进行创作，创作出来的歌谣用汉语来演唱。如仡佬族民歌《落的眼泪流成溪》："苦阿仡，住山顶，吃粗糠，穿棕衣，盖的茅草被，荒年野菜来充饥，茅草棚儿把身栖。官府豪门把我欺，落的眼泪流成溪。"布依族民歌《涝也焦来旱也愁》："涝也焦来旱也愁，烂田裂口米无收。打架为的争田水，结仇为的争河沟"等等。这些民歌，虽然在内容上蕴含着仡佬族、布依族特有的思想意识和审美情趣，但在形式上却完全是汉族民歌的格律。

3. 汉族的许多典故被少数民族民间歌谣所采纳。汉族的神话、传说、故事以及小说、戏剧流传到少数民族地区后，引起了少数民族群众的极大兴趣。其中的许多典故就被少数民族民间歌谣所采用。如侗族民歌《初初来》："初初来，银蹄白马会金街，画眉初会金鸡伴，山伯初会祝英台。"这里的"山伯初会祝英台"，就借用了汉族民间传说"梁山伯与祝英台"的典故。

新中国成立后，贵州民间歌谣的发展具有如下特征：（1）由于汉语成了我国各民族共同的交际工具，用汉语创作和演唱的民间歌谣在不断增多。（2）各民族民间歌谣的交流更为频繁。比如布依族民歌《桂花开在桂石岩》，先是布依族用汉族民歌的形式创作出来，以后汉族作曲家又给它的歌词谱上新的曲调，在更大范围内传唱；（3）民间歌谣与民间说唱、民间戏剧的联系更为紧密。随着人民大众审美趣味的发展，一些单纯的民间歌谣已不能满足他们的需要，因而许多民间艺术家常常以民间歌谣为基础，创作出新的属于民间说唱、民间戏剧的作品，比如布依族的说唱《大家坐一起》、侗族的戏剧《善郎娥美》就是这样形成的。

综观贵州的民间歌谣，它是按照这样的轨迹发展着的：开初是多元的。汉族和各个少数民族的民间歌谣，都独立存在着，各自按照自身发展的规律在发展；随着各民族人民友好往来的增加，各民族民间歌谣的交流也日益频繁，从而使各民族民间歌谣的发展进入到一个新的阶段。在一些歌谣中，存在着你中有我、我中有你的状况。值得一提的是，从许多少数民族群众用汉族语言、汉族民歌形式创作和传唱的民间歌谣中，还可以看到少数民族和汉族的民间歌谣出现了逐渐融合的端倪。有些歌谣诸如《太阳出来照白岩》等许多民族都在传唱，其归属很难断定。从中也可以看出，贵州民间歌谣正出现一种融合、互补、共生的走势。各民族的民间歌谣在碰撞、交流中正在各取所长，优势互补，蕴含着新的突破。

第二章　贵州民间歌谣的分类

贵州民间歌谣内容丰富，种类繁多。对于它的类别，学者们的划分不太相同。比如寿生在《我所知的山歌分类》①中把"歌"分为"号子"、"风流歌"、"虼蚤歌"、"盘歌"、"骂人歌"五类。陈国钧在《贵州苗夷歌谣》②中把贵州少数民族的歌谣分为"叙事歌"、"酒歌"、"婚歌"、"丧歌"、"劳作歌"、"儿歌"、"情歌"七类；而雷天佑在《布依族民歌概论》③中把布依族歌谣分为"劳动歌"、"习俗歌"、"颂歌"、"揭露歌"、"讽刺歌"、"苦歌"、"哀歌"、"情歌"、"叙事长歌"、"新民歌"十类。根据钟敬文主编的《民间文学概论》④，从民间歌谣的内容出发，结合民间歌谣的某些特殊功能和服务对象，我们把贵州民间歌谣分为劳动歌、仪式歌、时政歌、生活歌、情歌、儿歌六类进行探讨。

第一节　劳动歌

在劳动中唱的或伴随着劳动动作唱的歌，我们都把它归入劳动歌。劳动歌在民间歌谣中，是产生得最早的歌谣种类。早在原始社会中，由于生产力低下，因而人们从事的常常是笨重的体力劳动。在劳动中有节奏进行的时候，就会发出相应的劳动呼声。这种劳动呼声，就是劳动歌的萌芽形态，正如《淮南子·道应训》记载的："今夫举大木者，前呼'邪许'，后亦应之，此举重劝力之歌也。"随着生产力的进步，社会生活的嬗变和歌谣本身的发展，这种劳动歌也有了变化。歌谣中加进了一些描写劳动过程以及与劳动者思想感情有关的生活情态的内容，从而使得劳动歌更为丰富多彩，也更为成熟。

这种劳动歌的特点，是它的节奏与劳动的节奏十分和谐。什么是节奏呢？

---

① 载《歌谣周刊》第二卷第三十二期。
② 陈国钧：《贵州苗夷歌谣》，贵阳：文通书局，1942。
③ 雷天佑：《布依族民歌概论》，大连：大连出版社，1999。
④ 钟敬文主编：《民间文学概论》，上海：上海文艺出版社，1980。

节奏是事物运动中某些特征重复出现的规律。劳动是有节奏的。它的节奏是劳动动作的节奏，诸如手臂的起落、腰身的摆动、脚步的移动等等。劳动歌的节奏只有同劳动节奏协调，才能使整个劳动集体的动作整齐划一，从而起到聚合力量、提高工效的效能。

在贵州的劳动歌中，最响亮、最常见的是劳动号子。贵州的劳动号子名目繁多。有"薅秧号子"、"车水号子"、"打夯号子"、"抬石号子"、"拉木号子"、"船工号子"等等，数不胜数。这类号子，从歌词提供的情况看，它源于劳动中的喊唱，有着高原的野性美、原始的生命美和身体的力量美，表现了劳动者对生命这个最本质的欲望欠缺所产生的诉求和极度热爱。这类号子，又可分两种：一种是有劳动呼声没有其他歌词的，如流传在兴仁彝族群众中的《撬石号子》：

众：嘿哟左嘞！
领：嘿左，
众：嘿左！
领：嘿左，
众：嘿左！

另一种是除了劳动呼声外，还有一些简单的词句，甚至是有意识的创作，如流传在金沙一带汉族群众中的《抬石号子》：

领：天上明晃晃那么，
合：嗨左左！
领：地下水凼凼那么，
合：嗨左左左！
领：两将就那么，
（将就：方言，相互照顾之意）
合：嗨左左！

领唱者根据当时的处境陈述客观的情况，引领抬石劳动的正常进行；应合者与领唱者互动，配合领唱的内容，用语气助词、衬词加以呼应，让人感到一种强烈的生命搏动。

在贵州的劳动号子中,最典型、最有代表性的是流传在思南、沿河一带土家族、汉族群众中的《乌江船工号子》。

乌江是贵州通往长江的重要航道,水深流急,礁多滩险。长期在江上劳作的船工,按照行船劳动的过程,创作了一套与之配合的具有特定功能的号子,如开船号、扬花号、平水号、横船号、拉纤号、上滩号、盘大滩拉纤号、高滩号、收纤号等等。一般说来,在水势平缓处唱扬花号、平水号;在水流湍急处唱拉纤号、上滩号;在险滩恶水处则唱盘大滩拉纤号、高滩号。在水流湍急处和险滩恶水处唱的号子中,几乎没有歌词,只是劳动的呼声。如流传在思南土家族船工中的《拉纤号子》:

领:也喂,
合:安舍!
领:喂嘿,
合:也舍!
领:也罗里哟,
合:也含啦!
领:斗劲来呀,
合:也含!
领:喂嘿,
合:也含!
……

整首歌,几乎全是船工们高昂、雄浑的劳动呼声。从这种呼声中,我们似乎看到了船工们拉着纤索奋力向前的强壮身影,感受到了土家族人民搏动着的生命脉跳。

在水势平缓处唱的号子有所不同,不仅有劳动的呼声,而且有歌词。大概与大船航行平稳、船工劳动强度减轻有关。且看流传在沿河土家族船工中的《太阳去了岩搁岩》(岩搁岩:形容太阳下山,好像搁在岩上的样子。)

太阳去了岩搁岩,
丈夫赶场还没有来。
一来怕你吃醉酒,
二来怕你滚下岩。

(田荣生等唱 王纯孙记)

风趣，幽默！歌词不说如何齐心协力，拉纤行船，而是生发开去，采用一些生活趣事、或男女情爱来提高船工的兴致，借以消除生理上的沉重感和心理上的疲劳感。这样的手法，在劳动歌中比比皆是，屡见不鲜。

类似这种劳动号子的，还有流传在黔北汉族群众中的《报路歌》。

贵州是山区，许多地方山路蜿蜒曲折、高低不平。劳动者协作抬着人或物在这样的山路上行进，其难度可想而知。走在后面的人看不见前面的路，没有人提醒是非常危险的。"报路歌"就是在这样的情况下产生的。所谓"报路歌"，就是前者必须向后者报告路道的情势，后者知道后立即回答前者。在这一"报"一"答"中，劳动者的动作得到了协调，就可以顺利行进。如果前者不报，后者被抬的人或物遮着了视线，就不知道怎样动作；后者如果不应，前者不知道后者搞清楚没有，也不敢开步。可见这种"报路歌"对劳动者是多么重要！且看流传在黔北汉族群众中的《报路歌》①：

> 领：抬头望，
> 合：有坡上。
> 领：前面有座山，
> 合：加劲往上翻。
> 领：越上越陡，
> 合：上去好走。
> 领：前面一坡石梯子，
> 合：一步一步蹬上去。
> 领：越上越高，
> 合：上去歇稍。
> 领：斜阳坡，
> 合：慢慢梭。
> 领：一坡趄到底，
> 合：快慢由在你。
> 领：一步老坎，

---

① 遵义地区文艺《集成·志书》编辑部编：《中国歌谣集成·贵州遵义地区卷》，贵阳：贵州人民出版社，1993。

合：我弯脚杆。
领：脚踩烂木桥，
合：问它牢不牢？
领：桥是一块板，
合：一步一步展。
领：独木桥，
合：踩一线。
领：桥梁边空，
合：踩在当中。
领：当中有个眼，
合：脚踩两边点。
领：一步要过沟，
合：你跨我就抽。
领：环沟一尺八，
合：顺到一步跨。
领：要过跳蹬河，
合：一脚踩一个。
领：天上一枝花，
（谓头上有遮挡物）
合：弯腰迈过它。
领：头上一桠刺，
合：低头躲过去。
领：前面来滑竿，
合：各人走一边。
领：前面有匹马，
合：撞到不好耍。
领：前面来条牛，
合：小心它的头。
领：上天明晃晃，
合：地下水凼凼。
领：天上星多月不明，
合：地下坑多路不平。

领：天上鹞子飞，

合：地下牛屎一大堆。

领：天上雨摩挲，

（谓天上下起毛毛雨）

合：地下硬头滑。

领：稀泥烂凼，

合：各踩各望。

领：左（右）边虚得很，

合：右（左）边踩得稳。

领：担腰搁底，

合：两手端起。

领：之字拐，

合：两边摆。

领：平阳大路，

合：散开脚步。

领：大路平畅，

合：两脚忙忙。

领：平路一根线，

合：跑得马来射得箭。

领：大转弯，

合：小转拐。

领：前弯左（右），

合：后弯右（左）。

领：大弯包小弯，

合：随弯就弯。

（石正权、蔡正林演唱　崔笛扬搜集）

　　这种"报路歌"，歌词非常简短，节奏却十分鲜明。它是实践经验的总结，集体智慧的结晶。它的演唱，不仅有着劳动中不出差错、保证劳动工作顺利进行的作用，而且有着协调劳动动作，减轻繁重劳动带来的体力负担的效能。

　　几千年来，贵州人民都是以农耕经济为主要的生计方式。农业的状况如何，直接关系到贵州人民的生活。日出而作，日落而息，人们在田间地头不停地劳动。由此而产生的许多歌谣，诸如"撒秧歌"、"插秧歌"、"薅秧歌"、"薅草歌"、"开镰歌"等等，都与农业生产劳动有关。在这些歌谣中，以流传在黔北、黔东汉，仡佬族、土家族等民族中的"薅草锣鼓歌"和流传在遵义海龙坝汉族中的"薅秧歌"最有特色。

"薅草锣鼓歌"，又叫"薅草歌"、"打闹歌"、"挖土锣鼓歌"。这种歌很早就在贵州流传。清代《黔语》就记录了"薅草锣鼓歌"："安化务川农人薅草用锣鼓杂歌，名曰'打闹'，以作其气。""薅草锣鼓歌"大多流行于土多田少的地区。在这些地区，每当薅草季节，农民便通过换工互助或雇请他人等办法，集中几十人来薅草。为了激发人们的劳动热情，提高薅草的效率，主人家常常请来歌手，在高坡处或薅草队伍对面，敲锣打鼓，又说又唱。其演唱方法有依曲（调）唱歌和吟诵说"号"，时唱时说，说唱相间，连歌夹"号"，交替进行。

在土家族地区，"薅草锣鼓歌"有两人演唱，也有三人、四人演唱，一人按节击鼓，一人应点敲锣。锣鼓间隙，歌声即起，轮流对唱。这种歌有一套固定的模式，由四部分组成：（1）"歌头"，又称引子，是"薅草锣鼓"的起始部分，起到组织劳动队伍的作用，篇幅简短，颇富深意。如"早晨起来雾沉沉，只听锣鼓不见人，东边一朵祥云起，西边一朵紫云腾。祥云起，紫云腾，红旗绕绕下天庭。红旗插在田坎上，来了你我唱歌人。"（2）"请神"，为"薅草锣鼓"歌头完后所唱之歌。歌词较为固定。旧时唱"请神歌"（包括"送神歌"）时还须烧香、化纸、祭酒。据土家人解释只有这样才能确保劳动的安全不出事故。请神时，被邀请的神很多，除必须邀请的歌娘歌爷外，还邀请天地日月、诸天众神、土家祖先八部大神、田好汉、向老官人以及汉文化中的姜子牙、孙悟空、山神土地等。（3）"扬歌"，也称主歌，是"薅草锣鼓"的主体部分。其中歌词固定的传统段子传自前辈口头，或源于民间手抄本。歌手也可以即兴创作演唱，歌词不固定，精彩的可能流传下来，多数则随唱随散失。"扬歌"内容十分广泛，古往今来，天南地北，无所不包。民间传说、历史故事、生活见闻等都可编成歌来唱。（4）"送神歌"，为"薅草锣鼓"的结尾部分，在收工前所唱，其歌词带有礼仪性，如"看到太阳搁了山，今天锣鼓要收场。东家斟下三杯酒，山头烧下三炷香。弟子今天遇圣驾，恭请圣驾回仙山。朵朵祥云上天去，袅袅瑞雾绕山冈。"然后将诸神送回原处，结束一天劳动。有趣的是，歌手们还可利用"盘歌""颠倒歌""扯白歌"等形式，斗才斗智，幽默诙谐，以调剂劳动者的情绪，忘却体力的疲劳。如《盘花根生歌》："问：歌师傅来老先生，我今向你盘根生，何年何月歌出世？何年何月歌开声？""答：歌师傅来老先生，你向我问歌根生。甲子乙丑歌出世，丙寅丁卯歌开声。""问：歌师傅来老先生，我在堂中听原因，歌书共有多少本？歌声共有多少声？""答：歌师傅来老先生，我在堂中听原因，歌书共有十二本，歌有三万六千声……"①

遵义海龙坝薅秧歌别具特色，在贵州的同种歌谣中最具代表性。海龙坝薅秧歌是一个总称，实际上包括了薅秧歌、薅秧号子和杂拌三类。与薅草锣鼓比较，其共同之处在于：二者功能一样，都是为了激发劳动热情，提高生产效率。不同之处在于：（1）薅草锣鼓是在旱地薅草时表演，而薅秧歌是在稻田薅秧中演唱；（2）薅草锣鼓的表演是由专职的歌师来担任，而薅秧歌的演唱则是由薅秧的群体来进行的；（3）薅草锣鼓有锣、鼓配合，而薅秧歌则不要任何乐器。遵义海龙坝薅秧歌唱法多样。其中有节奏鲜明的号子，如：

唆唆号②
（薅秧歌）

遵义市·海龙坝

---

① 贵州省地方志编纂委员会：《贵州省民族志》，第409—410页，贵阳：贵州民族出版社，2002。
② 《中国民间歌曲集成·贵州卷》编辑委员会：《中国民间歌曲集成·贵州卷》，北京：中国ISBN中心，1995。

（张世录、冯会双唱　刘铠、王德坝记）

还有明快幽默的山歌小调。如：

六月太阳大[①]

（薅秧歌）

遵义市·海龙坝

（张仕美唱　刘　铠、王德坝记）

[①] 《中国民间歌曲集成·贵州卷》编辑委员会：《中国民间歌曲集成·贵州卷》，北京：中国ISBN中心，1995。

据有关研究者称，遵义海龙坝薅秧歌最具特色的是它的音乐。它"旋律起伏较大，音域较宽，在和唱帮腔部分常翻高八度用假声放腔，从而在音区、音色，音量、节奏上同领唱形成对比。"在民间歌谣的劳动歌中，还有一种是以总结生产经验、传授劳动技能为主要内容的歌，如《种稻歌》、《种棉歌》、《撒燕麦》、《养牛歌》、《养猪歌》、《栽树歌》、《采茶歌》、《打砖歌》、《打瓦歌》等等。劳动者一边干活，一边唱歌，通过歌谣来传授经验、教育后人。如流传在锦屏侗族群众中的《栽树歌》：

> 正月栽树正月正，
> 包栽包活包成林，
> 我们大家加油干，
> 季节来了不等人。
>
> 二月栽树二月间，
> 赶紧栽杉莫偷闲，
> 要赶季节栽好树，
> 莫等杉苗抽了尖。
>
> 三月栽树是清明，
> 树子脱皮栽不成，
> 一来要忙积肥料，
> 二来田间也要耕。

（江贤换、陆玉秀唱　孔凡相采录）

这首歌谣简洁，质朴！强调了季节对栽树的重要性。只有不误季节，树木才能"包栽包活"。

第二节　仪礼歌

仪礼歌是伴随着各种仪礼活动吟诵或歌唱的民间歌谣。

仪礼歌产生于遥远的古代，由于生产力的低下，人们在自然界面前显得软弱无力，对很多自然现象和社会现象不能理解。为了摆脱各种灾难，追求美好生活，人们常常祈求神灵保佑，从而出现了一些求神降福、招魂祛病的仪式，并由此而产生了仪礼歌。随着生产力的发展，物质财富逐渐增多，从而为生活的提高和改善提供了相应的物质基础。原来那种祈祷神灵的仪式得到不断扩大，发展到祈年庆节、贺喜禳灾、祭祖吊丧、男婚女嫁等仪礼，并由此而产生了各式各样的仪礼歌。时代在发展，许多仪礼歌也发生了变化。有的仪礼不存在了，仪礼歌也随之消亡了；有的仪礼虽然消失了，但歌还存在着。不过它已失去了过去作为仪礼歌的原始意义，只是演变为民间歌舞或儿童歌谣在民间流行罢了。

仪礼歌大致可分为诀术歌、仪式歌、礼俗歌三类。

（1）诀术歌是与法术相配合的歌诀咒语。多由巫师唱诵，但也有民众自己念诵的。这种歌产生于原始社会，跟原始人认为语言对野兽和自然现象有一种神秘的力量有一定的关系。进入阶级社会后，它又带上了浓厚的宗教迷信色彩。这种歌在贵州出现得最多的是招魂歌，驱病魔歌。

招魂歌是招魂时吟唱、念诵的歌谣。招魂是从原始宗教派生而来。原始人由于不能正确区分醒时的感觉和梦中的幻觉，以致把精神同肉体分离开来，视精神独立于肉体之外而存在。就是在人死后，灵魂也不会随之消失，确信它虽然离开了人的躯体但还继续活着。贵州有的苗族群众就认为人死后灵魂没死。不仅没死，而且还由一个变成三个：一个守家保护子女，一个守坟，一个被送回祖先发祥地。所谓"招魂"，有招死魂（死者之魂）和招生魂（活人之魂）两种。贵州民间的招魂，一般指的是招生魂。小孩睡梦惊悸、发冷发热；或大人失足跌倒，受到意外惊吓，便认为是"魂"落所致。"魂"落了，便要招魂。认为只有把"魂"招回，使之归附身体，才能恢复健康。招魂仪式是：巫师和父母在家中焚香请神，然后怀抱一只大红公鸡于傍晚太阳落山之前，在大门外的巷道口或于病者经常出没玩耍的地方去喊叫。李宗昉在《黔记》中记录了贵州的"招魂"状况："黔俗，家有病者，妇人以来置鸡子于上，蹲门而禳之，名曰'叫魂'。不愈，则召一端公祈祷，端公亦道士类，作法与演戏相似，衣服亦号'行头'，且有选少年作女装为神仙者，观者若狂。"书中的"叫魂"就是"招魂"。在这些"招魂"仪式中，各民族都有自己的"招魂歌"。织金仡佬族的《叫魂歌》是这样唱诵的：

　　　　白鸡背你魂魄来，
　　　　白鸡托你魂魄来，

> 迷那在这里呼唤你,
> 那里吃的是河沙,
> 那里吃的是红刺莓。
> 现在的日子好哟,
> 你爹喊你来
> 你妈喊你来,
> 叫你回来吃香饭,
> 叫你回来喝香水。

(罗光华演唱　王桂林搜集)

这是"迷那"(即巫婆)给儿童患者唱诵的"叫魂歌"。歌中,巫婆呼唤儿童的游"魂"赶紧回来。并规劝:外面的生活很艰苦,吃的是难咽的"河沙"、"红刺莓",回来后情况就大不一样,不仅有"爹""妈"陪伴,而且有"香饭"吃、有"香水"喝。这种"叫魂歌",虽然有着浓重的迷信色彩,但却十分有趣,歌词内容颇具贵州农村大人诱导儿童的特点。

驱病魔歌是诅咒病魔、祈求上天使病人康复的歌谣。驱病魔的做法也源于原始宗教。原始人认为,人之所以患病,是因为某种"鬼"(病魔)作祟引起的。只要举行某种仪式把"鬼"驱逐,疾病就可消除。在这种驱"鬼"的仪式中,"驱鬼歌"是必不可少的。荔波布依族群众中就流传着这样一首《驱鬼》歌:

> 你躲在羊圈里我知道,
> 你躲在柜子里我也知道,
> 你躲在床脚我也知道,
> 你在什么地方我都知道,
> 你要走就快点走,
> 要是不走,
> 等我法师来到,
> 要你头脚肿得像粪箩,
> 颈子大得像屯篓。

号称能够沟通人神关系的"法师"认为只要这样恫吓一下,就可以把

"鬼"驱走，病人也就康复了。在今天看来这是痴人说梦，然而在过去人们却深信不疑，正如清人徐家干在《苗疆见闻录》中所说：许多少数民族群众"其俗信鬼尚巫，有病不用医药，辄延巫宰牛禳之，多费不惜也。"这样的做法，不知延误了多少人的医治时机以致命归黄泉！

这些"驱病魔歌"同"招魂歌"一样，毫无疑问都是糟粕。随着社会的进步，医疗卫生事业的发展，"驱病魔"、"招魂"等仪式连同伴随它们的仪式歌一样已无存在的必要，正在被历史所淘汰。

（2）仪式歌，是指与节令、祝庆或各种祭祀等仪式相结合而吟诵歌唱的歌谣。这种歌在贵州表现得最多的是节令歌、祭祖歌。

节令歌是指用在与节令有关的各种民间节日庆祝和祭祀仪式中所唱诵的歌。贵州同全国其他地区一样，民间的节令很多。这些节令往往与农事和民俗有关。有些节令，特别是一些少数民族的节令，诸如苗族的"四月八"、布依族的"六月六"等，还具有明显的纪念意义。人们在庆祝这些节日时，往往要举行各种仪式，表达对先辈的怀念，强化人们的家族意识、血缘亲情。伴随着这些纪念活动和民俗活动，便出现了各种形式的节令歌。

安顺一带的仡佬族每年农历的七、八月间要过"吃新节"。节日期间，家家户户杀猪宰羊，并从地里把早熟的新谷、包谷摘下来，配以新鲜蔬菜、瓜果，连同酿制的美酒一起祭祀祖先，其意是纪念开荒辟草的先人和庆祝粮食丰收，并祈求来年风调雨顺、人寿年丰。在这一仪式中，要唱诵这样的节令歌：

> 田土本是祖先开，
> 吃新祭祖本应该。
> 田边地角都收到，
> 男男女女一起来。
>
> 吃新祭祖要扫寨，
> 扫除瘟疫和虫灾。
> 五谷丰登六畜旺，
> 洁吉平安到村来。

在新谷登场、瓜果成熟的金秋季节，仡佬人团聚一起，荐新祭祖，缅怀祖先开荒辟草的辛劳，乞求祖先的保佑。这其中，蕴蓄着仡佬人因丰收而带来的喜悦，积淀着仡佬人长期培养起来的历史情感。

三都的水族每年都要过"端节"。"端节"是水族的年节。除夕之夜，水寨的妇女们要打扫房屋，洗洁衣被和炊具；男人们则开塘捕鱼，杀猪宰羊，并在堂屋中设一供席，放置清蒸鲜鱼、米酒、豆腐、糯米饭及瓜果祭祀祖先。这一晚，一般已出嫁的女儿及外亲们都要来祝贺。家中灯火通明，青年男女敲铜鼓、木鼓，通宵达旦。年节这天，人们还要邀约到端坡赛马。赛马结束后以隆重的宴席款待贵宾。宴席中，主人与贵宾对饮交杯酒、行酒令和唱歌、对歌。有一首《端节歌》就记录了水族过端节的盛况：

> 九月里，新谷满仓。
> 端节到，人人都忙。
> 捉田鱼，酿好甜酒。
> 喂好马，缝新衣裳。
> 过端节，夜间吃素。
> 清早上，杀猪宰羊。
> 庆丰收，欢聚一堂。
> 节日里，水族山寨，
> 鼓声响，歌声嘹亮。
> 马坡上，红旗招展。
> 人如海，喜气洋洋。
> 青年们，骑上骏马，
> 一对对，飞奔坡上。
> 谁最快，戴上红花。
> 欢呼声，响彻山冈。

（潘梅英演唱　姚福祥整理）

把"端节"的盛况描绘得生动逼真，把节日期间的欢乐气氛表现得淋漓尽致。

在节令民俗中，土家族的过"赶年"别具特色。"赶年"是土家族的年节，一般是在农历腊月二十九日（月小为二十八日）晚举行。土家族为什么要过"赶年"？说法很多。其中有种说法别有意义。这种说法是，明代嘉靖年间,"倭寇(即日本海盗)"在我国东南沿海地区进行大规模地骚扰破坏。朝廷任命张经总督东南各省军务。张经一面练兵筹饷,一面奏请征调广西俍兵和湖广士兵前往抗倭。土家人为了不违命令,按期到前线抗击"倭寇",便提前过年。流传在黔东北土家族地区的《辞行歌》也提到了土家人为什么要过"赶年"的原因,并谈到了土家族士兵当时告别家人的情况:

  腊月飞雪报新春,
  朝廷降旨点土兵;
  文武百官献妙计,
  定叫"饿鬼"都丧命。
("饿鬼"即倭寇。"饿"与"倭"谐音。)

  腊月点兵大天光,
  点了兵来点刀枪;
  长枪点去营中用,
  短刀留来看家乡。
  半夜三更辞我公,
  我公胡子"妥"齐胸;
("妥",下垂的意思。)
  别人盘孙高官做,
("盘"为土家方言,即抚养之意。)
  我公盘孙当兵勇。
  辞了我公又辞妳,
("妳",音把,土家方言,即祖母。)
  我去当兵莫怪嗲;
("嗲",土家方言,即爹。)
  我若营中得官做,
  八抬大轿来接妳。
  鸡叫一声辞我嗲,
  我去当兵嗲费力;
  瘦田瘦土要少办,
  环边干田够你喊。

（"环边"，方言，指房屋周围；"嗛"，音妻，方言，吃的意思。）

全靠我妈来当家。
鸡叫三声辞我哥，
我去当兵赖不脱；
孝敬老人全靠你，
哥代弟来弟代哥。
鸡叫四声辞我嫂，
我去当兵你倒好；
环边干柴有哥捡，
井里凉水有哥挑。
鸡叫五声辞我妹，
妹问哥哥几时回？
等把"饿鬼"斩杀尽，
阵仗不死我就回。
鸡叫六声辞我妻，
我去当兵你受气；
早点关门早点睡，
免得旁人讲是非。
离家当兵苦中苦，
满腹怨恨向谁诉；
骨肉分离哪个愿？
只恨"饿鬼"害人间。
东南沿海"饿鬼"犯，
害得我们不团圆；
要想过年团圆聚，
除非提前来过族年。

长期的农业经济生活，使土家人安土重迁，有着浓重的乡土情结。他们不愿意外出，对故土、对亲人十分眷恋。然而当外敌入侵时，他们便义无反顾，服从国家的征召，外出杀敌。民歌自然、朴实，没有慷慨激昂的"豪言壮语"，只有与祖父母、父母、哥哥、嫂嫂、妹妹和妻子告别时的殷殷嘱托。这些嘱托，充满了真情，充满了人性，蕴含着深厚宽阔的爱国主义情怀。

祭祖歌源于古代的祖先崇拜。祖先崇拜是原始氏族制度发展到父权制阶段的产物。在父权制氏族社会中，由于某些身强力壮、足智多谋、勇敢顽强的氏族成员在整个氏族同大自然的斗争中发挥的作用很大，因而受到了大家的崇敬，在氏族大家庭中他们拥有了支配其他氏族成员的权力。他们死后在氏族中享有很高的威望，人们常常怀念他们，相信他们强有力的灵魂可以庇佑本氏族的全体成员，并因此而形成了对他们的相应的崇拜仪式。祭祖歌就是在这种仪式中产生的。贵州文化由于长期封闭，使得祖先崇拜在许多民族中十分盛行，从而也使得祭祖歌历久不衰。

"吃鼓藏"是黔东南苗族盛大的祭祖庆典。在过去，一般7年一小庆，13年一大庆。以一"江略"（一个聚居区的亲族）为单位，每户备一头牛（有的地方用猪）或几户共备一头牛作祭品。届时集中牯牛角斗，然后宰杀祭祖。"吃鼓藏"期间，四方客涌，吹芦笙，敲木鼓，唱赞歌，持续十余天方散。"吃鼓藏"活动中有祭鼓的仪式，仪式中要吟诵《祭鼓词》：

> 我们老祖宗，
> 妹榜妹留生，
> 历尽滔天水，
> 逃脱火烧林。
> 今天是良辰，
> 请祖出山洞，
> 与子孙同乐，
> 酬谢祖德恩。

祭祖怎么要去祭鼓、还要吟诵《祭鼓词》呢？据苗族传说，苗族的祖先姜央为蝴蝶妈妈所生，而蝴蝶妈妈又是从枫树心里孕育出来的。基于这个原因，人们便把枫树木做成木鼓，用以象征蝴蝶妈妈的神位，并认为人死后，其灵魂要回到蝴蝶妈妈那里去。所谓"祭鼓"，实质就是祭祖；吟诵《祭鼓词》，实质就是吟诵祭祖词。"吃鼓藏"中之所以这样做，是因为对祖先崇敬，在这美好的时节，请祖先来享受供品，与子孙共度节日；并趁此机会，教育后人不要忘记祖先历尽艰难、繁衍子孙的恩德。①

每年农历正、二月间,黎平、榕江等南部侗族地区的侗族群众都要敲起铜锣,鸣放铁炮,在鼓楼坪前"踩歌堂",举行"祭萨"的祭祀仪式。"萨"为侗语,即祖母。传说古时候有个侗族妇女杏妮,为了维护侗族人民的利益,聚众起"款",率领侗族群众把一向作威作福、横行霸道的李姓财主给惩治了。可是财主并不甘心,他勾结官兵进行报复。杏妮率领的"款众"寡不敌众,被官兵围困。杏妮不愿被俘受辱,带着她的两个女儿、两个孙女,跳下悬崖壮烈牺牲。人们为了纪念她们,尊称她们为"萨",为她们修建了"祖母堂"。每年春节期间,侗族群众都要"踩歌堂",举行"祭萨"的仪式,敬祭祖母,祈求丰收和平安。届时男女老幼盛装齐聚"祖母堂",老年人在前,妇女、小孩在后,围成圆圈,手拉着手,或右手搭在前人左肩上进行歌舞。歌舞时,歌师领唱,众人附和。所唱的歌称之为"踩堂歌"。"踩堂歌"中,怀念祖母、赞颂她的功绩是其主要内容。如:

> 进堂唱,
> 手牵着手踩歌堂。
> 一踩左来二踩右,
> 你唱我答喜洋洋。
> 我们踩堂先请"祖母"来引路,
> 有她引路人心才欢畅。
> 像那鲤鱼出鱼窝,
> 来来往往游在清水塘;
> 像那画眉出山林,
> 放开歌喉尽情唱。
>
> 祖母引路进歌堂,
> 古老规矩传侗乡,
> 男女老少都把她怀念,
> 是她领头抵抗李家和帝王。

---

① 潘光华:《丹寨苗族风情与口头文学》,载贵州省民族事务委员会、中国作家协会贵州分会民族文学委员会编:《苗族习俗风情与口头文学》(内部资料)。

舍生忘死跳崖把身献,
想起她来我们歌声更响亮。

年年祭"萨"不知祖母在哪里,
只听传说"祖母"在那吉祥地;
请得"祖母"来到护佑全村寨,
保佑人丁兴旺地方多清吉。
白色岩石砌成"祖母堂",
留得祖母常在众人好福气。
祖母啊!如今天下乱纷纷,
什么地方你都莫要去;
就请"祖母"落脚这里住,
常和我们在一起。
……

(陆光培等唱　吴定国搜集　吴定国、杨国仁整理)

这首歌谣古朴,庄重,充满了崇敬的感情!由于祭祖歌是在严肃而隆重的仪式中吟诵和歌唱的,因而它的歌词比较固定,很少有删减或增加的现象出现。

毋庸讳言,祭祖仪式和它派生出来祭祖歌都是祖先崇拜的产物,宗教色彩比较浓厚,与时代的发展很不适应。随着社会的进步,我们欣喜地看到,这些仪式和仪式歌也在演变,宗教意识逐渐淡薄。人们之所以还这样做,其目的是为了娱乐,也是为了达到对宗族组织的认同,从而增强家族、民族的凝聚力和向心力。

(3)礼俗歌,是在生子、嫁娶、祝寿、送葬、造屋等红白喜事及日常迎宾带客时所吟诵歌唱的歌谣。

贵州人非常崇尚礼义。各个民族都有自己世代传承、相沿成习的礼俗,都有自己独特的礼俗歌。比如侗族在新生儿出生时,有生子的仪礼,要唱《贺生男孩歌》:"月亮出来满山黄,贵府堂前桂花香,香飘千里传喜信,闻知添个聪明郎。"布依族在人年纪大时,有祝寿的仪礼,要唱《祝寿歌》:"酒杯斟酒酒杯黄,酒在杯中桂花香,无酒不能成礼义,有酒先给老人尝。只有小的来敬老,老的敬小不应当。老人饮干这杯酒,精神旺盛体健康。寿比南山松不老，福如东海水流长。"修房造屋是为了获取居往空间，建造安身立命之所，贵州各民族都十分重视。修房造屋中有很多仪礼，也有很多礼俗歌。贞丰布依族在修建新居的过程中就有"发锤歌"、"订柱歌"、"立梁歌"、"开梁口歌"、"包梁歌"、"缠梁歌"、"发梁歌"、"站梁歌"、"上梁歌"、"谢酒歌"、"梁头对唱"、"踩门词"等等。多数地方大概嫌繁琐，尽量进行简化，到后来只看重上梁这一关键环节。上梁时，举行上梁仪式，由木工师傅唱"上梁歌"。汉族的《上梁歌》是这样唱的："天德地德立四柱，紫微太微上金梁。立柱且逢黄道日，上梁正遇紫微星。日吉时良大吉昌，奉请各位来上梁。事主今日把梁上，荣华富贵万年长！"

礼俗歌大多是祝颂之词。它寄托着人们对美好生活的期盼、祝愿，反映了宗法社会中人们的价值观念和社会理想。

在贵州的礼俗歌中，数量最多的是酒歌、婚姻歌、丧葬歌。

酒歌是人们以酒为媒介在社会交往中吟诵和歌唱的礼俗歌。贵州由于雨量充沛，空气潮湿；也由于山高坡陡，劳动强度比较大，许多人都酷爱饮酒。以酒来抵御潮气，以酒来消除疲劳。加之贵州各民族热情好客，对人真诚，待客少不了酒，从而造就了贵州多姿多彩、别具特色的酒文化。由此而派生出来的关于酒的礼俗也异常丰富。在贵州许多地区，特别是少数民族地区，无论是走亲访友、过年过节，还是迎亲嫁女、立房造屋，主人都要设酒招待。酒和歌是紧密联系着的，有酒必歌，因而使得酒歌极为盛行。酒歌的内容因不同场合而定，有迎客酒歌、劝酒歌、敬酒歌、祝福酒歌、谢酒歌、送客酒歌等等。歌的内容可以天南地北，包罗万象，也可以就事论事，互诉衷肠。其形式有独唱、对唱、合唱等多种，但以对唱为多。有趣的是，黔西北有一种酒歌是一唱众和的。在酒席中，当领唱者唱到精彩处，大家便和唱起来。有时，和唱者即兴唱出另外的旋律，与领唱者形成多声部合唱。

酒歌反映了贵州各族人民和睦相处、友好往来、以诚相待、有礼有节的民风，再现了贵州各族人民淳朴豪爽、慷慨好客的性格。且看流传在丹寨苗族群众中的《酒歌》：

> 客：喝酒端着这样精美的酒杯，
> 　　九拨客人喝了，九拨客人都醉；
> 　　十拨客人喝了，十拨客人不知道返回。
> 　　我喝了就走不动啦！脸上就像熟透的

杨梅！
　　　　一两眼蒙胧，直到天黑还在醉。
　　　　在亲家面前丢丑了，
　　　　想来真是惭愧！

　　主：天不黑我不慌着敬酒哟，
　　　　天黑了我才把酒来敬亲友。
　　　　虽然水酒淡得像清水一样，
　　　　我还是手膊弯弯，双手端到亲家口。
　　　　亲家，请你不要嫌它味不稠，
　　　　不然我端酒的手就要害羞！
　　　　亲家，请你快张口吧，
　　　　你不可怜我这端酒的手已酸得发抖，
　　　　也要可惜这盛酒的杯子就要抖落打破，
　　　　你看它又圆又光多好的釉！
　　　　……

（陈金才唱　王凤刚译）

　　客人托"醉"婉拒再喝，主人"端酒"竭力相劝，这是贵州农村酒宴席上的真实写照。

　　再看流传在三都布依族群众中的《敬酒歌》：

　　主：楠竹筷子一双双，
　　　　妹来分给唱歌娘，
　　　　拿来分给歌师傅，
　　　　粗茶淡饭表心肠。

　　　　楠竹筷子黄晶晶，
　　　　妹来分给唱歌人。
　　　　拿来分给歌师傅，
　　　　好请歌仙上歌亭。

客：楠竹筷子对对齐，
　　姐来分筷笑眯眯。
　　姐来分筷到我手，
　　大家同陪还桌席。

　　楠竹筷子黄晶晶，
　　姐来分筷笑盈盈。
　　姐来分筷到我手，
　　多谢主家情义深。

这些酒歌，大都是敬仰、恭维、祝贺、夸赞、相劝、感谢之词。它在一定程度上反映出了贵州传统文化的绵延不绝，折射出了贵州乡土社会的和谐关系。

婚姻歌是有关男婚女嫁婚姻仪礼的礼俗歌。婚姻是维系人类自身繁衍和社会延续的最基本的制度和活动，各民族都非常重视。由此而产生的礼仪习俗也花样繁多。贵州民间的婚姻仪礼，大体由提亲、定亲、送聘礼、选吉日、迎娶等环节组成，由此而产生了许多的"定亲歌"、"送亲歌"、"迎亲歌"、"回亲歌"……各民族由于在婚姻仪礼环节中表现形式不同，其婚姻礼俗歌也不一样。最具魅力的是汉族的"新婚礼仪歌"，汉族、土家族、仡佬族等民族的"哭嫁歌"，侗族的"伴嫁歌"，苗族、侗族等民族的"拦路歌"，彝族的"附起夏"等也很有特色。

汉族一向看重新婚礼仪，汉代就有了撒帐、闹新房等习俗。当今，中原地区这种汉族新婚礼仪已经式微，或已发生了很大变异，然而在贵州的一些偏僻地区，还保留着中原汉族的这种新婚礼仪的历史遗风，且看余庆汉族的《新婚礼仪歌》：

　　拜堂时司仪诵吉祥词：
　　东方一朵祥云起，
　　西方一朵紫云开，
　　两朵祥云共结彩，
　　堂中出现新人来。
　　结婚典礼开始，

新郎新娘就位。
鸣炮，奏乐！

当新郎新娘向祖宗三拜九叩首、完成拜堂的仪式后，由媒人（或儿女双全的妇女）将新娘牵入洞房，边走边诵：

天长地久，进入洞房。
夫妻交拜，地久天长。

进入洞房后，点香烧纸酹酒，要夫妻二人吃交杯酒，并吟诵：

吃个二门喜，
吃个四季红，
吃个五子登科，
吃个六（禄）位高升，
吃个八大发财。
然后向床上撒桐籽，边撒边唸：
桐籽上床，上床，
儿孙满堂。

因桐籽与童子同音，表示这张床往后会生育许多孩子。

接着是"请钥匙"。所谓"请钥匙"，又称"周公之礼"。新娘家送的一些嫁妆放在红松木柜或木箱里，钥匙却在送亲客手上。男方要请"圆亲婆"（能说会道的主持婚礼的妇女）端着礼盒去逐一问送亲客，把钥匙"请出来"。下面就是"圆亲婆"和送亲客的对词。

圆亲婆：
一进堂屋四角方，
不知钥匙在哪方？
送亲客：
一颗豆子圆又圆，
钥匙就在我面前。

圆亲婆：
铜打铁，铁打磁，
我到贵府请钥匙。
一个金盆亮堂堂，
我请钥匙去开箱。
开开箱子无别事，
取出新人鞋一双。
送亲客：
铜打钥匙铁打钩，
左手拿来右手丢；
钥匙放在金盆上，
拿去交给新人手。
圆亲婆：
一个金盆四角亮，
请把钥匙丢在金盆上。
（送亲客把钥匙丢盆内）
圆亲婆和送亲客：
喜气洋洋，进入洞房。

接着，由村里的善唱者唱下面的歌后，村里人和亲戚中男女青年才进新房与新郎新娘逗乐取笑。

一进洞房把脚跨，
叫我说个四言八，
我不推来我不让，
不知新人在哪方？

一进洞房喜洋洋，
好比蜂子在朝王。
不知蜂子朝哪样？
不知新人在哪堂？

一进洞房朝上望,
新人坐在牙床上。
头顶夜明珠,
手戴玛瑙镯;
玛瑙镯儿手上戴,
新人还是好人才。
上穿绫罗裙,
下穿梅花裤。

岩上有苋草,
风吹两边倒;
新人不说话,
还是娘家教得好。
岩上有苋菜,
风吹两边摆;
新人不说话,
肯定是有怪。

一问柜子角角叉,
装的毛栗和葵花。
你把葵花拿来吃,
人人都会把你夸。

一问柜子角角尖,
里头装的是好烟;
你把好烟拿来吃,
人人说你赛大仙。

一进洞房闹洋洋,
新人穿的红衣裳;
我今请你无别事,
请你出来闹新房。

枫香叶子叉对叉，
你们二人把手拉；
只等来年生贵子，
贵子定是胖娃娃。
……

送亲客要走了，临别时要与亲家父母说一席押韵的告别话。

送亲客说：
大家知道，隔山隔坳。
我的姐姐，多在山中，
少在书房，未读诗书，
言迟口钝，话不会说。
针线不熟，慢慢学；
茶饭不热，慢慢煮。
望亲爷亲娘，时常教说。
亲爷亲娘说：
当门有块萝卜菜，
生米造成熟饭来，
媳妇当作姑娘待，
孝孝和和一家人。

（夏永昌、梁光寿唱　毛锦彬、汪江、杨静、罗旭周琴采录）

这首《新婚礼仪歌》充满了戏剧性，它按照仪式的程序把当地新婚的热闹场面一幕一幕地表现了出来。这样的婚姻歌，有着宝贵的历史、民俗价值。

"哭嫁歌"是姑娘要出嫁时唱的哭别歌。这种歌在汉族、仡佬族、土家族中盛行，在部分彝族、布依族、羌族中也有流传。结婚是件喜事，为什么姑娘在出嫁前还要痛哭流涕、大放悲声呢？这得从"哭嫁"的习俗说起。原来在父系氏族社会取代母系氏族社会后，男人嫁到女家的状况被颠覆了，相反，从妻居变成了从夫居，也就是说，女的要嫁到男人家去，这对妇女来说是不情愿的，因此伤心；后来进入阶级社会后，长期的封建家长制使妇女的地位十分低下，不仅没有婚姻自由，而且嫁到婆家后也是当牛做马。这种现实的存在，造就了她们在角色转换时对前途感到恐惧的心理，因此她们要利用"哭嫁"来加强与娘家的关系，表示自己出嫁是逼迫的，万一出嫁后有事娘家不能撒手不管。这从"哭嫁歌"中都有"哥和我是同根生，生死贵贱不同命，下贱妹妹要出门，哥在家中做贵人"的责怪父母的歌词中清楚地看出来。

贵州汉族、仡佬族、土家族中流传的"哭嫁歌"大致差不多，一般在姑娘出嫁前的几天甚至十几天就开"哭"。据有关调查，黔北汉族、仡佬族中的"哭嫁歌"有六个程序：一是开声，出嫁前三天，由母亲带着女儿开始哭（无母，则由婶娘或嫂子带）。开声，实际上是"哭嫁歌"的序曲。二是哭父母哭亲戚，姑娘开声后，三亲六戚要来看望她，姑娘坐在闺房里，由一女人在堂屋接待并充当传呼人。亲戚来时，则通报姑娘，姑娘即哭来的亲戚。被哭者要打发姑娘包礼钱。被哭者若是男性，就将包礼钱交与传呼人转交姑娘；若为女性，则大多数要先去陪哭后才将包礼钱亲自交给姑娘。三是哭媒人。表示对媒人的感谢，若对其婚姻极不满意，则对媒人进行咒骂。四是哭帮忙人（为姑娘梳妆、做嫁妆、办酒席的、开脸人、穿衣人、木匠、厨师等）。五是辞祖宗，拜父母，姑娘出嫁的凌晨，要到香火前辞祖宗，拜父母，边拜边哭唱。六是上轿哭。迎亲的花轿来后，姑娘随着踩斗、踩筛子、甩筷子、跨门槛，请求父母赠言等仪式哭唱。相传，斗能避邪，姑娘踩斗出嫁后会吉祥如意；在传统的观念中，"四眼人"（怀孕妇女）参加婚礼会与新嫁娘争怀，使其不能生育，而筛子的无数个眼能照透"四眼人"，保住新嫁娘以后能生儿育女，因而产生踩筛子仪式；甩筷子表示姑娘对娘家弟兄家业兴旺、人口发达的希望和祝愿，同时也寓意姑娘甩掉娘家衣食后能自食其力过上好日子。[①]"哭嫁歌"大多以惜别爹娘、哥嫂、姊妹、亲朋、好友，怨叹自家命运悲苦为其主要内容，如流传在遵义一带汉族群众中的《哭爹娘》：

一更明月出东方，
思想离娘好悲伤。
今晚母女同罗帐，

[①] 遵义地区文艺《集成·志书》编辑部：《中国歌谣集成·贵州遵义地区卷》，贵阳：贵州人民出版社，1993。

　　　　明日母女各一方。

　　　　二更明月照正梁，
　　　　泪珠滚滚湿衣裳。
　　　　千悲万惨难表尽，
　　　　抚儿之恩不能忘。

　　　　三更明月照华窗，
　　　　还有几时见爹娘。
　　　　燕子垒窝空费力，
　　　　一场大风拆破房。
　　　　……

（石金贵采录）

　　叙述了姑娘即将离开父母的忧伤，表达了对父母千辛万苦把自己养育成人的感激！

　　又如流传在德江、思南土家族中的《哭哥嫂》：

　　　　我的哥，我的嫂，
　　　　哥嫂待我千般好，
　　　　妹和哥嫂离别了，
　　　　哥嫂恩情报不了。
　　　　……

　　从姑娘对哥嫂讲的这些感谢的话中，透露出今后一旦在婆家吃苦头要仰仗哥嫂出来为自己撑腰的心理。

　　再如流传在道真仡佬族的《哭姐》：

　　　　我的姐呀我的姐，
　　　　妹妹离家好伤心。
　　　　姐的福份数不完，
　　　　妹有苦情数不清。

妹子手长衣袖短，
姐的重情难清还。
姐在府上享现福，
你的妹是无用人。
接过姐姐送的礼，
阳雀飞过远传名。

我的姐呀我的姐，
你要常来看老的。
经常帮助哥和嫂，
关照小妹和小弟。
你的妹子嫁得远，
山大路窄很偏僻。
你要经常来看我，
离家想娘又想姐。
我的姐呀我的姐
妹妹吃饭不陪你。

（王其珍搜集）

这首歌谣对自己嫁出去后的生活非常悲观，临行时把自己的期待一一向亲人交待。

对"父母之命，媒妁之言"的封建婚姻，姑娘们表示了强烈地不满。在父母包办的婚姻下，姑娘们没有婚姻的自由，完全听凭媒人的花言巧语。择偶时也不论对方人品的好坏，而只论财产及聘礼的多少。这种买卖婚姻给许多妇女造成了终身的痛苦。在许多妇女眼中，媒人是罪魁祸首，于是便把满腔的怨恨发泄在媒人身上。"哭嫁歌"中的"哭媒人"，相当多的就是对媒人的咒骂和控诉。流传在道真仡佬族群众中的《骂媒人》这样唱道：

媒人一生没良心，
不知害了多少人？
好酒好肉吃下肚，
多少女儿进火坑。

媒人害人不用刀，
两片嘴唇胜过刀；
不管男女愿不愿，
生拉活扯啷开焦。

背时媒人你莫笑，
总有一天要摔跤。
摔死路上无人埋，
人踩狗拖老鹰叼。

媒人生来是条狗，
东家吃了西家走；
总有一天摔岩死，
世上无媒得安乐。

（程珍、李伯春等唱　王其珍搜集）

特别值得一提的是，由于"哭嫁歌"的创作者和演唱者都是女性，因而可以说"哭嫁歌"是真正的、地道的女性文学。它有着浓重的女性文学色彩。它以反性别歧视为基点，反映了女性在男权社会的苦闷、彷徨和抗争，表现了她们对"男尊女卑"的不满和抗拒，在一定程度上揭示出妇女们女性意识的觉醒。

拦路歌，是在婚俗和其他交际活动中歌唱的一种礼俗歌，在苗族、瑶族、侗族、壮族等民族中广泛流传。这些民族在婚嫁接送时，主寨的姑娘、小伙常常在途中或寨门、家门前用方桌、长凳、竹竿、绳索以至鸡笼、鸭笼、纺车等器物设卡，拦着客方的小伙、姑娘唱拦路歌。这种拦路歌，主方是盘问，客方是解答，只有客方的解答让主方满意了，方能顺利过关。否则不仅过不了关，还要受到喝大碗酒等的惩罚。

婚嫁"拦路"的做法，有研究者认为，起源很早。"很可能起源于对偶婚时代，正如恩格斯所说：'随着对偶婚的发生，便开始出现抢劫和购买妇女的现象，这是发生了一个深刻得多的变化的普遍现象。'于是，乘两个部落联姻之机别的部落来进行打劫已不是稀奇的事情。可以想象，那时人们的婚礼不是今天表现出来的'拦门酒'这样热闹轻松的场面，而是如临大敌真刀真枪地对每一个外来接亲人，进行严格的盘查，防止外人混入。现在习俗中主客在拦门酒时的对歌，就是当时盘查情景的再现。"① 这种看法，不无道理。但根据贵州的具体情况，笔者认为还和原始宗教有关系。在相当长的历史时期中，贵州农村（包括民族地区）"巫"风盛行。这种"巫"风，就是原始宗教。当村寨中出现了起火、疾病等灾祸，人们便认为这是有"鬼"在作祟，要请巫师来"禳解"，名之曰"忌寨"。"忌寨"的时候，是不让外面生人进寨的。为了防止万一，人们便在寨门外设置关卡，用东西拦起来，并派人把守。若有人要进寨，必须问个究竟，这就是"拦门"的来历。后来人们把它推广到婚嫁等礼俗中去。在那些礼俗中，肃穆的宗教气氛没有了，替代它的是欢乐的热闹场面。

拦路歌主要是盘诘解答。一般是主方唱歌拦路，解释拦门的理由；而客方则回歌开路，对主方提出的理由进行驳斥，讲清自己之所以要进寨的原因。如流传在从江侗族群众中的《拦路歌》：

> 女：我忌寨，
> 　　我孵鸡崽忌寨门
> 　　我忌寨门不让进，
> 　　生人进门鸡崽鸭崽要遭瘟。
>
> 男：家抱鸡崽从不讲忌寨，
> 　　你借忌寨故意来拦门。
> 　　莫要扯谎快让我们进，
> 　　我们进寨鸡鸭才成群。
>
> 女：太可怕，
> 　　让你进寨老人骂。
> 　　姑娘本是父母管，
> 　　一举一动怎能瞒着她（他）？
>
> 男：莫要怕，

---

① 韦启光、朱文东：《中国苗族婚俗》，第95页，贵阳：贵州人民出版社，1991。

老人爱骂由她（他）骂。
只要让我进寨子，
唱首好歌说服她（他）。
……

这首歌谣一问一答，风趣诙谐，名曰"拦"，实则"迎"。

一般来说，拦路歌的歌词都较为固定，变化不大。但也有触景生情，即兴发挥的。如流传在从江苗族群众中的《拦路歌》：

……
客问：昨天这里刚打仗，
　　　官兵都过这地方。
　　　你们不拦官兵路，
　　　只拦我们做那样？
　　　官兵来了三百人，
　　　还有一匹白马跟。
　　　短号吹得哒哒响，
　　　长号也随短号扬。
　　　官兵来回无人阻，
　　　只把我们的路拦。
　　　请问亲戚和朋友，
　　　只拦我们为哪样？

主答：昨天这里刚打仗，
　　　你们讲的不走样。
　　　官兵路过三百人，
　　　牵着马匹还扛枪。
　　　官兵来了谁敢拦？
　　　谁拦谁就把命丧。
　　　拦住官兵歇村外，
　　　村里乡亲更遭殃。
　　　猪鸡鸭鹅自家养，

到头都是官兵尝。
你不拿去送官兵,
官兵就要进村抢。
禾谷收到家里头,
将被官兵全吃光。
请问亲戚和朋友,
哪人敢把官兵拦?
你们来了把路挡,
这是苗家老习惯;
朋友今来几十人,
还是来过三三两?
你们来了要吃肉,
一喝就把酒喝光。
翻箱倒柜你们干,
我们坛子被倒翻,
坛子倒翻无酒饮,
我们才把你们拦。

(贾辉山演唱　韦德怀搜集)

这首新中国成立前在黔东南苗族地区流传较广的"拦路歌",显然是打破惯例,即兴创作的。它在对主家为何拦门的责问中,借题发挥,巧妙地同现实联系了起来,对封建军阀横行霸道、烧杀掳掠的行为进行了无情的揭露,对人民大众在战火绵延中朝不保夕的生活给予了深刻的同情。由于它具有强烈的现实性和时代性,因而深受群众的欢迎,很快就传开来,直到今天都还有一定的魅力。

在威宁、赫章、水城等彝族群众中流传的"附起戛",同黔东南苗族、侗族等民族的"拦路歌"一样,是一种在婚礼中演唱的礼俗歌。彝语"附"指"媒人";"起"指"狗","戛"即"打"的意思。"附起戛",意即给媒人打狗。在彝族的婚俗中,男家要请能言善唱的"慕史"和一帮小伙同媒人组成接亲队伍,携带礼品,牵马前往女家迎亲。女家早有准备,在大门外用松、竹等搭成"金"、"银"、"铜"三道门。门边放一小桌,上置水、酒各一碗,杜鹃树枝和松树枝各一枝。一俟接亲队伍走近所搭门边时,早已等候的姑娘们便上前拦路，用歌盘问。接亲者只有逐一解答请楚，才能得以通过。否则就要遭到身被冷水泼、脸被锅烟抹、甚至被杜鹃树枝或松树枝抽打的惩罚。

"附起戛"别具一格，优美动听。且听流传在赫章一带彝族群众中的"附起戛"：

问：今天你来时，
　　骏马九十九，
　　恶犬六十六，
　　斗鸡三十三，
　　布来拦你路，
（布：方言，即布置之意。）
　　你如何过来？

答：今天我来时，
　　备九十九套笼头，
　　拴住九十九骏马；
　　带六十六块骨头，
　　投入狗群里；
　　揣三十三把米，
　　撒向鸡群中。
　　开通了来道，
　　顺利过了来。

问：今天你来时，
　　九十九头牛，
　　六十六兵丁，
　　三十三彩女，
　　布来拦你路，
　　你如何来过？

答：今天我来时，
　　九十九捆草，

丢给了牛群；

六十六角美酒，

招待了兵丁；

五色丝花线，

赠送给彩女。

开通了来道，

我就过来了。

……

这种"附起戛"，用对歌的形式，进行着智力的较量。它使围观的人开阔了眼界、增长了知识，也给山乡的婚礼增添了无穷的欢乐。

"伴嫁歌"是姑娘出嫁前夕，姊妹以及情人前来陪伴时所唱的一种礼俗歌。这种歌又有姊妹"伴嫁"和情人"伴嫁"之分。引人注目的是情人"伴嫁"，也就是姑娘出嫁前夕，要接待以前同自己有来往、有感情、但成不了婚的情人来唱离别歌。据龙玉成调查，在天柱、三穗、镇远、剑河等县的部分侗族地区有唱"伴嫁歌"的习俗。天柱的坪地、八阳和三穗的款场、桐林等地把这称之为"吃粑"。之所以称"吃粑"，是因为姑娘出嫁，男家接亲时所送的礼物中，除酒、肉、米和财礼外，还有"粑粑"。去喝喜酒的客人，不仅有"粑粑"可吃，而且走时主人还有"粑粑"相送。姑娘的情人来唱"伴嫁歌"，也就叫做"吃粑"。这一带侗族地区，后生去"吃粑"，一般不是公开地到女家去，姑娘是背着家人，将情人约到亲友家，办酒席招待与之同唱"伴嫁歌"。剑河县的蹓溪、小广一带有三种叫法：一是叫"jeel xeec'吃茶歌'"，吃茶所唱的歌，主要是寨邻中不同姓氏的男青年来与出嫁的姑娘唱歌；二是叫"吃筛子饭"，侗语叫"jeel oux xaic"，吃筛子饭的形式与吃茶不同，来"吃筛子饭"的人，是姑娘的情人，他们在姑娘出嫁的那天晚上，来到姑娘家们楼下，就乒乒乓乓地锤打壁头，表示强烈地抗议，抗议女家父母将姑娘送给别人，拆散了他们的姻缘。女家知道后，就要姑娘用筛子端着糯米饭和酒肉来楼下给小伙子们吃，陪小伙子们唱歌。所以称之为"筛子饭"。三是"jeel gaos dangx"。这种形式与前面两种不同，是出嫁的姑娘征得父母同意后，在出嫁的头天晚上，邀请自己最相好的情人到家里来，摆开酒席唱"伴嫁歌"。男方来时，邀约三、五个伙伴，带上送给姑娘的礼物，来到女家门前，就唱歌进家。进家后就摆上酒席招待他们。女方也邀约自己的姊妹，在酒席上与男方对歌。这种对歌只限青年男女双方，有时双方都请歌师来指导。旁听围观者很多。镇远县抱京大寨就叫做"伴嫁歌"。这里的风俗，凡是姑娘出嫁，都要邀请自己的情人来家唱"伴嫁歌"。若是哪家的姑娘出嫁，没有人来唱"伴嫁歌"，则被认为这个姑娘不逗人喜欢，是要受到人们的议论，老人面上也感到无光。[①]

情人"伴嫁"这样的习俗是怎样形成的呢？笔者以为，这些侗族地区由于地理环境和社会条件的限制，比较封闭，在相当长的时间里没有受到外来文化的影响，是一个"文化孤岛"。人们一直按照传统的方式在生活着，恋爱是自由的，婚姻也是自主的。随着私有制的发展，加之外来文化的冲击，人们的思想观念发生了变化，把女子出嫁看作是劳动力的转移，对自己家庭来说是一种损失，因而要求结亲的男方必须拿出一定的财物作为聘金彩礼使自家的损失得到补偿。这样一来，婚姻的缔结与家庭的贫富挂上了钩。尽管这时青年男女的恋爱仍是自由的，但婚姻却不自主了，全由父母包办。这使得许多有情人难成眷属，特别是那些贫穷的人。女子要出嫁了，与情人说清楚，叙叙旧，唱唱歌，是理所应当的，得到了社会的广泛认同。久而久之，就形成了唱"伴嫁歌"的习俗。

"伴嫁歌"按顺序有"开门歌"、"讨烟谢烟歌"、"讨茶谢茶歌"、"上席开碗歌"、"酒歌"、"叙情歌"、"苦情歌"、"劝歌"、"送别歌"等。歌中有对过去相恋的回忆和重逢的喜悦：

男：青花碗，
　　一路阴来一路阳；
　　路路都是青花碗，
　　打开花碗情意长。

女：青花碗，
　　一路阴来一路阳；
　　哥到妹家多简慢；
　　无酒无菜望海涵。

---

① 龙玉成：《贵州侗族歌谣选》，第150页，北京：中国民间文艺出版社，1989。

有对分别的苦痛和对旧情的怀念：

> 女：壶瓶酒，
> 　　打开壶瓶听酒香；
> 　　哥来妹家情义重，
> 　　妹来敬酒泪汪汪。

> 男：金壶斟酒酒无声，
> 　　端起酒杯泪淋淋；
> 　　眼泪落在酒杯内，
> 　　酒变苦水哥难吞。

有对包办婚姻的谴责：

> 男：满天乌云要下雨，
> 　　半路分离想来真是好伤心；
> 　　口抹白灰讲白话，
> 　　你妹哄我花园栽花真无情。

> 女：黄河隔断妹心冷，
> 　　仔细想来只怪父母太狠心；
> 　　哥妹好到这地步，
> 　　不得成双想来实在可怜人。

有对不能婚配的无奈和愤懑：

> 男：当初不嫌结恩爱，
> 　　花园栽花只想一年四季开；
> 　　哪晓牡丹别人采，
> 　　叶落枝枯白害我弟守花台。

> 女：我俩结交多日久，

　　　　事到如今恩深义重实难丢；
　　　　万一不得成双对，
　　　　空背名声也要常来花园游。

　　　　（邰荣顺、邰春秀等演唱　龙玉成、龙便金搜集）

　　"伴嫁歌"饱含着侗族青年男女的血和泪，它是侗族青年男女对封建包办婚姻诅咒、控诉的历史见证。

　　"逃婚歌"是流传在苗族、布依族、侗族、彝族、水族等民族中与婚姻有关的一种礼俗歌。在长期的封建社会中，贵州各族人民的婚姻是不自由的。情投意合的青年男女要想结为百年之好受到重重阻拦。首先是封建包办婚姻使得有情人难成眷属；其次是"还娘头"（即姑妈家的女儿要嫁给舅舅家的儿子）的恶习给青年男女的婚姻造成了极大的障碍。热恋中的青年男女要想成为夫妻，只有逃婚。"逃婚歌"就是逃婚这一婚姻形态的产物。

　　"逃婚歌"情感炽热，悲壮动人。在这些逃婚歌中，有青年男女相约出逃时，相互鼓励，表现心迹的。如流传在黔西北苗族中的《寒风吹不散我俩私奔的心》：

　　　　男：可爱的情妹呵，
　　　　　　要逃就趁早逃吧，
　　　　　　要溜就趁早溜。
　　　　　　月黑黑的夜呵，
　　　　　　蒙不住我俩明亮的眼睛，
　　　　　　挡不住我俩私奔的决心。

　　　　女：心爱的情哥哎，
　　　　　　要走就赶早走，
　　　　　　要溜就赶早溜。
　　　　　　绵绵不断的秋雨哟，
　　　　　　扑灭不了我俩火热的爱情，
　　　　　　冰冷不了我俩私奔的心。

男：可爱的情妹哎，
　　我俩现在就走吧，
　　冬天凛冽的寒风呵，
　　吹得天摇地动。
　　寒风吹不散我俩私奔的心，
　　在狂风呼啸的冬夜里，
　　我俩紧紧相依。

女：心爱的情哥哎，
　　我俩现在就溜吧，
　　封天的冰雪呵，
　　挡不住我俩私奔的心。
　　我俩火热的爱情，
　　要将千丈的冰雪融尽。

合唱：我俩私奔的情人呵，
　　　说走现在就走，
　　　说溜现在就溜。
　　　千年的婚俗古规，
　　　折不散我俩坚贞的爱情；
　　　还娘头的古理，
　　　我俩来把它折毁。

（韩绍纲采录）

有描述逃婚途中生活艰难，道路坎坷的歌谣。如流传在贞丰布依族中的《逃婚歌》：

　　……
　　要逃我们一起逃，
　　要走我们一起走，
　　丑时鸡鸣三更去，
　　寅时鸡鸣三遍走，

勒那未成熟的生米装一袋，
割那已黄的稻子放一兜，
杀只小鸡吃晌午，
宰只雄鸡来卜卦，
卜卦反得修。
（反修，布依语音译，即不吉利）
我俩准备起程逃，
逃到上方恐布依人知道，
逃到下方又怕汉人来修书，
听说他家修书贴路上。
一张贴在岩鱼和顶江，
一张贴在这洋塔山脚，
一张贴在白腊垭口石头寨，
一张贴在遥远的路牌脚。
书文已经贴在渡船上，
书文已经封住渡口边。
叫船夫不要带我们过河，
令舵手不要渡我们过江。
来到白层吃晌午，（白层：地名）
去到习平才歇气。（习平：地名）
休息待山影荫凉，
休息等太阳偏西。
要等场上生意人收摊，
他们才带我俩渡河过江。
在这种状况下，渡河所花的费用是很高的：
拿什么作过河礼？
拿什么为渡江钱？
青布蓝布妹来给，
蓝布青布妹来送。
给了船夫礼，
送给舵手物，
他们动身把我渡。

......

（王永福唱　罗玉文翻译整理）

还有逃婚中憬憧未来，盼望幸福的歌谣。如流传在威宁彝族中的《日子更比蜂蜜甜》：

> ......
> 阿哥带妹走，
> 去很远很远的地方，
> 那里有四季常青的古树，
> 那里有终年不干的泉水，
> 那里有肥沃的土地，
> 那里有鸟雀歌唱。
> 请汉族大哥来帮忙，
> 砍树立房子，
> 挖井又挖塘，
> 开地种五谷。
> 包谷像牛角，
> 洋芋像石头，
> 开出麻园地，
> 种麻做衣裳；
> 牛马成群喂，
> 猪羊遍山冈；
> 野花遍地开，
> 花开蜜蜂来，
> 日子更比蜂蜜甜。

（代俄沟兔汝　采录）

"丧葬歌"是以丧事为主要内容的礼俗歌。贵州是个多民族地区，各民族的丧葬礼仪纷繁复杂，由此而产生出来的丧葬歌也丰富多彩。这些丧葬歌，有丧家唱的，也有吊丧者唱的，还有巫师、毕摩、道士等唱的。铜仁地区土家族在老人去世后要唱"闹丧歌"。这种"闹丧歌"又称"跳丧",是由丧家请来的歌师在灵前设立的"歌场"中演唱的。在歌师演唱时,丧家及参加者二人或四人踏着鼓点,相对而舞,边舞边唱,随时随歌而替换。"闹丧歌"有"开歌场"、"接亡人"、"唱孝义"、"送歌神"四个程序,内容十分广泛,天文地理、历史现实无所不包。黔西北彝族老人死后,要请毕摩来念诵《指路经》。所谓《指路经》,就是给死者灵魂指路的歌谣。按照彝族的信仰,人是从祖先那里来的,死后灵魂也要回到祖先那里去。只有回到祖先那里,死者才能真正安息,子孙才能兴旺发达。三都水族的老人死后,要举行"开控"仪式。仪式中要吟诵一种名为"诘俄呀"的歌谣。若死者是女性,吟诵者须是舅舅或舅家各族的代表,其内容主要是传统的颂词和怀念死者的言词。

"丧葬歌"大多是缅怀死者的辛劳和功绩,表达对死者深厚的感情,正如水城汉族在悼念母亲的丧歌《阳间地府两茫茫》中吟诵的:

……
十月怀胎娘辛苦,
从小抚育费心肠;
早晚照看儿身体,
时刻浆洗儿衣裳。
等儿吃饱饭菜冷,
娘吞冷饭和冷汤。
白天辛苦都难讲,
红日落西娘更忙。
把女抱在怀中坐,
绩麻织布无灯光。
女儿床上不肯睡,
啼啼哭哭到天光。
儿睡干,娘睡湿,
生怕儿女受风凉。
儿女生病娘急坏,
求神拜佛寻药方。
天热只怕儿出汗,
天冷又怕儿冻伤。

>　　为了儿女身健壮，
>　　夏单冬棉换衣裳。
>　　洗儿屎尿不嫌臭，
>　　残汤剩饭不怕脏。
>　　为儿为女受折磨，
>　　酸甜苦辣样样尝。
>　　难得抚儿长成人，
>　　操心婚姻更心慌。
>　　父母恩情深如海，
>　　终身牢记不敢忘。
>　　……

这首歌谣将母亲怎样含辛茹苦将自己养育成人的恩德通过一桩桩一件件具体的事情表现出来，让人听了无不动容。

第三节　生活歌

生活歌主要指反映人民日常劳动生活和一般家庭社会生活的歌。

在新中国建立前的漫漫长夜里，贵州广大人民在黑暗统治下，啼饥号寒，流离失所，生活在水深火热之中。许多民间歌谣，就诉说了贵州广大人民在反动统治阶级压迫下的痛苦生活。这些民间歌谣，在贵州不少地区，称之为"苦歌"。

"苦歌"中最引人注目的是农民生活歌和妇女生活歌。

贵州是一个农业省份。无论是建省前还是建省后，农业始终占据着主要经济地位，农民始终是贵州人数最多的一个阶层。在长期的封建社会中，农民的生活十分困苦。他们一年三百六十日，日日几乎都是脸朝黄土背朝天，拼命干活，可是到头来却毫无所得。正如水城汉族群众在一首民歌中唱的："农夫的汗呀，雨般的流呀，栽出的谷子，官家要收；农夫的手呀，辣烘的烘呀，栽出的谷子，地主要收；农夫的腰呀，酸溜的溜呀，栽出的谷子，债主要收。"为什么农民辛勤劳动，到头来却颗粒无收呢？原来在封建社会中，"官家"、"地主"、"债主"狼狈为奸，沆瀣一气，对农民进行超经济的剥削。

地方官僚，凭藉自己掌握的政权，横征暴敛，任意搜刮；地主阶级凭藉占有的土地，以地租为手段敲精吸髓地盘剥农民；高利贷者则以高额利息，对农民进行残酷地剥削。据调查，旧社会在贵州许多地区，地租有活租和死租两种，活租有五五分、四六分、三七分，甚至二八分。农民辛勤劳动一年，得到的不过是二成、三成、四成，最多五成，绝大部分劳动成果都被地主夺去。死租是地主按丰收年景收成的二分之一或高于二分之一定租，每年不论收成丰歉，佃户都要定额交租。在灾荒年分，佃户收来的粮食不够交租，还得变卖自己家中的财产。高利贷者对农民的剥削，其残酷程度不亚于地主，农民往往因拖欠一斗米而倾家荡产，以致不得不为沦为雇工。

沦为雇工的农民，丧失了土地，被剥夺了生产资料，无奈只得出外帮人，靠出卖劳动力谋生。流传在全省各民族中的《十二月帮工》就唱出了这些雇工的辛酸和苦痛：

　　　　正月里来正月正，
　　　　邀起伙伴去帮工；
　　　　长年工夫讲停当，
　　　　豆腐一点酒一盅。

　　　　二月里来二月中，
　　　　邀起伙伴去上工；
　　　　锄头搭耙交给你，
　　　　一屋大小望长工。

　　　　三月里来三月中，
　　　　三月阳雀叫得凶；
　　　　一来催动阳春早，
　　　　二来催动老长工。

　　　　四月里来四月中，
　　　　四月栽秧闹哄哄；
　　　　老板准备栽秧酒，
　　　　长年准备栽秧工。

五月里来五月中,
五月龙船快如风;
伙计邀我把船看,
老板扣我一天工。

六月里来六月中,
六月太阳像火烘;
老板打的乌油伞,
长工戴的烂斗篷。

七月里来七月中,
七月蚊虫叫嗡嗡;
老板挂的红罗帐,
蚊虫虱子咬长工。

八月里来八月中,
八月打谷响咚咚;
一天要打三挑谷,
缸中无水喊长工。

九月里来九月中,
九月重阳杀鸡公;
鸡头鸡尾老板吃,
鸡脚爪爪待长工。

十月里来十月中,
早起犁田好泡冬;
上丘犁到下丘转,
脚杆冻得红通通。

冬月里来冬月冬,

房前屋后冰雪封；
老板烤的杠炭火，
长工挤在牛棚中。

腊月里来得一年，
要求老板算工钱；
你把工钱算给我，
回家过个二道年。

（黄成八演唱　徐进、李代勋采录）

民歌以时间为序，反映了长工一年十二个月的生活状况，表现了他们痛苦而愤懑的思想感情。民歌中，不时采用对比的手法，把长工的生活同老板的生活进行对比："老板打的乌油伞，长工戴的烂斗篷"，"老板挂的红罗帐，蚊虫虱子咬长工"，"鸡头鸡尾老板吃，鸡脚爪爪待长工"，"老板烤的杠炭火，长工挤在牛棚中"。这些对比，把地主对长工的残酷剥削深刻地揭示了出来。词句之中，流露出长工们对世道不公的愤愤不平。这种《十二月歌》，据朱自清研究，它来源于六朝《西曲歌》中的《月节折杨柳歌》。① 这种用"十二月歌"的形式来表现长工生活的民歌，在全国许多地区都有流行，如清代流传在江苏南部的《骂长工》：

长工长到正月中，
打打衣包做长工，
大男小女朝我哀哀哭，
揩脱眼泪就上工。

长工长到二月中，
拿把蒲锹到河中，
东河捯到西河去，
砖头瓦片不净骂长工。

---

① 朱自清：《中国歌谣》，第164—166页，上海：复旦大学出版社，2004。

长工长到三月中,
拿把铁锹到河中,
东横头到西横头来住,
乌牛婆踏坏田骂长工。

长工长到四月中,
拿把镰刀到田中,
东横头割到西横头住,
鬼头风吹乱骂长工。

长工长到五月中,
挑担黄秧到田中,
东横头插到西横头住,
秧头不齐骂长工。

长工长到六月中,
拿把铳子到田中,
东横头铳到西横头住,
牛毛草不死就要骂长工。

长工长到七月中,
抬车抬轴闹融融,
东横头车到西横头,
田基白头露出就要骂长工。

长工长到八月中,
两边割稻闹融融,
东横头收到西横头,
扁担挑断骂长工。

长工长到九月中,
家主婆煮饭松又松,

> 盛碗饭苍蝇钻得过，
> 还说我长工吃得凶。
>
> 长工长到十月中，
> 牵砻做米闹融融，
> 日里做到三十担，
> 夜里做的勿当工。
>
> 长工长到十一月中，
> 淘米洗菜闹融融，
> 十指冻得个个冻，
> 烘也不敢烘。
>
> 长工长到十二月中，
> 家主婆喊我回家中，
> 还有工钱没拿着，
> 眼泪汪汪回家中。

贵州的这首《十二月帮工歌》，与省外的《骂长工》母题相同，属同一类型，从中我们不仅可以看出它们之间的承传关系，而且可以看出农民生活的困苦在封建时代具有社会的广泛性。

在那黑暗的日子里，农民的生活过得凄苦，手工业者和产业工人的生活也很艰辛。且看流传在黔西一带汉族群众中的《工匠歌》：

> 小锤响，大锤昂，
> 朝天每日敲当当；
> 一年四季光胴胴，
> （光胴胴：即开赤膊）
> 落块狗皮遮裤裆。

（张恒超采录）

> 斧劈木材汗水淌，
> 刨花翻卷诉衷肠；

常替豪门打喜货，
（喜货：即举行婚礼时用的新家具）
自己成亲少张床。

（邵吉清采录）

周年做瓦又打砖，
建造高楼数不完；
自己不得安身处，
千柱落地小金銮。
（小金銮：即小木条搭成的简易窝棚）

（何海成采录）

日食斗米气力大，
铁棒一拗石搬家；
熬到自己有房子，
人过中年难成家。

这几首歌，描绘了铁匠、木匠、瓦匠、石匠的生活。在那黑暗的社会中，他们挥汗如雨，没日没夜地劳动，结果怎样呢？铁匠是"一年四季光胴胴，落块狗皮遮裤裆"，木匠是"常替豪门打喜货，自己成亲少张床"，瓦匠是"自己不得安身处，千柱落地小金銮"，石匠是"熬到自己有房子，人过中年难成家"。

贵州产业工人的生活一开始就十分悲惨。就拿铜仁万山汞矿的产业工人来说吧，甲午战争以后，西方列强在中国取得了设厂权和开采权。英法商人在1899年在万山汞矿开办"英法水银公司"。在这个公司中，资本家残酷地压榨工人，从而造成了产业工人的生产，生活条件十分恶劣。民间歌谣《落寞只有我落寞》就唱出了这些产业工人心中的苦闷：

落寞只有我落寞，
身上捆根稻草索，
手上提盏桐油灯，
背上背个砂背篓。
吃了几多油烟子，
睡了几多冷岩脚。

（李杰、向先鑫采录）

在旧社会的生活歌中，反映妇女不幸遭遇的歌谣占了相当多的一部分。宗法观念和封建礼教给妇女带来了巨大的灾难，使她们只是作为传宗接代的工具和男人的附庸。她们没有财产继承权、支配权，没有独立的人格。在家庭中，她们付出最多。在农业生产上，除犁田翻地之类的重活外，其他劳动诸如扯秧插秧，锄草薅地、割谷打谷等她们无一不做。田间地头回来，她们还要承担养猪喂鸭、纺纱织布、舂米磨面、担水做饭等家庭副业、家务劳动以及养儿育女的重任。流传在从江侗族群众中的《爹娘嫁妹难得留》就唱出了姑娘长大后的苦楚："火烧大山难得救，爹娘嫁妹难得留。哪人留得滩头水，白费灯草枉费油。"出嫁后许多妇女的日子更不好过，流传在贵阳、黔南、安顺布依族群众中的《失亲歌》就唱出了这些妇女受到的非人待遇：

　　我娘养我贵如金，
　　嫁到婆家不成人。
　　白天挑水无数担，
　　晚间熬油到五更。
　　隔壁大娘心肠好，
　　灯草送我三五根。

　　清早下田去薅草，
　　黄昏上坡去淋粪。
　　老天下起瓢泼雨，
　　周身湿透转回程。
　　公公望见黑起脸，
　　婆婆望见骂连声。
　　丈夫望见不留情，
　　铜锤铁棒打上身。
　　上身打成墨染绿，
　　下身打成墨染青。
　　左思右想无去处，
　　抬脚走回娘家门。

死去活来诉苦情,
我娘含泪劝回程。
慢慢磨回房门口,
公婆一见鼓眼睛。
上天下地都无路,
找得麻绳两三根,
堂屋中间拜三拜,
麻绳紧紧拴颈根。
……

(龙韦民演唱　龙步元搜集)

更有甚者,有的女孩逼迫去作童养媳,有的妇女逼迫嫁给比自己小得多的丈夫,精神、肉体受到了极大地摧残。她们抱怨:"小小郎来小小郎,晚上还要抱上床,不是爹妈双全在,你当儿来我当娘。"她们诅咒:"人家丈夫像条龙,我的丈夫像毛虫。哪年哪月毛虫死,斑鸠跳出画眉笼。"

有些出嫁的妇女,由于种种原因,丈夫早逝,成了寡妇。她们的生活十分凄凉,流传在黔西北白族群众中的《寡妇歌》就唱出了寡妇的辛酸:

一想我的娘,
不该养姑娘。
三十岁守空房,
越想越心凉。

二想我的妈,
不该养侬家。
三十岁就守寡,
越想越复杂。

三想哥和嫂,
把侬带得好。
侄男侄女怀中抱,

越想越烦躁。

四想我的妹，
小侬两三岁。
男成双双女成对，
越想越掉泪。

五想那媒人，
不往我家行。
五行八字命生成，
由命不由人。

六想我朋友，
不往我家走。
相思病儿得在身，
难得会朋友。

七想我的床，
制下红罗帐。
鸳鸯枕头对面摆，
背时枕头不留郎。

八想我的房，
好像冷庙堂。
一对童儿来烧香，
好像女和尚。

九想我自己，
没得好福气。
三十出头就守寡，
婆家不准嫁。

十想我的身，
要嫁背骂名。
活着不如早早死，
早死早投生。

（李国保采录）

有些男人，由于贫困成不了亲，一辈子都打"单身"。许多"光棍歌"道出了他们生活的艰难：

郎打单身心肠硬，
一把剪刀一颗针。
上身连来下身补，
不好开口求别人。（侗族）

（龚宗唐采录）

单身汉来单身郎，
说起单身心悲伤。
白天回来吃冷饭，
晚上回来睡冷床。（布依族）

（张丛建采录）

单身汉来单身哥，
想起单身睡的窝。
半边睡来像粑折，
半边睡来像狗窝。（彝族）

（王荣辉搜集）

睡到半夜冷冰冰，
无人拉衣盖哥身。
枕头落地无人捡，
梦中说话无人听。（汉族）

（熊自修采录）

有些小孩，从小失去双亲，无依无靠，许多"孤儿歌"唱出了他们孤苦伶仃生活的苦痛：

正月里来正月正，
正月寡崽去帮人。
寡崽开口要五两，
老板只拿三分银。

二月里来叶嫩黄，
想到爷娘泪汪汪；
想到爷娘汪汪泪，
好比雷公坐水塘。

三月里来是清明，
家家提纸去上坟。
有娘有爷坟上白，
无娘无爷坟草青。

四月里来四月八，
喜鹊衔柴靠树桠；
喜鹊衔柴有树靠，
孤儿寡崽靠哪家？

五月里来是端阳，
村村寨寨过节忙；
有娘有爷有酒肉，
无娘无爷喝清汤。

六月里来六月六，
寡崽上坡薅包谷；
别人有娘送热饭，
寡崽捧着空碗哭。

七月里来七月七，

寡崽去把爷娘祭；
头句喊娘娘不应，
二句喊爷眼泪滴。

八月里来八月八，
寡崽流落到天涯；
一无亲来二无友，
不知落脚在哪家。

九月里来是重阳，
重阳造酒满缸香；
有娘造酒香甜味，
无娘造酒烂了缸。

十月里来天气寒，
衣服破了无人连；
衣服破了无人补，
孤儿寡崽好可怜。

冬月里来下凌冻，
寡崽出门去做工；
有娘有爷煮饭等，
无娘无爷肚皮空。

腊月里来了一年，
家家杀猪来过年；
有娘有爷团圆饭，
无娘无爷好孤单。

（龙遂芳等演唱　之侠、积全等搜集）

新中国成立后，贵州人民同全国人民一样翻了身，作了主，生活有了根本的转变。过去那种揪心的"苦歌"被欢乐的新生活歌所代替。贵州人民心中充满了阳光。他们放开喉咙，抒发自己内心的喜悦。黔东南的苗族群众在《盼红军》中唱道：

>……
>苗家地方呀变得浓青青，
>整个家乡呀变得绿茵茵，
>山山岭岭呀吹着木叶唱，
>村村寨寨呀吹起了芦笙，
>千村万寨呀来赞美，
>爹爹妈妈呀转年轻。
>苗家地方哟变得浓青青，
>浓哪浓哟浓青青，
>浓像巴拉河碧澄澄。
>清江上来哟千万岭，
>千村万寨哟一色青，
>像兰浓山哟翠生生，
>像摆马坡哟绿橙橙，
>像排当山哟山山青。
>两边山哟两边岭，
>四边坡哟都来顶——
>顶起天来呀一片青，
>坐定江山呀天下稳，
>一百代呀都稳定，
>稳像苗山千万岭，
>一千年呀也青青，
>一万年呀也青青。

（格秀演唱　苗丁记译）

黔南的布依族群众唱道：

>金色的秋天来了，
>银灿灿的荞花怎看不到？

那金灿灿的一片是哪样嘛,
从坡脚一直涌上云霄。

春天我们把土改成田了,
银灿灿的水渠盘绕山腰;
那金灿灿的一片哟,
是我们丰收的双季稻。

(储佩成 搜集整理)

改革开放后,贵州人民的生活有了进一步的改善。仅以1980年为例,"随着包干到户责任制的推广,农民的劳动热情高涨,当年就夺得了农业丰收。1980年全省农业总产值比上年增长4.3%,粮食总产量比上年增长4.1%,油料作物比上年增长43%,大牲畜年末存栏数比上年增长3%,猪、牛、羊肉总产量比上年增长9.9%,人均口粮比上年增长2.7%。"整个贵州农村,呈现出一派五谷丰登、牛羊满圈的兴旺景象。在这样的大好形势下,人民群众通过民间歌谣,尽情抒发自己的心声。六盘水地区的汉族人民在《如今政策放宽了》中唱道:

想起过去几年前,
打斤盐巴不得钱;
如今政策放宽了,
银行存款上万元。

铜仁地区的土家族群众在《日子越过越酥心》中唱道:

西装穿上农民身,
农村变化真喜人,
家家仓满金和银,
日子越过越酥心。

第四节 时政歌

时政歌是人民群众有感于切身的政治状况而创作的歌谣，具有很大的现实性、社会性。它大抵是针对当时社会上的某一件事或某一种现象而作的，往往鲜明地表现了人民群众对现实的态度，渗透着他们对这一件事或这一现象的是非爱憎。

贵州在明代建省后，时政歌就不断增多，这不仅说明了贵州人民对政治现实的关切，而且说明了贵州人民在歌谣的创作中，已从自发进入到自觉阶段。

贵州民间歌谣中的时政歌，在新中国成立前，相当部分表现在"苦歌"和"反歌"中。所谓"苦歌"，是人民通过对自己悲惨生活的叙述，倾诉自己心中苦闷的哀歌，如布依族的《苦歌》："苦！苦！苦！三年两头苦。百姓肚子空，官家粮米蛀"（祖岱年搜集）。这种歌，既是现实生活的写照，又是社会政治的反映。我们在"生活歌"中已作过介绍，在此不再赘述。

所谓"反歌"，是表现贵州人民反抗黑暗统治的歌。贵州由于山多地少，人们在这些地方的生产、生活异常艰苦；然而历代在贵州的封建统治者却认为这是"天高皇帝远"的地方，自行其是，胡作非为，对人民进行残酷的压迫和剥削，迫使人民揭竿而起，暴动起义。"反歌"便是在这种背景下产生的。它是事件的形象写照和历史见证。

贵州民间歌谣的"反歌"，集中表现在咸同起义和红军入黔的歌谣中。

1854年至1874年间，贵州人民不甘被压迫、被凌辱，在太平天国革命的影响下，举行了声势浩大的有汉族、苗族、布依族、侗族、水族、回族等民族参加的咸同农民大起义。起义中，各族人民创作了许多惊天地、泣鬼神的"起义歌"，诸如反映苗族起义英雄张秀眉的《张秀眉歌》、反映侗族起义英雄姜应芳的《姜大王》、反映水族起义英雄潘新简的《简大王之歌》，等等。

这些起义歌，大气磅礴，具有极强的战斗性，如反映杨元保领导布依族群众起义的《起义歌》：

红旗绕绕白旗翻，
咸丰四年打独山，
穷人要得出头日，

　　　　天地会里来团圆。

　　　　天神地神靠不住，
　　　　等死不如拼命干，
　　　　要等地方得太平，
　　　　打倒贪官免税捐。

　　1930年至1936年间，中国工农红军三次进入贵州，给当时闭塞、黑暗的贵州吹进了革命的新风，带来了改天换地的曙光。贵州人民热烈拥护红军，纷纷拿起武器，投身革命，建立工农政权。许多歌谣就表现了贵州人民跟着红军闹革命的意志和决心。且看流传在遵义汉族群众中的《当上红军人人爱》：

　　　　吃菜要吃白菜心，
　　　　当兵就要当红军，
　　　　当上红军人人爱，
　　　　为国为民立功勋。

　　　　　　　　　　（罗太贵讲述　贵州博物馆整理）

　　再看流传到黔西北汉族群众中的《背起大刀跟贺龙》：

　　　　太阳出来满天红，
　　　　背起大刀跟贺龙，
　　　　打出天下穷人坐，
　　　　泥巴腿子不再穷。

　　　　　　　　　　　　　　　（贵州博物馆搜集）

　　时政歌中，数量最多的还是揭露黑暗统治的。饱受剥削和压迫、十分贫困的贵州人民，为了发泄对黑暗统治的不满，常常用形象的语言编成歌谣，借以表达对统治者的愤懑或抗议。在这些时政歌中，有揭露社会黑暗的，如流传在兴义汉族群众中的《兵过犹如刮地皮》：

> 官如虎，匪如狼，
> 兵过犹如刮地皮。
> 官如梳，匪如篦，
> 兵来好比剃刀剃。

把清末民初"官"、"匪"、"兵"残害人民的状况生动地描绘了出来。老百姓辛辛苦苦积攒的一点用于维持生活的钱粮，哪里经得住"官家"的勒索、"土匪"的抢劫、军队的掠夺？"梳"、"篦"、"剃"三字，把这些吸血鬼吸食人民血汗的行径准确而又形象地表现了出来。

还有揭露社会不平等的。如流传在绥阳汉族群众中的《穷人愁来富人狂》：

> 穷人家中断了粮，
> 喝着菜汤度时光。
> 衣衫破烂难防寒，
> 拄着棍子去逃荒。
>
> 地主老财酒肉饱，
> 猜拳行令闹声高。
> 天堂地狱两分开，
> 穷人愁来富人狂。

（赵福会唱　彭燕修搜集）

通过富人穷人天堂地狱生活的对比，把社会的不公赤裸裸地揭露了出来。

还有不少歌谣是表现贵州人民同压迫者、剥削者势不两立的。如流传在黔南布依族群众中的《打断牛鞭心不甘》：

> 莫说你家财百万，
> 欠我血债要你还。
> 你就变成一头牛，
> 打断牛鞭心不甘。

（白林芬、白林超演唱　杨友义搜集整理）

"你就变成一头牛,打断牛鞭心不甘",表现了贵州人民对那些压迫者、剥削者的深仇大恨和战胜他们的信心和决心。

值得注意的是,有的时政歌还通过一些事件的叙述,对反动统治者的倒行逆施进行深刻地揭露和辛辣地讽刺。如流传在沿河土家族中的《壮丁歌》:

> 正月下雨乱纷纷,
> 生下男儿是苦命,
> 总之是要当兵,
> 总之是要当兵。
>
> 睡到半夜阵,
> 门外响一声,
> 耳听门外在拍门,
> 总之是拉壮丁,
> 总之是拉壮丁。
>
> 妻子开门望,
> 门外两杆枪,
> 手拿索索丈二长,
> 绑在两膀上。
>
> 走齐门外边,
> (齐:方言,至或到的意思)
> 儿子喊两声,
> 喊声儿子快快长,
> 长大为好人。
>
> 走齐朝门口,
> 妻子哭悠悠,
> 喊声妻子不要愁,
> 我去把国救。

走齐对门山，
妻子送盘缠，
喊声妻子快打转，
转去把儿盘。

走齐黑獭乡，
（黑獭乡：地名）
撞到冉乡长，
喊声乡长把我放，
回家告诉娘。

乡长开言说，
说我们弟兄多，
不是哥哥就是我，
内胡去一个。
（内胡：方言，其中、反正之意）

送齐沿河城，
交到接兵团。
稍息立正做不完，
何时能回还。

（朱永香演唱　田贵忠、王纯孙采录）

同沿河土家族《壮丁歌》类似的，还有江口土家族的《抓兵歌》、威宁汉族的《拿兵歌》、正安汉族的《拉兵歌》、金沙苗族的《抓兵歌》、遵义、仁怀仡佬族的《壮丁歌》、水城汉族的《拿兵歌》等等。且看威宁汉族的《拿兵歌》：

开开大门望，
望见老保长；
背上背起洋炮枪，
抵得活阎王。

开开后门逃,
顺手就拿倒;
子儿上红槽,
(子儿:方言,即子弹)
怎么跑得掉?

拿拢对门坡,
(拿拢:方言,即拿到之意。对门坡:地名)
遇见亲哥哥;
叫声哥哥快回去,
爹娘等你去养活。

拿拢子竹根,
(子竹根:地名)
妻子随后跟;
叫声妻子快转身,
屋头没有人。
(屋头:方言,即家里)
说起当兵无办法,
各人小心吧!

拿拢朝门头,
(朝门头:地名)
遇到老木久;
(老木久:军官)
木久木久你甭吼,
死活只得跟你走。

拿拢昭通城,
简直不成人;
跌跌绊绊上飞机,
一直飞到昆明城。

(陶玉柱演唱 邬占龙搜集整理)

再看金沙苗族的《抓兵歌》：

睡到半夜那一阵，
爹妈被惊醒。
三更打大门，
蒋匪抓壮丁。
哎海哟，
蒋匪抓壮丁哟！

妻子开口叫，
打开后门跑。
手拿洋枪弹上膛，
怎样跑得了。
哎海哟，
怎样跑得了哟！

走拢坝子边，
妻子送长衫。
长衫送到五里坡，
唱首分离歌。
哎海哟，
唱首分离歌哟！

抓拢大门口，
妻子吊住手。
喊声妻子放开手，
说起当兵硬起心肠走。
哎海哟，
说起当兵硬起心肠走哟！

走到坝子头，

遇到大母舅。
叫声外甥不要怄,
说起当兵硬起心肠走。
哎海哟,
说起当兵硬起心肠走哟!

走到豇豆坡,
遇到老表哥:
"这回抓兵抓到我,
回去你好好躲哟。"
哎海哟,
回去你好好躲哟!

走拢鸡巷巷,
姨妈出来望。
姨侄当面好悲伤,
两眼泪汪汪。
哎海哟,
两眼泪汪汪哟!

走拢部队上,
长官出来望。
这个当兵说得上,
关在大楼上。
哎海哟,
关在大楼上哟!

走拢马路上,
朝天望一望。
刚想回头跑一趟,
屁股挨一棒。
哎海哟,

屁股挨一棒哟!

睡在大楼上,
一夜哭到亮。
背上揹根大洋枪,
天天学下操哟,
哎海哟,
天天学下操哟!

（马德芬唱　赖应乾搜集）

这些歌,显然是同一类型,它由传统小调衍化而来。虽然有些段落、词句不同,但母题却是相同的。其母题是:(1)半夜抓兵,青年未跑掉被抓住了;(2)遇到许多亲人,相互依依不舍,但也无可奈何;(3)到了军队,万般无奈,天天下操。

这些"壮丁歌",最早出现在哪里?已不可考。但在20世纪三四十年代,贵州从北到南、从西到东都在传唱,这在当时的传播手段仅是耳口相传的条件来看,是令人惊讶的。这些"壮丁歌"在当时为什么会这样广泛流传呢?这与当时的时政有关。抗日战争期间,国民政府通令要全国各省各县办理兵役工作。按户作三丁抽一,五丁抽二,独子免征的办法征兵。部队接收新兵的人伙同当地县长及乡、保长,乘机为非作歹,鱼肉人民。有钱行贿的,三丁、五丁也可免征;无钱行贿的,独子也难免,弄得人心惶惶,怨声载道。在当时的《贵州民意月刊》第四卷中,就有人记录了贵州这种"办理兵役"的状况:"抗战时抽兵,是抽两兄弟以上的人,当兵者尚谈运气,中签不中签。今天不论独子、双丁一律抓,抓不着儿子,老子也要抓做抵押。有钱的人"钱"当兵,无钱的人"人"当兵,这样的地方,谁个壮丁敢露面,谁个家长敢住家。七十二计,跑为上计,于是大家尽向深山跑,他们不怕虎狼侵害,或许他们觉得越有虎狼的地方越好,因为抓兵的不会到那儿。壮丁跑了,谁来耕田呢?于是素来耐苦耐劳的农妇们便出来了。她们背后背小孩,面前赶耕牛,在田里工作,全负起耕耘的任务。市场上做买卖的是女人,樵采燃料的也是女人。"这些"壮丁歌",就是"感于哀乐,缘事而发"的。它通过农民被"抓"去当兵过程的叙述,对当时黑暗的政治进行了深刻地揭露。

同国内其他地方一样,贵州的时政歌有一部分是用童谣的形式来表现的。

每当社会矛盾尖锐、阶级斗争激化的时候，人们为了表达对现实的不满，发泄心中的愤懑，常常用童谣来做斗争的手段和宣泄的工具。如新中国成立前流传在黔西汉族群众中的《选乡民代表》：

> 白狗咬，黄狗叫，
> 打架为的争选票。
> 谁作乡民代表好？
> 问你一句话——
> 摸心自问可姓包？
>
> 今天吵，明天闹，
> 逗得民众哈哈笑，
> 乌鸦个个黑，
> 怕你天天刮民膏。
>
> 选完了，发通告，
> 白银底下官官帽。
> 县府委官讲暗道，
> 陈规千年在，
> 必需有钱输腰包。
>
> 瞒天教，真正妙，
> 票多票少随你闹。
> 哪个给你断公道，
> 壮你十个胆，
> 只敢背后发牢骚。

用童谣形式，把政府用金银铺路、操纵选举的丑恶行径全盘暴露出来，入木三分，发人警醒。

贵州的时政歌有美有刺。在新中国成立前，不完全是"刺"，也有"美"的。对一些为民众做过好事的人，包括官员、将领，对他们的功绩人们并没有抹杀，通过歌谣热情地予以赞颂。《黔诗纪略》就收录了明代万历年间人们颂扬贵州巡抚江东之的《江巡抚歌》：

>巡抚冰清土视金，
>生人济众是真心。
>子孙继世延千万，
>福泽绵绵江海深。

站在今天的角度看，江东之是一个封建官吏。他的所作所为，都是为巩固封建王朝的统治服务的。然而，就是这样一个封建官吏，在任"贵州巡抚"期间，确实为贵州民众做过一些好事，诸如"置赈田，备荒歉，建惠药，恤隐局以资贫病、妊娩，甓鳌矶以培地胜，辑图经以维风教，其费皆斥，巡抚例供"等等。贵州民众的眼睛是明亮的，对江东之所做的好事是看得很清的，因而采用歌谣的形式对他进行了赞扬。

新中国成立后，这种"美"，大量的表现在"颂歌"上。所谓"颂歌"，就是人民群众歌颂党和政府的歌。新中国成立后，"颂歌"像雨后春笋，到处都是，成了时政歌的主流。之所以会这样，与人民群众政治、经济地位的根本改变密切相关。这些"颂歌"，多以丰富的想象、生动的比喻、美好的语言来抒发对党和毛主席的感激和爱戴之情。比如建国初期流传在松桃苗族群众中的《毛主席搬开石头翻了身》：

>过去苗家就是石头底下的草，
>毛主席就是搬石头的人；
>过去苗家在石头底下抬不起头，
>毛主席搬开石头翻了身。

这首歌谣把过去苗家的状况比喻为压在"石头底下的草"，把毛主席比喻为"搬石头的人"，形象，贴切，给人以无限想象的空间。

再如改革开放后流传在贵阳布依族群众中的《党为布依开富门》：

>党为布依开富门，
>田土变金水流银，
>政策顺心人鼓劲，

倒插杨柳也生根。

这道歌谣反映了改革开放后由于党的政策顺应民心,布依族地区发生了重大变化,表现了布依族群众一心一意奔小康的意志和决心。

当然,新中国成立后的时政歌也不完全是"美"的,也有"刺"。之所以有"刺",是因为我们的社会制度还不完善,加之有的干部身上还存在着封建主义、官僚主义等不良思想作风,人民的利益和权利就有可能遭到侵害,这样就势必会引起人民的不满和批评。人民的这种情绪,往往就利用歌谣的形式表达出来。比如针对"大跃进"中有的干部不顾客观规律,搞所谓"密植化"的"瞎指挥",绥阳县汉族群众就在《密植化,好倒好》的歌谣中讽刺道:

密植化,好倒好,
满丘满坝是草草。
估倒社员找漏洞,
(估倒:方言,即抢迫之意。)
田中不出哪去找?
千吊吊,万线线,
一吊一颗产得少。

(周祖慧唱　杨玉政搜集)

"密植"固然是增产的一条重要措施,但也有一定的幅度,且要有肥料、水分等多方面的保证。民歌对一些干部不讲科学,随心所欲地搞"密植",鼓吹"越密越好",结果造成粮食减产的错误行为进行了尖锐的批评。

又如针对改革开放后有的干部在工作上消极懈怠、在生活上追求享受、任意挥霍公款游山玩水的不正之风,桐梓的汉族群众在《新编四季歌》中讽刺道:

春季到来开会忙,
披星戴月走四方。
先问伙食怎么样,
可有山珍和琼浆?

夏季到来暑难当，
汗珠满面心发慌。
找个差事跑一趟，
旅游胜地好纳凉。

秋季到来气候爽，
稳坐"衙门"做文章。
上行下达有电话，
何劳双腿奔波忙。

冬季到来雪花扬，
僵手僵脚不便当。
考勤薄上打个勾，
转回家去陪婆娘。

（黄科唱　陈华搜集）

这首歌谣用"四季歌"的形式，把有些思想颓废、行为懒散的干部在四季的表现刻画得淋漓尽致，入木三分。

第五节　情　歌

　　情歌是有关男女之间爱情的歌谣。在贵州，汉族的情歌很多，但由于受封建礼教的束缚，妇女唱情歌的很少，即使唱，也不以婚恋为目的，正如《中国歌谣集成·贵州卷》在汉族情歌的"附记"中所说的："中华人民共和国成立之前，贵州汉族婚姻多为'父母之命，媒妁之言'，他们的情歌演唱形式有两种：一是歌手在某种聚会场合，作为娱乐演唱给大家听，青年人学到后，在劳动之余或与同伴，或个人独自抒怀时唱；二是在庙会、赶集、集体出门做客，在众人围观之下，中年（也有少数青年）男女分边对唱，或同性中另一方扮异性对唱。他们唱情歌少以婚恋为目的，主要是向众人传达歌者的聪明才智，同时给观看者在包办婚姻中以自由浪漫的心理慰藉。①"而在贵州少数民族地区，情况大不相同。不仅男的唱，女的也唱。各民族对情歌有不同的称谓，比如苗族把情歌叫做"游方歌"（黔东南）、"玛兰歌"（黔东）、"坐月亮"（黔西北），布依族把情歌叫做"浪哨歌"，侗族把情歌叫做"玩山歌"（北侗）、"坐夜歌"（南侗），土家族把情歌叫做"山曲"，彝族把情歌叫做"曲谷"，仡佬族把情歌叫做"对歌"等等。

贵州的情歌十分丰富。在所有的民间歌谣中，它不仅数量多，而且最富艺术魅力。

为什么情歌会是这样呢？究其原因，主要是：贵州许多地区，在清代"改土归流"前，被称为"蛮荒之地"、"化外之地"。之所以称"蛮荒之地"、"化外之地"，无非是这些地方住的多是少数民族，封建统治者认为他们没有受到过封建礼教的熏陶，一切都不按孔孟之道办事。而恰恰是因为这点，才使得他们的恋爱婚姻较为自由。在这些地方，恋爱婚姻多由青年人自己做主，不用媒妁，不受任何限制，正如明代田汝成在《炎徼纪闻》中所记录的："苗人……行歌于野，以诱马郎……，未婚男女，吹芦笙以和歌。"男女双方只要情投意合，即可结为百年之好。这中间，歌谣至关重要，它是双方交流感情的媒介，正如有首民歌所说"雨天种菜不用浇，江边挑水不用瓢。我俩交情不用讲，唱首山歌来架桥。""改土归流"后，封建势力在少数民族地区逐步增强，在婚姻中受封建礼教的束缚越来越多。包办婚姻出现了，并逐渐成了主流。尽管如此，青年男女的恋爱还是比较自由的。它作为一种文化传统被许多地区、许多民族继承了下来。在这种比较自由的恋爱过程中，歌谣就成了青年男女表达心声、交流感情的载体，正如清代谢圣伦《滇黔志略·黔志略·贵州苗蛮》所载："花苗在贵阳、大定（今大方县）、遵义……每岁孟春，合男女于野，谓之跳月。择平壤为月场，鲜衣艳妆，男吹芦笙，女振响铃，旋跃歌舞，谑浪终日，暮挈所私而归。"李宗昉在《黔记》中记载："仲家（明清至中华民国时期史籍对布依族的称谓）在贵阳、安顺、兴义、平越（今福泉县）、都匀等府……以六月六为大节，每岁孟春聚会，未婚男女野外跳月歌舞，彩带结述，抛而接之，谓之花述。意既恰，彼此互掷，遂私焉。"侗族"未婚者于旷野为月场，男弦女歌，声最清美。"在这种恋爱自由的生态

---

① 《中国歌谣集成·贵州卷》编辑委员会：《中国歌谣集成·贵州卷》，第67页，北京：中国ISBN中心，2009。

环境中，青年男女要想找到一个称心如意的伴侣，不会唱歌是很困难的。因为歌是他们传情达意的媒介。这就是为什么贵州情歌数量特别多的重要原因。

这些情歌为什么最富艺术魅力呢？这是因为情歌是人类爱情的产物。而爱情是一种特殊的较高级的情感。它是在性欲的基础上升华起来的精神感受，除了有性的欲求外，还有美的追求。情歌是把爱情作为审美对象的。在情歌中，无论是立意还是语言都是在尽力地展现爱情的美，让人们能通过歌谣获得性爱美感的满足。可以设想，当青年男女陶醉在爱的氛围中时，激情澎湃，想象活跃，无论是创作还是传唱的歌谣完全发自肺腑，是真情的流露，怎么能使听众不受感染、产生共鸣呢？"有过爱情体验的人会从中吸取爱情的养料，丰富自己的爱情生活，激发内在的爱情力量。未有过爱情体验的人，可以从中获得这种体验，品赏爱情美酒的甜美……"[①] 这就是情歌之所以受人喜爱的原因。

贵州的情歌，在男女交际的不同阶段有不同的内容。以选择、恋爱、结合三个阶段来划分，大致可分为邀约歌、初识歌、试探歌、赞美歌、迷恋歌、盟誓歌、相思歌、送郎歌以及苦情歌、逃婚歌等等。

当男女交际活动开始的时候，为了找到异性伴侣，一般要唱"邀约歌"。在这种男女的交际活动中由于男的占主动，因而"邀约歌"常常是由男的来唱。农闲时候，青年小伙三三两两到其他村寨去找姑娘。他们隔山隔岭就唱起"邀约歌"，表示我们来了，姑娘们快去社交活动场所。这种"邀约歌"歌声嘹亮，传得很远。且听黔东南苗族青年用"飞歌"（苗歌中的一种）调子演唱的《邀约歌》：

　　　　家务可做完？
　　　　做完请出来！
　　　　出来玩一玩！
　　　　玩一会就散！
　　　　……

（石土福演唱　燕宝采录）

"家务可做完？做完请出来！"充满了亲切的问候和热情的期待！姑娘们

[①] 陆一帆：《观众心理学》，第41页，广州：中山大学出版社，1988。

听到歌后,一般都要去到"游方场"(青年男女社交的场所)。这种"邀约歌",可以看做是恋爱的"前奏曲"。

在恋爱活动开始的时候,男女双方由于刚刚接触,互不了解,因而只能唱"初识歌"进行摸底考查。这种考查,起初是姓名、年龄、宗族家庭情况,进而是人品、学识。且看流传在贵阳花溪布依族群众中的"初识歌"《初初相会认不得》:

    高坡顶上栽老麦,
    你是哪点来的客?
    你是哪点来的表?
    (表:布依族指来谈情的人。)
    初初相会认不得。

    高坡头上栽冬青,
    你是哪点来的人?
    你是哪点来的表?
    把你姓名讲来听。
    婉转含蓄,谦恭有礼!

男女双方有所接触、有所了解后,开始唱"试探歌"试探对方的意愿。请看黔东南苗族的《我的灵魂飞四方》:

    男:看你这位年轻的姑娘,
      如同美丽的金鸡一样,
      我想捉它啊——
      却怕损坏它的翅膀;
      我想娶你啊——
      又怕触怒你的爹娘。
      快要闷死罗,
      只好到处去流浪。

    女:看你这位哥哥,

好像盛开的茶花一样。
我想摘它啊——
它却高挂树枝上；
我想跟你啊——
你却不肯把话讲。
日夜想你啊——
我的灵魂飞向四方；
焦愁得很啊——
虚度了多少时光！

（许士仁采录）

青年小伙用想捉金鸡又怕损坏它的翅膀、姑娘以想摘茶花而茶花又高挂树枝上作比喻，来探寻相互间是否有缘份，风趣，优美。

试探以后，男女双方如果同意发展爱情关系，就唱"赞美歌"。且看黔西北苗族的"赞美歌"《马桑树枝直瞄瞄》：

男：可爱的情妹哟，
　　杨柳枝儿最苗条了，
　　却不比你更妖娆，
　　你不用梳妆打扮也美好，
　　仙女都不比你俊俏。

女：心爱的情哥哟，
　　马桑树枝比直瞄瞄，
　　却不比你的身段美好，
　　你不用收拾打扮，
　　仙郎也不如你妖娆。

（燕宝、韩绍纲、杨兴斋采录）

在这相互的赞美中，可以看出爱情的种子已经萌发了。当男女双方心有所属、情有独钟时，就转入了"迷恋歌"、"盟誓歌"、"相思歌"、"送郎歌"。这些歌，反映男女双方的心理更为复杂，表现男女双方的感情更为深沉。

且看流传在安顺地区布依族群众中的"述恋歌"《才算了结我的心愿》：

听前人说，人也会变成动物，
听前人讲，人也会长上翅膀。
我啊，
要变成彩蝶飞舞，
要变成飞鸟翱翔。
飞到情郎的窗口前，向他表诉衷肠；
飞到情郎的屋檐上，与他共同歌唱。
到那时，
才算了结了我的心愿！
才算实现了我的希望！

什么时候我才会变啊，命运？
什么时候我才会飞啊，上苍？
哪时才能飞到山寨边？
哪时才能落到高墙上？
看情郎吃饭没有？
看情郎在做哪样？
你吃饭时，我守在山寨外，
你做事时，我守在大门旁。
站在山寨外等郎，
跳进大门里等郎！
等到你，
才算了结了我的心愿，
才算实现了我的希望！

（韦永学演唱　韦永实翻译　黄万机、何积全等搜集整理）

这首歌谣希望变成彩蝶、飞鸟飞到情人身边，这是多么痴迷！
再看流传在黔东南侗族群众中的"盟誓歌"《哥妹生死一条心》：

讲个当真就当真,
力破铜钱两边分。
哥拿半边做凭证,
妹拿半边做把凭。
断生断死断成对,
不准哪个起反心。
哥起反心遭雷打,
妹起反心火烧身;
哥起反心刀下鬼,
妹起反心见阎君。
讲得到来做得到,
哥妹生死一条心。

(李万增采录)

表现了青年男女对爱情忠贞不贰、毫不动摇的坚强意志!
再看流传在黔西北彝族群众中的"相思歌"《把你画在手心上》:

盼你盼你真盼你,
请个织女来绣你。
把你绣在裙子上,
手摸裙子见到你。

念你念你真念你,
请个歌手来唱你。
把你挂在嘴巴上,
唱起歌儿想起你。

想你想你真想你,
请个画匠来画你,
把你画在手心上,
伸开手儿望着你。

(刘静采录)

构思奇特,想象丰富,把对情人思恋的心情表现得细致入微。

当青年男女坠入爱河,难舍难分时,便出现了相互送别的情歌,且看流传在道真汉族群众中的《送郎歌》:

> 送郎送到背阴山,
> 送走容易转回难。
> 送时有路同路行,
> 回来一人好孤单。
>
> 送郎送到青松坪,
> 请根青松当媒人。
> 松树千年不落叶,
> 情妹万年不变心。
>
> 送郎送到枣树坪,
> 掉了枣子打了人。
> 打了我来不要紧,
> 打了情哥我痛心。
>
> 送郎送到金竹山,
> 抱着竹子泪不干。
> 有人问我哭甚么?
> 我哭竹子心不甘。

(陈志中唱 徐凤权搜集)

用反复的手法,把姑娘同情人分别时难舍难分的心情表现得淋漓尽致。

"迷恋歌"、"盟誓歌"、"相思歌"、"送郎歌"是情歌中的核心部分。它总是采用多种多样的手法,或含蓄、或直率地表达了青年男女对幸福爱情的热烈追求。在表演上,它不像"邀约歌"那样,要放开喉咙,高声呼喊,很怕对方听不到;而是陶醉在甜蜜的爱情中,希望无人干扰,双方用的是假音唱法,近似吟诵,一字一音,轻声细语,喃喃诉说。唱到入情处,起腔、收腔都用气声唱法，嗟叹韵味极浓。

应该指出的是，在贵州的情歌中，也有一些是趣味低级、思想不健康的，诸如《家花没有野花香》、《十八摸》等。虽然这类歌主要是为了吸引受众，有着性的启蒙，人性的宣泄，但比较庸俗、瑶秽，与传统的道德相悖。这类歌，只是情歌的支流，不占主导。

第六节 儿 歌

儿歌又称童谣，是民间创作的以反映儿童心理特征为内容、以韵语形式在儿童中流传的一种歌谣。

从古至今，贵州各民族中流传着许多优秀的儿歌。这些儿歌，篇幅短小，有着鲜明的节奏感，念起来朗朗上口。它通过拟人化等手法，反复、重叠等形式，反映了贵州儿童的生活情状，表现了贵州儿童的心理愿望。有不少儿歌，还通过儿童的视角、儿童的心理，去触及社会上的一些重大问题，具有相当的政治性和现实性。儿歌的创作者，在调查中我们发现，虽然不少是儿童，但更多的却是成人。

贵州民间儿歌的内容极为丰富，粗略划分，可分为思想性儿歌、知识性儿歌、游艺性儿歌。

思想性儿歌是对儿童进行思想、品德教育的儿歌。这类儿歌，涉及面广：有歌颂爱国爱人民的，有教育儿童勤劳诚实的；还有谴责汉奸坏人的，鞭打贪婪懒惰的，等等。这类儿歌多数是成人创作的，主要用于帮助儿童分清真与伪、善与恶、美与丑，树立正确的人生观，养成优良的好作风。如流传在威宁汉族儿童中的《养个孙子不成才》：

    我叫李财宝，
    儿子李横财，
    养个孙子不成才，
    好吃酒，好打牌，
    长年在外不回来。
    懒死鬼，说不得，
    提起棍棒打老爹。
    爷爷劝，打爷爷，

> 妈妈讲，打锅响，
> 在家像个小阎王。
> 全家不理他，
> 夜里跑回家，
> 半夜老虎拖，
> 从此不来罗。

这首儿歌，通过对李财宝孙子所作所为的叙述，教育儿童要鄙弃好逸恶劳、酗酒赌博的坏习气，养成勤俭节约、尊长爱贤的好作风。并指出，学坏的儿童如果不听大人劝告，悬崖勒马，最后的下场是不好的。这样的儿歌，对于增强儿童的是非观念，养成高尚的道德品质是有益处的。

又如流传在三穗侗族儿童中的《顶呱呱》：

> 小明明，好娃娃，
> 放学立马就回家，
> 帮助妈妈学文化，
> 跟着爷爷拖地下。
> 人人说是好娃娃，
> 个个夸他顶呱呱。

这首儿歌，通过对小明明这一榜样的宣扬，引导儿童要热爱劳动，要爱家、关心长辈。

还有一些儿歌，以动物、植物喻人，启发儿童的智慧和想象，使他们从小就养成好的思想、好的作风。如流传在黔西南布依族儿童中的《老母鸡抱小鸡》：

> 老母鸡，
> 抱小鸡；
> 小鸡小，
> 光是吵；
> 不会刨，
> 不会找；

全是老鸡找好了。
一晃晃，
小鸡大，
一个二个飞上架。
老鸡老了难找吃，
小鸡个个不管它。
有的笑，
有的骂，
一个二个不像话，
难怪请客拉来杀。

（黄寿昌采录）

儿歌通过小鸡和母鸡的互动关系，教育儿童要关爱父母，不忘父母的养育之恩。

值得注意的是，对于广大人民群众关注的社会矛盾如民族斗争，贵州民间儿歌也有所反映。比如在抗日战争时期，贵州就流传着许多反抗日本侵略者的爱国儿歌。流传在威宁汉族群众中的一首《催眠曲》就这样唱道：

小枕头，朵朵花，
中间睡个胖娃娃。
娃娃乖乖睡，
早早起来去排队，
排队到南京，
打倒日本兵。

日本帝国主义对中国的侵略，激起了中国人民强烈的民族义愤，青年人纷纷拿起武器，走上了抗日最前线。对于幼小的儿童，人们便用儿歌对他们进行启蒙教育，在他们幼小的心灵中播下仇恨的种子，要他们长大后牢记民族仇、家国恨，要起来保卫祖国，同日本侵略者作殊死的斗争。

知识性儿歌是向儿童灌输日常生活知识的儿歌。这类儿歌在贵州随处都可听到。这其中，有向儿童传授动物知识的，如流传在黄平苗族儿童中的《亮火虫》：

> 亮火虫，点点红。
> （亮火虫：即萤火虫。）
> 打把伞，过桥龙。
> 桥龙上面有朵花，
> 飞来飞去接爹妈。
>
> （杨光明记录）

抓住萤火虫在夜间不时发亮、不断飞动的特点，向儿童灌输了这种动物的知识。

还有向儿童传授植物知识的，如流传在六枝汉族儿童中的《采花歌》：

> 正月采花无花采，
> 二月采花花正开。
> 三月桃花红似火，
> 四月蔷薇架上开。
> 五月石榴红艳艳，
> 六月荷花并藕莲。
> 七月棱角剥粉面，
> 八月桂花随风摆。
> 九月菊花家家有，
> 十月梅花报春来。

通过什么花在什么月份开的叙述，向儿童介绍了各种花的知识。

还有向儿童灌输人体器官知识、家庭用具知识以及历史知识、地理知识的，在此就不一一列举了。有趣的是，在贵州的儿歌中，有不少是在娱乐中向儿童灌输算术知识的，如流传在威宁汉族儿童中的《数字歌》：

> 一去二三里，
> 麦子才栽起。
> 烟村四五家，
> 麦子才开花。

　　　　楼台六七座，
　　　　麦子抬上磨。
　　　　八九十枝花，
　　　　麦子磨面做粑粑。

（杨光勋采录）

　　随着位数的上升，向儿童传授了算术的基本知识。

　　游艺性儿歌是儿童在游戏中咏唱的歌谣。这类儿歌，在贵州儿歌中占了相当大的比重，是儿童最感兴趣而又最易接受的一种儿歌。这类儿歌，歌词比较简短，趣味性极强，如流传在锦屏汉族儿童中的《坐排排》：

　　　　排排坐，吃果果，
　　　　果果香，买干姜。
　　　　干姜辣，吃枇杷；
　　　　枇杷苦，吃豆腐；
　　　　豆腐烂，吃鸭蛋；
　　　　鸭蛋尖，尖上天；
　　　　天又高，买把刀；
　　　　刀又快，切好菜；
　　　　菜又青，买颗针；
　　　　针又秃，买头牛；
　　　　牛又走，买条狗；
　　　　狗又花，
　　　　一刀砍断狗尾巴。

（唐银芝唱　孔凡相采录）

　　儿歌采用顶真手法来创作，吟诵起来朗朗上口。
　　又如流传在威宁彝族儿童中的《喂小鸭》：

　　　　开门开门，
　　　　开门做什么？
　　　　开门抱磨石。

抱磨石做什么？
抱磨石磨刀。
磨刀做什么？
磨刀割竹子。
割竹子做什么？
割竹子编篾兜。
编篾兜做什么？
编篾兜捡谷穗。
捡谷穗做什么？
捡谷穗做甜酒。
做甜酒做什么？
做甜酒给小鸭吃。
小鸭子有多少只？
小鸭子有十七八只。
大鸭子有多少只？
大鸭子有十七八只。

（唐文康口述　鸿蒙几朵采录）

一问一答，十分有趣！在这"问"、"答"过程中，孩子们一边唱，一边做着游戏动作，使游戏更为生色。

再如流传在从江苗族儿童中的《大公鸡和小公鸡》：

大公鸡，小公鸡，
戴红帽子叫叽叽，
把翅抬，穿新衣，
走起路来好得意，
半路相遇不客气。
小眼鼓，大抬冠，
脖子一伸颈毛立。
小先来，大后上，
用力打架比高低，
一架打到日落西。

> 不见赢，未见输，
> 主人咕咕叫得急。
> 听叫声，争着跑，
> 跑到楼下吃白米，
> 你也啄来我也吃，
> 晚共圈，
> 你看我，我看你，
> 两个还是笑嘻嘻。

（吴小兵唱　韦德刚采录）

"小鼓眼，大抬冠，脖子一伸颈毛立。小先来，大后上，用力打架比高低，一架打到日落西。"把大公鸡和小公鸡打架的情状描绘得活灵活现，惟妙惟肖！两个公鸡打过之后又像没事一样，"你看我，我看你，两个还是笑嘻嘻。"诙谐，滑稽，充分反映了儿童的生活情状和心理特点。

类似这样的游艺性儿歌还有很多。它在儿童游戏时咏唱，既能增加游戏的气氛，又能统一游戏的动作，深受儿童喜欢。

谈到民间儿歌，还必须谈到流传在各地的"绕口令"。所谓"绕口令"，就是将若干双声、叠韵词汇或发声相同、相近的语词，有意集中在一起，组合成简单、有趣的韵语。如流传在省内广大儿童中的《岩上有个虎》：

> 岩上有个虎，
> 岩脚有个鼓。
> 岩上的虎跳下来抓到岩脚鼓，
> 扯尺白布来补鼓，
> 不知鼓补布，
> 还是布补鼓。

（蔡超采录）

又如流传在金沙汉族儿童中的《盆内有个瓶》：

> 盆内有个瓶，
> 瓶外有个盆，

乒乒乒，乓乓乓，
不知瓶碰盆还是盆碰瓶。

（王从光等讲述　罗中仁、柯昌明采录）

把语音相近而易混的词语组合在一起，要求说得快，进行比赛和表演，虽然拗口，但很有趣。人们常常用它来作为训练口齿敏捷和正确发音的工具。

第三章 贵州民间歌谣的特点

贵州民间歌谣同全国其他省（区）的民间歌谣比较，是有其特点的。贵州同全国其他省（区）一样，共处于祖国大家庭中，其根基又都是源远流长、博大精深的中华文化，这使得贵州民间歌谣同全国其他省（区）的民间歌谣有着共同性的一面；但由于贵州所处的自然环境、居住的族群不同，以及历史条件、风俗习惯和人们的心理积淀有别，这又使得贵州民间歌谣同全国其他省（区）的民间歌谣存在着差异，具有相对的特殊性。

第一节 民族性

贵州民间歌谣的特殊性首先表现在它具有鲜明的民族性。所谓歌谣的民族性，指的是歌谣反映民族的社会生活和文化传统、风俗习惯、心理素质、语言特点所形成的特色。文学艺术是社会生活的反映，歌谣作为文学艺术的一部分，由于民族生活的特殊性而具有自己的特殊性。从历史上看，贵州长期以来都是多民族居住的地方，积淀着丰厚的"多元的"民族历史文化。时至今日，这种状况仍然存在。据1990年第四次全国人口普查，贵州共有49个民族成分，长期居住在贵州的少数民族有17个。由于各个民族区域环境的不同、文化积累和传播的不同、社会生活和经济的不同、各个民族的差异是很明显的。这种差异，表现为不同的民族有不同的民族性。民间歌谣由于民族性的不同而具有各自不同的个性。正由于各个民族都有属于本民族的别具特色的民间歌谣，这才使得贵州的民间歌谣多种多样。如果说一个民族的民间歌谣是一朵光彩艳丽、香气浓郁的鲜花的话，那么，贵州民间歌谣就是由这些鲜花组成的姹紫嫣红、多彩多姿的百花园。

各民族的民间歌谣，都有着鲜明的民族性。这种民族性，在内容上表现为歌谣中有着强烈的民族意识。民族意识是民族民间歌谣的灵魂。它是该民族具体历史环境首先是物质生产方式和生活方式的必然产物，是该民族哲学、政治、宗教、道德、习俗等观念和行为在民族心理上的综合反映。各个民族的民间歌谣，正因为民族意识不同，才显示出了不同的民族个性。且看苗族的《官逼民反》：

> 烈日炎炎似火烧，
> 田里的秧苗枯死了；
> 辛勤劳苦得来的金银粮食，
> 都被官兵抢光了；
> 年轻俊俏的小伙子，
> 官兵拉去砍头了；
> 年轻漂亮的姑娘们，
> 官兵派人抢走了。
> 田里的野草除不尽，
> 世间的坏蛋数不清！
> 还能忍受吗？
> 还能活下去吗？
> 来哟！
> 抽出你的雪亮的马刀，
> 扛起你的土炮，
> 跟张秀眉一道，
> 给点颜色叫官兵瞧瞧。
> 是红的还是绿的，
> 苗家是不好欺侮的！[1]

　　这是清朝咸丰同治年间苗族群众的一首起义歌。歌中揭露了清朝统治者在灾荒年月对苗族群众不但不救助，反而乘机进行掠夺，"辛勤劳苦得来的金银粮食，都被官兵抢光了"。更为恶劣的是，清朝官兵还肆无忌惮地在苗族地区进行屠戮、抢掠："年轻俊俏的小伙子，官兵拉去砍头了；年轻漂亮的姑娘们，官兵派人抢走了。"苗族群众在走投无路的情况下揭竿而起，坚决反抗：

---

[1] 中国社会科学院中国民间文艺研究会编：《中国歌谣选》第1集，上海：上海文艺出版社，1978。

"来哟！抽出你的雪亮的马刀，扛起你的土炮，跟张秀眉一道，给点颜色叫官兵瞧瞧。"歌谣慷慨激昂、声情壮烈，深刻地展示了苗族人民的民族意识，表现了苗族人民不甘受压迫剥削、敢于奋起抗争的民族精神。这样的歌谣，无论是主题还是题材都浸染着浓厚的民族意识。正因为如此，才使得歌谣具有鲜明的民族性。

贵州民族民间歌谣的民族性，在民族语言、民族样式、艺术风格等方面表现得十分明显。

语言是民族形成的第一要素，是民族特有的"心灵的经验的符号"，是民族的诸种特征中最为稳定、变化最慢的一种。它是维系民族内部关系的最有力的纽带，也是人们区分不同民族时最明显和最先使用的标志。有关调查资料显示，长期居住在贵州的17个少数民族中，除回族、满族、羌族、蒙古族、土家族等民族较早地改用汉语外，其他民族都还在使用本民族的语言。这些语言，虽然同属汉藏语系，但却分属于不同的语族和语支。比如苗、畲语属于苗瑶语族苗语支，瑶（盘瑶支系）语属于苗瑶语系瑶语支；布依、壮语属于壮侗语族壮傣语支，侗、水、毛南、仫佬语属于壮侗语族侗水语支；彝、白语属于藏缅语族彝语支。民族民间歌谣用民族语言来创作、演唱，不仅能很好地表现民族的生活、感情，而且也最容易为本民族人民群众所认同和接受。许多少数民族的民间歌谣正因为把民族语言作为建筑材料，才使其民族的特征如此鲜明地呈现出来。

由于民族语言在语音、语法和词汇等方面各具特点，其语言风格是各不相同的。表现在歌谣上也是千姿百态的。比如在歌谣的音韵上，汉族歌谣一般押尾韵；布依族、侗族的歌谣不仅押尾韵，还押头韵、腰韵以及头尾韵、腰尾韵；而苗族歌谣在音韵上不讲究，主要是讲求押调。之所以会这样，是因为语言内部结构的特点造成的。各民族由于语言不同，其歌谣的语言风格也是不一样的。

基于语言的不同，结合贵州各民族大分散、小聚居的特点及人口的分布，贵州可划分为几个大的"歌谣圈"。汉族虽然遍布贵州各地，但比较集中地分布在遵义、安顺、六盘水、贵阳等地（市），其居住地形成了汉语"歌谣圈"；苗族主要分布在黔东南苗族侗族自治州、黔南布依族苗族自治州、黔西南布依族苗族自治州和安顺地区、贵阳市郊区、毕节地区、六盘水市和松桃苗族自治县，其居住地形成了苗语"歌谣圈"；布依族主要分布在黔南布依族苗族自治州、黔西南布依族苗族自治州、安顺地区、铜仁地区和贵阳市郊区，其居住地形成了布依语"歌谣圈";侗族主要分布在黔东南苗族侗族自治州、铜仁地区,其居住地形成了侗语"歌谣圈";彝族主要分布在毕节地区、六盘水市,其居住地形成了彝语"歌谣圈";水族主要分布在三都水族自治县和荔波、都匀、独山、榕江等县,其居住地形成了水语"歌谣圈";仡佬族主要分布在遵义市、安顺地区、铜仁地区、六盘水市、毕节地区,其居住地形成了仡佬语"歌谣圈"。在大的"歌谣圈"中,又可分出若干小的"歌谣圈",如苗语"歌谣圈"又可分为黔东苗语"歌谣圈"、黔中苗语"歌谣圈"、黔西苗语"歌谣圈";侗语"歌谣圈"可分为北侗"歌谣圈"、南侗"歌谣圈"等等。

近代以来,随着汉语成了各民族共同的交际工具,汉语"歌谣圈"的范围因此而扩大。虽然如此,但许多少数民族如苗族、布依族、侗族、彝族、水族等仍有相当多的群众在用本民族的语言演唱本民族的歌谣。因而可以说,贵州各民族因语言不同而形成的不同"歌谣圈"的基本格局依然存在,其民族性还是显而易见的。

贵州许多少数民族都有着一些别具一格的歌谣样式。这些歌谣样式,是少数民族文化传统和审美情趣的集中体现,是少数民族经过多少世纪的集体琢磨、共同创造的艺术成果。它魅力无穷,有着鲜明的民族特色。

如黔东苗族的"三脚歌":

> 竹笋脱壳见竹节,
> 节上生枝枝生叶,
> 成竹与笋各有别。
>
> 你我相交后半生,
> 来往交谊宜速成,
> 莫学那些年轻人。
>
> 相亲相爱两相依,
> 眼睛不闭不分离,
> 你说合意不合意。

——《交情宜速成》①

（吴世英演唱记录）

一首三段，每段三行，像三脚架那样，十分醒目。
又如三都等地水族的"双歌"：
（说白）
一天，蜻蜓在野外遇见拱虫，问道："从前我们在泥塘里见过面，后来很久不见你了，不知你到哪里去了呀？"拱虫说："打那次起，我因被大浪冲击，泥塘里站不住脚了，逃到地上来。"蜻蜓又说："我小时，也住在泥塘里，因天旱，塘泥裂不好住了，便到地上来，现在我长翅膀了，到处飞找食物吃哩！"拱虫叹口气："哎，真想不到，你我都曾遭过难啊！今天幸得再次见面，我就先给你唱支歌吧！"
（吟唱）

拱虫唱：想当初，泥塘居住，
　　　　塘泥肥，生活不错。
　　　　塘边树，遮盖荫凉，
　　　　我曾经，邀你居往。
　　　　后来呀，大浪冲击，
　　　　害得我，到处奔波。
　　　　今日里，喜逢相遇，
　　　　因久别，惦念你多。
　　　　我的蜻蜓朋友哈喂！
　　　　我的蜻蜓朋友哈喂！

蜻蜓唱：我小时，生在池塘，
　　　　塘泥肥，找吃容易。
　　　　塘水深，有房居住，

---

① 《中国歌谣集成·贵州卷》编辑委员会：《中国歌谣集成·贵州卷》，第247页，北京：中国ISBN中心，2009。

> 喜当初，咱曾相遇。
> 因大旱，塘泥开裂，
> 上陆地，没处定居。
> 让泥土，兄弟耕种，
> 让房屋，朋友安居。
> 在地上，变陆上人，
> 长翅膀，飞东飞西。
> 今寻食，途中遇你，
> 叙旧情，加深友谊。
> 我的拱虫朋友哈喂！
> 我的拱虫朋友哈喂！
> ——《拱虫与蜻蜓》[1]

（潘迎春演唱　姚福祥采录）

这种"双歌"，水语称"旭早"。"旭"，即"歌"，"早"，即"双"；"旭早"翻译成汉语就是"双歌"。这种歌，不论对唱的双方在所唱的一组歌中有多少首，最终都必须构成偶数，这也就是双歌由此得名的主要原因。"双歌"的独特之处在于：它由"说白"和"吟唱"两部分组成。"说白"部分相当于一个"引言"，这个"引言"，往往通过一个富有寓意的短小故事，把"吟唱"部分的主要角色（人或拟人化的动植物）介绍出来。"吟唱"是"双歌"的主体部分，它通过拟人、象征或直叙的手法，把要表白的思想、情感传达出来。在演唱方式上，除每一组歌的"说白"和"吟唱"部分都由一人承担外，在唱"双歌"时，每一方还必须由两名以上的同伴帮腔唱起歌的和声句和最后的和声句。对歌就是在这种情况下一问一答、一唱一和地展开的。

再如黔西北彝族的"三段诗"：

> 杜鹃花要凋谢，
> 群山就伤心了；

---

[1] 《中国歌谣集成·贵州卷》编辑委员会：《中国歌谣集成·贵州卷》，第1055页，北京：中国ISBN中心，2009。

即使群山再伤心，
杜鹃花不得不谢了！

野鸭快要搬家，
海塘就伤心了；
即使海塘再伤心，
野鸭不得不搬家了！

姑娘快要出嫁，
妈妈就伤心了；
即使妈妈再伤心，
姑娘不得不出嫁了！

这种歌，由三段组成，故名"三段诗"，又称"三段歌"。三段中，前两段是喻体，后一段是主体，正如彝族古代文论家麦布阿纽在《论彝诗体例》中说的："前两段为比，后一段点题。贵在前段起，主落于后段，中段为三连。"

类似这样的歌，还有毕节一带布依族的"三滴水"：

一把扇子两面花，
照见天上梭罗丫。
哥是梭罗树，
妹是梭罗丫；
哥是天边云，
妹是水中花。
一口喝的长江水，
两处搬来做一家。

（李章秀唱　赵现举搜集）

这种歌通常在八句以上，结构为三部分：一头一尾为长句，中间为短句。从江等地壮族的"欢"（广西壮族称为"勒脚歌"或"三结歌"）：

乖巧情妹听我讲句话，
碰根秀竹你妹莫乱抓，
求妹陪我穷汉玩等时，
秧田撒种莫错到别家。

大船过江靠桨摇，
水涌船重桨难划，
乖巧情妹听我讲句话，
碰根秀竹你妹莫乱抓。

鱼钻进网难逃脱，
捉进篾篓还能回深塘戏耍？
求妹陪我穷汉玩等时，
秧田撒种莫错到别家。

（莫玉光唱　莫剑国采录）

这种歌每首十二句，分三组，前一组为母歌，后两组为子歌。第一组子歌的三、四两句与母歌的一、二句相同；第二组子歌的一、二两句与母歌的三、四两句相同，连环押扣，结合非常紧密。

总之，这些歌谣样式，有着鲜明的民族特征，十分惹人注意。

贵州民间歌谣的民族性，还表现在歌谣的风格上。每一个民族，在民间歌谣中都有属于自己的、不同于其他民族的风格。这种风格，是内容与形式和谐统一中呈现出来的一种品质和韵味，不认真琢磨，是发现不了的。民族民间歌谣风格形成的原因，在于各民族由于语言、地理环境、经济和政治生活、历史和文化传统的不同而造成民族心理素质的差异。这种民族心理素质的差异，使得各民族群众在用语言方式进行思维和表达感情方面，在审美理想、艺术趣味、欣赏习惯方面，都有所不同。这种不同，与其他民族的民间歌谣对照，表现为强烈的独特之处，这就是民族民间歌谣的风格。

要准确地说出贵州各民族民间歌谣的风格是比较困难的，只能从歌谣的歌词（文学）与曲调（音乐）结合的整体中去把握、去体会。大体说来，汉族民歌古朴典雅；苗族民歌高亢悠扬；布依族民歌美艳明快；侗族民歌细腻婉转；水族民歌柔甜清新；彝族民歌粗犷雄浑……总之，歌谣的风格，体现了民族的审美心理，有着鲜明的民族色彩。

第二节 地域性

贵州民间歌谣的特殊性还表现在它具有突出的地域性。贵州所处的自然环境十分复杂。境内山地、高原、丘陵、盆地错综分布，喀斯特地貌发育比较典型，山石、水景、洞穴为其主要特色。加上属亚热带高原季风气候区，降水丰富，气候温暖湿润，冬无严寒，夏无酷暑。贵州自然环境的这种突出的个性特征，以及生活在贵州的人们在历史演变过程中所形成而且内化为绝大多数成员意识层面的共同的价值观念、价值取向、思维模式、行为模式和生活模式，使得贵州民间歌谣具有明显的地域性。

贵州民间歌谣的地域特色，能得到生活在这里的人民的认同和喜爱，增强他们的凝聚力，激发他们爱家乡、爱祖国的情感。

这种地域性，首先表现在贵州民间歌谣使用的方言上。众所周知，民间歌谣的载体是语言。由于这一地区的广大民众说的是方言，因此作为大众文艺的民间歌谣，只有用方言来创作和演唱，才能与广大民众的生活要求、理解能力、欣赏习惯相合拍，才能与广大民众的思想、感情相沟通。因此有人将民间歌谣称为方言诗。贵州人说的是贵州方言，而贵州方言是怎么来的呢？有关研究表明，它是移民创造的。明清以后，大量汉族移民贵州。这些移民以前使用的汉语，受贵州人文地理等诸多因素的影响发生了演化、变异，形成了独树一帜而又具有个性的汉语——贵州方言。这种方言，在贵州不仅为广大汉族所使用，而且也为许多少数民族所使用。他们创作、演唱的民间歌谣，使用的几乎都是贵州方言。

方言是民族共同语的地方分支，是一个地方地域文化信息的重要载体。作为一种符号工具和意义系统，方言是特定语社团生活经验和地方性知识的长久积淀、蕴涵，表现着特定区域独特的人文风情。它能够唤起家乡故土人民群众之间的亲情，有着独特的凝聚作用。民间歌谣与方言之间存在着密切的联系。这种联系不仅体现在歌词上，而且体现在音调上。贵州民间歌谣正是利用了贵州民众耳熟能详的土色土香的语音、词汇来创作、演唱，才显得更为传神、更富表现力。请看流传在遵义汉族群众中的《抬工号子》：

前索后杠中扒牛，

憨实娃儿抬大头。
平阳大路，
散开脚步。
前弯左，后弯右，
弯左又弯右，
弯来两将就。
天上明晃晃，
地下水凼凼。
一路梅花钉，
招呼摁着脚板心，
横（音环）沟一尺八，
顺倒一步卡。
横沟，
顺踩。
前头抵墙，
后头磨梁。
老坎一步，
少展一步。
左边虚，
右边多踩些。
左边虚得很，
右边要拿稳。
……

（何占清演唱　赵福民采录）

这首用贵州方言来演唱的《抬工号子》，不仅字音调值与其他方言有别，而且词汇也有自己的特点。如"憨实"，即"老实"之意；"将就"，是互相照应的意思；"梅花钉"，指路上有竹签、钉子、石块等障碍物；"摁"，指顶脚板心的感觉；"卡"，是跨的意思；"展"，有"走"、"迈"的含义。这些方言词汇，充满着泥土的芬芳，有着很强的特指性，省外很多人可能搞不懂，但生活在方言区的人听来，传递的信息却是非常清晰的。唱起来，不仅更能沟通彼此的思想、感情，而且更具认同感、亲和力。

由于方言的读音不同，贵州民间歌谣有时也用来协韵。请看流传在织金汉族群众中的《昨夜等郎等得憨》：

> 昨夜等郎等得憨，
> 前门后门都不关。
> 前门拿把扫把抵，
> 后门拿根灯草拴。

整首歌押的是"an"韵。为了协韵，歌中用了贵州方言"憨"（han）、"拴"（s1zuan）。这两个方言词汇的运用，不仅使得歌谣的音调更悦耳、更富韵律美，而且使得歌谣的感情色彩更为浓烈、表现的意境更为生动。它把一个少女思恋、盼望情人的心理活脱脱地勾画了出来。清代文学家黄遵宪在《山歌题记》中说："然山歌每以方言设喻或以作韵，苟不谙土俗，即不知其妙。"清楚地点出了方言在歌谣中的奇妙作用。这样的民歌，如果用普通话来演唱，其效果必然要大打折扣的。

其次，贵州民间歌谣的地域性，表现在曲调的特殊性上。据冀洲、李继昌、殷干清、古宗智在《贵州民歌概述》[①] 中介绍：贵州民歌的音阶简约多变，最简单的是"二音歌"，即只用两个音构成旋律，称之为"窄腔"，有时加上一个转位的重复音，以增强其表现力，称之为"宽腔"。这类歌曲表现力有限，是一种接近自然语调的歌腔。而"三音歌"也有"窄腔"、"宽腔"之分，"窄腔"与"二音歌"性质差不多，"宽腔"的表现力则大大增强了，旋律起伏较大，"显然已经摆脱了自然语调语势的制约而具有明确的审美意识"，带有贵州山区直上直下、大起大落的地域文化特征。"四音歌"是贵州民歌中使用最普遍的音调，"其覆盖面几乎遍及贵州各民族、各地区，尤以仡佬、布依、汉、土家等民族比较普遍"，其核心音调为 so la do re，再通过音程的转位形成许多变体，形式多样，统称为"微调式五度四音列"，再通过旋官转调，加上清角、交官、闰音的出现，使调式色彩更加丰富多变，形成不同的特色音调。同时，贵州的民歌中还使用一些"微分音"，即高音有意识地上下游移，造成一种调式的模糊感和双重感，颇有特色。

[①] 《中国民间歌曲集成·贵州卷》编辑委员会：《中国民间歌曲集成·贵州卷》，第436页，北京：中国ISBN中心，1995。

贵州民间歌谣的地域性，也表现在歌谣对贵州特殊自然环境的描写上。贵州的自然环境十分独特。长期生活在贵州的人们与这里的高山、峡谷、溶洞、森林以及山风、暴雨、飞雪等结下了不解之缘。这也大大影响了他们创作的歌谣。许多歌手常常把这里特殊的自然环境作为审美对象，在歌谣的起兴、取材方面经常涉及到这些自然环境，从而构成了它有别于其他地方的地域特色。且看流传在黔南布依族群众中的酒歌《见客来到对门坡》：

主：见客来到对门坡，
　　忙挑水桶去下河。
　　不得满担得半担，
　　打杯凉水送客喝。

客：我们来到对门坡，
　　主家挑水又下锅。
　　贤惠人家多有客，
　　杀鸡宰鸭又杀鹅。

在贵州，到处都是高山横亘，群峰插天。两山之间距离看似不远，但一下一上却有一、二十里，真可谓"两山喊得应，走路半天程。"客人到了"对门坡"，主人下河"挑水"做饭，"杀鸡"、"宰鸭"、"杀鹅"做菜招待客人都来得及。酒歌选取"对门坡"这一特殊的自然景物作表现对象，不仅很好地展现了布依族热情、谦和、好客的民族品格，而且生动地表现了贵州山大、沟深、坡陡的地域特点。

再看流传在安顺地区仡佬族群众中的苦歌《石旮旯住的是仡家》：

石旮旯来石旮旯，
石旮旯住的是仡家，
石旮旯地仡家种，
粮食收进地主家。

在贵州大山中，有些地方是荒坡，怪石嶙峋，草木稀疏。在旧中国，长期受压迫、受奴役的仡佬族群众被驱赶到这些地方，靠种"石旮旯地"维持生活。就是这样，地主老财们也不放过，还要对他们进行盘剥。苦歌用"石旮旯"作素材，不仅点明了仡佬族群众艰苦的自然生存环境，而且道出了他们在这种生存环境下深重的灾难。像"石旮旯"这样的地方，在贵州是比较典型的。将其作素材，从而使得歌谣的地域色彩更为浓厚。

贵州民间歌谣的地域性，还表现在对当地人文风情的描写上。贵州各地，由于地理环境不同、经济发展不同、居住群体不同，它们的人文风情也是迥异的。歌谣由于精心描绘了这种人文风情，从而使它具有浓郁的地域文化色彩。比如绥阳汉族民歌《有女莫嫁高山山》：

> 有女莫嫁高山山，
> 天晴落雨把门关。
> 顿顿吃的沙沙饭，
> （沙沙饭：包谷饭）
> 肚皮烤起火斑斑。

（方金海唱　王美搜集）

"有女莫嫁高山山"，说明了这里是山区，大山连绵，山高坡陡；"天晴落雨把门关"，道出了这里气候条件恶劣和房屋建筑简陋，"顿顿吃的沙沙饭"，表明了这个地方没有水田，生活全靠旱地农业，"肚皮烤起火斑斑"，点出了这里的人们冬天是用柴草生火取暖，穿衣很困难。民歌通过生活在这里的人们吃、穿、住中几个典型细节的描写，勾勒出了一幅黔北高寒山区的地理文化景观，把过去这里的贫穷、落后以及生产、生活状况生动地表现了出来。

再如布依族民歌《赶场要赶查白街》：

> 大笔写字格对格，
> 小笔写字不费墨。
> 要想牛郎会织女唉，
> 等到六月赶查白啰呵。
>
> 赶场要赶查白街，
> 去年约哥今年来，
> 脚在走路心在想哟唉，

晓得情哥来不来啰呵。

满山遍野在歌唱,
逗得小郎心不落。
找遍全街不见你哟唉,
心中犹如吊秤砣啰呵。

查白街上会到哥。
心中话儿几背箩。
心跳就像雷打鼓哟唉,
脸上好比火烧坡啰呵。

查白场上唱起歌,
郎声唱来妹声合。
深情厚谊唱不了哟唉,
管它太阳落不落啰呵。

去年六月查白天,
情哥送妹花手圈,
情妹送哥花腰带哟唉,
如今还在枕头边啰呵。

想起查郎才赶街呀友,
想起白妹年年来。
要把查白赶到老哟唉,
要将小路修成街啰呵。

（王文全等唱　王世贤采录）

  查白场在贵州兴义市,传说这里是布依族后生查郎和布依族姑娘白妹为反抗封建压迫殉情的地方。查郎白妹殉情是农历六月二十一日,因此,每年到了这一天,布依族和其他民族的青年男女,都要聚集在这里来对歌,一来纪念查郎白妹，二来寻求合心的情侣。[①] 民歌通过查白场农历六月二十一日的描写，把这一地域的人文风情活脱脱地表现了出来，给人留下了极其深刻的印象。

歌谣对地域人文风情的描写，还表现在对贵州人特有品格的展示上。俗话说"一方水土养一方人"。一个区域有一个区域的文化品格。由于受地理环境、经济结构、历史传统等诸多因素的影响，贵州人有着独异的文化品格。在贵州民间歌谣中，贵州人的品格表现得非常鲜明。

高山深谷造就了贵州人强悍、刚烈的文化品格。许多贵州民间歌谣对此都有深刻地反映。比如流传在贵州各族人民中的《闹得黄河水倒流》：

> 不唱山歌冷飕飕，
> 唱起山歌闹九州，
> 闹到九州十八县，
> 闹得黄河水倒流。

（黄凯搜集）

在旧社会，由于自然条件较差、社会发展滞后等诸多原因，贵州贫穷落后，各族人民度日如年。封建统治者横征暴敛，人民群众的生活更是雪上加霜。在这样的情况下，各族人民实在无法忍受下去，他们高举造反的大旗，毅然进行反抗。"闹到九州十八县，闹得黄河水倒流。"在一定程度上表现了贵州人强悍、刚烈的性格。

再如流传在贵州各族群众中的《生要恋来死要恋》：

> 生要恋来死要恋，
> 不怕亲夫在面前，
> 见官如同见父母，
> 坐牢如同坐花园。

旧中国，贵州妇女灾难深重，被压在社会的最底层。"还娘头"的恶习，

[①] 《中国民间歌谣集成·贵州卷》编辑委员会：《中国民间歌谣集成·贵州卷》，第436页，北京：中国ISBN中心，2009。

使她们生下来就必须嫁给舅舅的儿子；包办买卖婚姻，更给她们套上沉重的枷锁。有情人难成眷属，她们不能和心爱的人在一起。无数的怨恨，使她们觉醒。为了追求自由、幸福，她们冲破樊篱，勇敢地站出来，向旧制度、旧观念宣战。歌谣《生要恋来死要恋》就反映了这一状况，并在一定程度上折射出了贵州妇女天不怕、地不怕，敢作敢为的刚烈性格。

与吴歌比较，贵州民间歌谣有很大的不同。吴歌常用汉族字音的相同、相谐来表示双关的意思，如"郎做天平姐做针，一头法马一头银。情哥你也不必问敲打，我也知得重和轻，只要针心对针心。"这中间"针心"的"针"是"真"的谐音，用来表示双关，让人听了感到委婉曲折，回味无穷。贵州民间歌谣中也有使用谐音双关的，如"三两纱线四两麻，尽管纺（访）来尽管擦（查）。查到姐们二样心，双脚跪下任你打。"又如"正月十五妹穿新，问妹真新（心）是假新（心），真新（心）人人都看见，假新（心）难哄哥眼睛"。然而这种谐音双关的歌谣在贵州民间歌谣中可以说是凤毛麟角，少之又少；与吴歌相比截然不同。这是怎么回事呢？笔者认为这与贵州人与苏州一带人的性格有关。苏州一带的人由于"受了水乡的陶冶"，有着温和、细腻的性格，有些话不会直截了当地说；而贵州人则不同，由于受大山的影响，强悍、刚烈的性格使他们说话非常直率。

第三节　立体性

贵州民间歌谣具有鲜明的立体性。民间歌谣与作家诗歌的重大区别之一，是它的立体性。也就是说，民间歌谣呈现在人们面前的，不是一个单一的平面，而是一个多维的立体。贵州民间歌谣对此表现得比较充分。

贵州民间歌谣的立体性表现在哪些方面呢？

首先，贵州民间歌谣与表演性紧密联系着，以多维的立体展现在人们眼前。古今中外的文学史表明：诗歌是最早出现的一种文学样式。早期的诗歌，显然就是民间歌谣。它很少单独出现，而多是与音乐、舞蹈同时出现的。正如《毛诗序》说的："诗者，志之所之也，在心为志，发言为诗。情动于中而形于言，言之不足，故嗟叹之，嗟叹之不足，故永歌之，永歌之不足，不知手之舞之，足之蹈之也。"这种诗、歌、舞紧密结合的状况，穿过历史的时空，至今在贵州的少数民族中还存在着。比如流传在黔西北彝族群众中的《阿斋求堵斗》便是这样。

据《中国舞蹈集成·贵州毕节地区·赫章卷》载:《阿斋求堵斗》汉译为"喜鹊钻篱笆洞"。长期被讹称为"阿西里西"(汉译为"我们再来")。它的诗(歌词)是:

> 阿西里西,阿西里西,
> 求堵斗拉来求堵斗,
> 求堵拉来求堵拉来,翁啊翁啊啊呀!
> 求堵斗玛翁啊是翁。

翻译成汉语是:

> 我们齐来,我们齐来,
> 钻篱(那的)洞钻篱(那的)洞,
> (翁啊翁啊啊呀)钻篱洞,
> 钻篱(那的)钻篱(那的)洞。

它的歌(曲调)是:

$1=\flat B \quad \frac{2}{4}$

中速欢快地:

[乐谱]

它的舞(舞蹈)是:

1. 罩多伍沸(叉腰摇头)

第一拍双手叉腰,右脚挪跳一步,头偏右。

第二拍左脚跟上,头偏左。

2. 罩署吐杜(扭腰踢脚)

第一拍双手叉腰,左脚左挪跳一步,右脚离地,左肩扭向左前。

第二拍右脚左前挪跳一步，左脚离地。面向左前，右肩扭向右前。
第三拍重复一拍动作。
第四拍右脚向左踢出45度
第五~八拍做一~四拍对称动作。

3. 那沸吐杜（甩手踢脚）
第一~二拍脚同动作二一~二拍，双手甩至胸前交叉后甩回两侧。
第三~四拍左脚落地，右脚向左前踢出后收回，手同一、二拍动作。
第五~八拍脚做一~四拍对称动作。手同上。

4. 那沸那格（前后甩手）
第一~二拍脚同动作二一~四拍手牵手前后甩动。

5. 求堵斗（钻篱孔）
两人手牵手做更步，从相牵手下钻过（见图一）
图一：

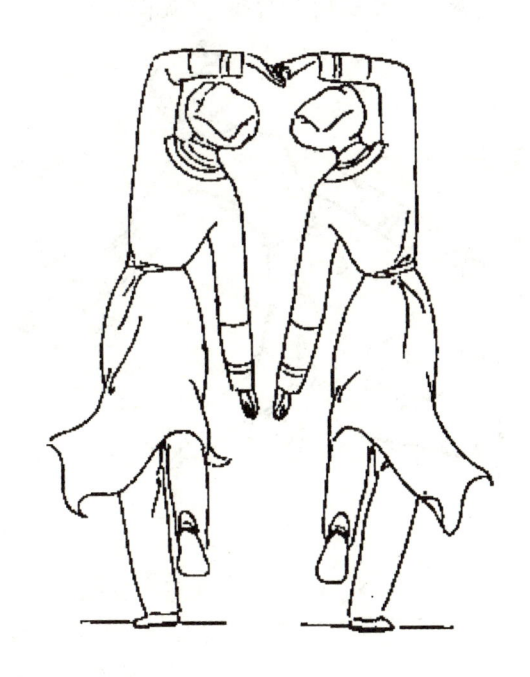

6. 罩沽吐斗（绕身钻孔）
左边一人牵着其余人便步从右边一人相牵手下钻过，最后一人（右边一人）向左自转。

7. 直超堵斗（相约钻孔）

左边一人和右边一人，从中间两人相牵手下钻过，中间两人不放手，自转一圈。

8. 阿遮读替（喜鹊振翅）

第一~三拍双臂平抬于两侧自然伸缩，脚同动作二的一~三拍。

第四拍左脚原地踏跳一下，右小腿自然后抬，手同上。

第五拍做一~四拍称动作。

9. 机朵努论（前勾后踢）

第一拍双臂左右提襟位，面向左前，右脚挪跳一步。

第二拍左脚做一拍对称动作。

第三拍脚做一拍动作。

第四拍右脚原地踏跳一步，左脚前踢75度，上身左后仰。

第五~七拍脚做一~三拍对称动作。

第八拍上身右前俯，右小腿后抬弯屈。（见图二）

图二：

10. 气杜那打（踢脚击掌）

第一~三拍脚同动作九一~三拍，双臂同前后甩动。

第四拍右脚原地踏跳一步，左小腿自然后抬，双手在右胸前击掌。

第五~八拍+做一~四拍对称动作。

11. 那给娄罩（扣手跳转）

第一～三拍脚做动作九，两人面对双手指相扣。

第四拍右脚原地踏跳一步，左小腿自然后抬（见图三）

图三：

第五～八拍做一～四拍对称动作。

可见，贵州的民歌具有多维的立体性。随着社会的发展，舞蹈渐渐分离出去，但诗（歌词）和歌（曲调）仍然密切地结合着，至今还是流传的主要形式。

还应该提及的是，在贵州民间歌谣中，无论是乐歌还是徒歌，在吟诵或歌唱中常常与眼神、脸部表情、手势、身体动作配合着，表演性十分明显。过去在民歌的研究中，我们常常忽视了表演的作用。其实，表演在活态民歌中十分重要。它是活态民歌不可分割的组成部分。在民歌演唱中，表演好不好，不仅是衡量歌手是否优秀的一个重要标尺，而且也是演唱能否吸引受众的一个重要因素。

其次，贵州民间歌谣体现出来的功能不是单一的，而是多方面的，这也使它呈现出多维的立体性。比如流传在遵义汉族群众中的《抬木号子》：

领：吃人饭那么，

合：嗨左左！
领：加油干那么，
合：嗨左左！
领：吃人茶那么，
合：嗨左左！
领：把杆拿那么，
合：嗨左左！
……

这首在抬木过程中歌唱的民间歌谣，就有着多方面的功能：（1）指挥劳动，提高劳动效率的实用功能；（2）消除疲劳，愉悦身心的娱乐功能；（3）发泄情绪，怨恨社会不平等的政治功能。

再次，贵州民间歌谣不是单独出现的，它常常与民俗紧密结合着。这也使得它的立体性表现得十分明显。在贵州的各种民俗活动诸如婚丧嫁娶、拜祖祭祀、祝寿生子、修房建屋等中，几乎都有民间歌谣伴随着。结婚时有婚姻歌，人死后有丧葬歌、祭祀祖宗时有祭祖歌，修房造屋时有上梁歌……总之，在各种民俗活动中，歌谣是不可或缺的。黄海在《瑶麓婚碑的变迁》[①]中就记录了荔波瑶族青年的婚姻习俗以及在婚恋过程中所唱的情歌。他写道：

当小伙子和姑娘有了情意后，双方还要进行一段时间的考验，才能确定是否建立婚姻关系。而这种考验，就是用对歌的形式来进行的。夜深人静，小伙子独自来到自己心爱的姑娘住的"寮房"前，脸对谈婚洞口（瑶族群众在自己居住的"干栏式"吊脚楼上，紧靠正门的厢房，在临街面的板壁上，凿有一小孔，瑶族称为"k笛"，汉语称为"青春孔"、"谈婚洞"）与姑娘谈情。如若姑娘一时睡熟，小伙子便取一根小棍轻轻插入"k"笛孔中，拨醒姑娘；如若姑娘是清醒的，小伙子便唱起情歌：

心爱的人啊，
心爱的人！
你可要仔细地听！嗨台！
你虽然瞌睡很困，

---

① 黄海：《瑶麓婚碑的变迁》，贵阳：贵州民族出版社，1998。

但请你暂且忍耐点!
我是多么想悄悄地跟你谈心!
就如同渴望得到一餐美味,
得到一餐香甜!

心爱的人呵,
心爱的人!
我日夜都想着和你谈心。
我失魂落魄地,
出了我家的楼门,
踏过了你家门的条石磴,
又掂起我的脚,
轻轻地上到了你的楼前!
低头钻到了你的谈婚洞边!

姑娘听到这似熟悉又似陌生的充满情意的歌声,一时猜不透来者是何人,又不便盘问,只好唱道:

亲爱的朋友啊金姨!
我哪有瞌睡啊!
我在聆听真谛!
我丢开了心,
我丢开了肝,
我全神贯注,
专心专意!
不管在上面、下面、前面、后面,
大凡到我这儿来的,
到我板壁边上、
谈婚洞的,
也只有我俩是最知心的伙计!

姑娘已唱完前段,等待小伙子回唱。可小伙子还陶醉在无限遐想和幸福回忆中，未回过神来。姑娘等了许久，不听回声，认为小伙子困倦在打瞌睡，便轻声呼唤起来："表！表！"小伙子这才如梦初醒，匆忙回答："表！我在这里！"

姑娘听了，暗自好笑。她从声音中，已断定来者是自己心爱的人。

小伙子知道自己没有及时回答，狼狈不堪，慌忙唱道：

> 心爱的姑娘啊！
> 我日也想夜也盼，
> 想上前想退后，
> 就不知道对不对你的心思呀！
>
> 你说你是打开了心，
> 都是我的朋友，
> 最好的伙计！
>
> 姑娘剖白心思：
> 我心爱的朋友啊金姨！
> 你可知道啊，
> 我一晚盼来盼去的，
> 就是不见你，
> 我心爱的伙计！
> 我常常诅咒报晓的雄鸡，
> 为什么啼叫得一遍比一遍急！
> 你到了我这里，
> 虽然不得一顿香甜的饭，
> 也得不到一顿味美的筵席！
> 但那却有我俩——
> 是最亲密的朋友，
> 打开了肝，
> 我俩是情投意合嘛！
> 为了你，
> 不顾一切了，

讲得不对也要讲,
望你多加原谅啦!

小伙子单刀直入,谈道了自己的希望:
心爱的姑娘呵!
我看我俩都有情有意!
我这样说也不知对不对你的话?
我早想要你脚踩我的楼梯,
头钻进我的门枋。
你一定不要再犹豫彷徨了,
这样才了却我的心思,
满足我夙愿!
这样我才真正笑哈哈!

姑娘心中有数,听了自己心爱人的诉求,虽不动情,但却佯作应允。这样做,一则是不使自己心爱的人失望,二则是考考心爱的人。只听她唱道:

表哥啊表哥呀!
你要我脚踩你的门槛,
我是求之不得,
非常高兴的哇!
鲜花都知道适时而开!,
姑娘就怕嫁不出去,
在家养到八十岁。
而今我正妙龄十八!
你快去求老人选个良辰吉日,
我这就到你家洗碗洗筷,
料理新家!

表哥啊表哥呀,
就不知道你爹你妈是否同意,

还有你的堂兄堂弟、
舅爷姑妈？
再有花猪花牛，
花鸡花鸭，
是否都已喂大？
倘若这一切都已准备好了的话，
你就快点来娶我过门去吧！

可见，民间歌谣与民俗活动的联系是多么紧密。有人把包括民间歌谣在内的民间文艺叫做民俗文艺，看来不无道理。如果离开相关的民俗活动去看民间歌谣，那么无论怎样看都是不能究其真谛的。

第四节 群体性

贵州民间歌谣的演唱，除极少数是个人所为外，绝大多数都有群体参与。南宋诗人陆游在《老学庵笔记》中记载了包括现今贵州天柱、锦屏、黎平等地侗族群众集体歌舞的盛况。他写道："辰、沅、靖州蛮，有仡伶……农隙时，至一、二百人为曹，手相握而歌，数人吹笙在前导之。"时至今日，这种在歌唱中群体性参与的状况仍然随处可见。流传在全省各地的"劳动号子"，所有劳动者无一例外都是参与者；流传在苗、侗等民族中的"拦路歌"，主客两队，各队少则几人，多则几十人，齐声高歌，气氛热烈；就是谈情说爱时所唱的情歌，比如苗族唱的"游方歌"、布依族唱的"浪哨歌"、侗族唱的"玩山歌"等等，开初也是男女分群对唱。难怪民俗学家罗荣宗20世纪30年代在对贵州的苗族娱乐（包括唱歌）进行调查后得出这样的结论："苗族娱乐，全为集体活动，即使两性爱恋，亦非个人所能私，行动公开，多人共同参与，其他可以想见矣。"

最能体现贵州民间歌谣参与的群体性的，一是过节时，二是赶场时。

贵州的节日，特别是少数民族的节日很多，有"大节三、六、九，小节天天有"之说。据不完全统计，从农历正月初一到腊月三十，一年四季十二个月，各地区、各民族所过的节日达223个，集会点达1000余处（次）。小规模的节日仅限一个村寨，参加的人是本村寨的男女老幼；而盛大节日却波及毗邻的几个县市，可云集数万人。这方面的著名节日有苗族的"芦笙节"、

"吃新节"、"龙船节"、"跳月"、"跳场"、"四月八";布依族的"三月三"、"六月六"、"毛杉树歌节"、"玩山节";侗族的"赶坳节"、"吃新节"、"芦笙节";水族的"端节"、"卯节";彝族的"火把节"、"吃新节";土家族的"赶过年"等等。这些节日,承载着丰厚的历史文化内涵,是民族精神信仰、审美情趣、伦理关系和消费习惯的集中展示,同时它也是传承民族文化的有效方式。在这些节日的诸多内容中,最有光彩、最富吸引力的部分就是歌唱。无论是集体吟唱,还是一领众和,参加的人都很多;就是单个独唱的,也有很多受众附和叫好。尤为值得提及的是,有的节日由于是以唱歌为主要内容,因而干脆就用"歌节"命名,比如安龙布依族的"毛杉树歌节"、兴义布依族的"查白歌节"、锦屏侗族的"高坝赛歌节"等等。当节日到来的时候,青年男女相互邀约,穿着盛装,聚集"歌场"。对歌、赛歌,热闹非常。这种对歌、赛歌,实质上是青年男女以对唱形式,在比聪明、比知识中选择伴侣的一种群体娱乐活动。有一对一的,也有集体对集体的。但无论哪种形式,参加的人都很多。应该指出的是,节日期间的这种对歌、赛歌,虽然是以青年男女欢会、择偶活动为主体,但并非仅以恋情作唯一内容和目的。它是在某种特定观念的作用下,所举行的唱歌聚会和社交活动,是一种综合性的民族传统文化形态。

赶场,又称赶集,或曰赶墟。贵州民间大多呼集市为"场",《黔南识略》说:"黔人谓市为场",称赶集为"赶场"。场地一般设在交通较为方便、地势较为平坦、居民较多的集镇上。赶场除了达到交易的目的外,在过去文化活动极为匮乏的时代,娱乐也是目的之一。罗荣宗在《苗族之娱乐》中写道:"赶场亦为一种娱乐,无论苗族夷族,不分老少男女,多喜赶场,虽翻山越岭,跋涉数十里,亦不以为苦,反认为必需活动。"赶场中是怎么娱乐的呢?"盖老年苗族,趁赶场之便,会亲友,叙阔别,饮酒作乐。青年男女则多藉赶场晤所欢,或闻清脆歌声,发自林间者,吾知其所'仲家妹'也。"总之,趁赶场之机,对歌、赛歌的情景随处可见。而这种对歌、赛歌,是群体参与的。就是最具隐秘性的谈情说爱,开头也是一群男的同一群女的通过唱歌来逐渐展开的。

第四章 贵州民间歌谣的价值

第一节 贵州民间歌谣的实用价值

贵州民间歌谣是有价值的。它之所以有价值，是因为它能满足人的需要。黔东南侗族有首歌说得好："不种田无法把命来养活，不唱歌日子怎么过！饭养身子歌养心哟，活路要做也要唱歌。"这里的"心"，指的是人的思想、感情、情操，也就是人的精神。这种"饭养身，歌养心"的理论，清楚地说明了贵州人民很早就意识到了民间歌谣是人的精神食粮，它对人的生存和发展有着极为重要的作用。从民间歌谣中，我们可以观察到下层民众的世界观、生活史、风俗史、礼法史。

贵州民间歌谣的价值是多方面的，我们可把它概括为实用价值和审美价值。这里先谈实用价值。

贵州民间歌谣之所以具有实用价值，究其原因，首先是因为贵州民间歌谣是文学，文学本身包含了宗教、历史、科学、伦理、道德、政治、哲学等文化蕴含，这种意识形态的综合性，决定了它的社会功能的全面性，这使得它除了具有审美价值外，还有其他价值；其次，贵州民间歌谣属民间文学，但又不是纯粹的文学，它是以文学为主的多层次交替的复合体，也就是说，它还有非文学的成分，这就使得它除了文学价值外，还有其他价值；第三，贵州民间歌谣的创作、传播主体是劳动人民，在几千年的黑暗社会中，他们被剥夺了学习文化的权利，许多都不识字，这使得他们只得把自己的精神、物质文明成果包括认知成果、历史.记忆、艺术感受等等融入口头文化包括在歌谣中，以便后人借鉴、传承，这也使得民间歌谣除了审美价值外，还有其他实用价值。从歌谣发展史的角度也可以看到，歌谣的产生，是同实用密切相关的。原始人对歌谣的创作和演唱，首先是着眼于功利、实用的目的，审美的要求只是要满足的次要的欲望。

贵州民间歌谣的实用价值主要体现在哪些地方呢？

一、劳动方面的价值

（1）组织生产劳动，协同劳动动作。生产劳动是人类最基本的实践活动。贵州在长期的历史发展过程中，由于工具简陋，技术落后，劳动需要集体来承担的情况是很多的。而集体劳动迫切需要有组织、有协调，劳动歌就是为了适应这种需要而产生的。比如许多劳动号子，在集体劳动中就起到了组织生产劳动、协同劳动动作的作用。且看流传在从江侗族群众中的劳动号子《抬木歌》：

领：撬棒两头尖哟，

合：嘿啦，由你抬哪边！

领：杉木大又长嘛，

合：嘿啦，大家一齐扛！

领："钉牛"要打紧哟，

（钉牛：抬木专用的铁钉，上有铁环，供套绳用。）

合：嘿啦，麻绳要细查！

领：草鞋要穿稳嘛，

合：嘿啦，带子要系牢！

领："抬肩"要扎好嘛，

（抬肩：即披肩。）

合：嘿啦，抬扛放上肩！

领：捏紧抬绳和抬木哟，

合：嘿啦，腰杆挺直脚用力！

领：注意听准号子声嘛，

合：嘿啦，喊声阵阵震山川！

……

这种一领众和、领和交替的劳动号子，歌词非常简短，节奏却十分鲜明。它不仅说清了什么时候起肩、什么时候开步，而且道出了各个环节要注意的问题，真正起到了组织指挥劳动、协调劳动动作的作用。

（2）鼓舞劳动热情，提高劳动效率。贵州民间歌谣中的许多劳动歌，无论是曲调还是歌词，都有着强烈的鼓动性。它能调动人们的情绪，鼓起人们的劲头，从而加速工作的进程，提高劳动的效率。比如"薅草锣鼓"就是这样。人们在薅草过程中，且不说鼓声、锣声、歌声的热烈能激起人们的情绪，就是歌词也是催人奋进的。"薅草锣鼓"的歌词虽然五光十色，古往今来，天南地北，嬉笑怒骂，无所不有，但其核心部分，却是激励生产劳动的。

例如唱述为什么要薅草的：

> 好久没到这里来，
> 这块包谷遭草埋。
> 草苗相争包谷弱，
> 锄尽杂草莫延挨。
> 锣鼓催得众人紧，
> 人人展劲头不抬。
> 手起锄落杂草脱，
> 风吹包谷笑索索。

（从江歌谣）

叮嘱薅草中要注意质量的：

> 手拿锄头来薅草，
> 不要薅些花脸猫，
> 不要薅些猫盖屎，
> 主人看了哪开交。

（道真歌谣）

告诫薅草中不要偷懒的：

> 赶忙薅，赶忙薅，
> 莫拿锄头撑懒腰，
> 你把锄头撑断了，
> 看你拿个哪样薅？

（岑巩歌谣）

由于歌词采用的语言都是激励的语言，而这种语言又是在你追我赶、互不相让的劳动氛围中表现出来，因而必然会大大激发人们的劳动热情，提高劳动的效率。难怪有人在谈到这一薅草的场面时说：歌手边打边唱，薅草的人列成横队，歌声起，"立即勾头弯腰薅草，你追我赶，起手如同凤展翅，锄落好比鸡啄米。"① 应该说，这是对"薅草锣鼓"鼓舞劳动热情，提高劳动效率的真实而又客观的反映。

（3）消除孤独烦恼，减轻劳动疲劳。贵州人在山区劳动，无论是在山中犁地，还是在林中伐木、驿道赶马，常常是一个人或少数几个人进行，异常孤独。在这种情况下，唱唱歌，不仅能消除孤独的烦恼，而且能激发人的情绪，振奋人的精神，从而减轻劳动的疲劳。对于这一点，现代心理学有很好地说明。现代心理学认为，情绪在紧张、剧烈时，人的生理会发生很大的变化：血压升高，脉搏加快，单位时间内心脏的排血量增大，呼吸强度加强，频率加大……这些变化，会使人的体力适应新的环境，从而达到增力的效果，这就是人为什么能不知疲劳、能坚持较长时间劳动的原因。对此前人已有所认识，清代方玉润在《诗经原始》中说："近世楚粤滇黔间樵子入山，多唱山讴，响应林谷，盖劳者善歌，所以忘劳耳。"

在生产劳动中唱的歌，其内容并非都与生产劳动有关，有许多与生产劳动相去甚远。如流行在贵州广大山区赶马人唱的"赶马山歌"就是这样："太阳出来照白岩，金花银花滚下来，金花银花哥不爱，只爱情妹好人才。"从内容上看，这是一首道道地地的情歌，与生产劳动无关。为什么赶马人在劳动中要唱它呢？这完全是为了消除疲劳，振奋精神。可以试想，赶马人在贵州高原崎岖蜿蜒的山道上跋涉，是多么孤独，又是多么压抑！在这种特定的情景中吟唱情歌，情歌中的性意向，可以提高人的兴致，转移因疲劳、苦闷带来的烦恼。

再如流传在桐梓的船工号子《羊磴船夫曲》：

领：啊……小妹！好花开在背荫处。
众：是喽……给你说！女子生在独家住。

---

① 岑巩县民间文学三套集成编委会：《中国民间文学三套集成·黔东南州·岑巩县卷》（内部资料）。

领：啊……小妹！割草只要镰刀快。
众：是喽……给你说！恋花只要妹有意。
领：啊……小妹！鸽子飞飞成双对。
众：是喽……给你说！哥妹飞飞到那里。[①]

乍一听，这是一首情深意浓的情歌。在拉纤、掌舵这种高强度的体力劳动中唱这种带有调情的歌曲，显然不是谈情说爱，而是为了消除剧烈劳动带来的疲惫，排解心理的压力。

二、政治方面的价值

1. 议论时政，惩恶扬善

在贵州的民间歌谣中，有不少是贵州人民因切身政治状况而创作的歌谣。在这些歌谣中，人民对时政直截了当地进行评论，或"美"，或"刺"，有着鲜明的政治倾向。中国古代有"诗言志"的说法。"志"是什么呢？闻一多在《歌与诗》中认为，"志"有三个意义：（1）记忆；（2）记录；（3）怀抱。也就是说，这个命题包含有记录、言志、抒情等多方面的内涵。这其中，"怀抱"无疑是主要的方面。人民大众正是由于在歌谣中抒发了自己对现实的感受，表达了自己的政治态度，因而社会意义十分重大。就这点来说，民间歌谣有着不可低估的认识作用。汉代统治者之所以要"立乐府"，"采歌谣"，其目的就是为了"观风俗"、"知厚薄"，以便采取措施，兴利锄弊。对此，贵州古代彝族文论家也有相同的看法。举奢哲在《彝族诗文论》、实乍苦木在《彝诗九体论》中谈到包括民间歌谣在内的诗歌时，就说："比如有的呢，唱来颂君长（君长：彝族古代大小部落和奴隶制时代某些地方性政权的首领），唱来赞君长；可是有的呢，唱来骂君长，唱来恨君长。"指出从这些诗歌中，可以看出"君威怎么样"，"为臣怎么样"。他们把这些诗歌，看成是民心的反映。通过它，可以了解到政治的良窳，人心的向背。

辛亥革命后，贵州在相当长的时间中被封建军阀和国民党政府所统治，灾祸绵延，匪患不绝。广大人民生活艰难，处于水深火热之中。有人在谈到这段时期贵州人民的生活时，这样写道："在天灾人祸夹攻之中，人民流离转徙，生命朝不保夕，而种种的苛杂，都随着所谓建设而来，以建设之名，行

---

① 贵州省桐梓县地方志编纂委员会编：《桐梓县志》，方志出版社，1997。

苛虐之实。造成从未曾有的混乱局面，加速农村崩溃，以至弄到荒年吃树皮草根而不可能，啼饥号寒，辗转沟渠。"① 对于这样的现实状况，人民群众是十分不满的。他们通过自己的歌谣，来宣泄自己心中的愤懑。如黔南水族群众的《穷人头上三把刀》：

> 穷人头上三把刀，
> 官家压、财主剥、土匪烧。
> 一年四季勤劳动，
> 到了端节空水瓢。
> （端节：水族的年节）

歌谣把官家的压迫、财主的剥削、土匪的侵害比喻为安在穷人头上的"三把刀"。在这"三把刀"的宰割下，穷人啼饥号寒，惨不忍睹。他们一年到头脸朝黄土背朝天，辛辛苦苦劳动，可是过年了除了一把"空水瓢"外什么也没有，要吃没有吃，要穿没有穿。歌谣在深沉的诉说中，表达了人民群众对黑暗社会的诅咒和抗议。

众所周知，贵州是喀斯特的地质地貌，到处是石山。山地占了全省面积90%以上。由于山多，可耕之地极少，因而对于这个以农业为主的省份的社会发展客观上造成了很大的困难。更为严重的是，旧社会上层统治阶级为了争权夺利，不断挑起战争，使得贵州战乱频仍，灾祸连绵。贵州人民生活十分凄惨，哀鸿遍野，饿殍在途。丁道谦 20 世纪 40 年代在《贵州经济研究》中写道："贵州自民国以来的内战，大小不下数十次，死亡于战争当有不少人口，兼以贵州若干年来好几次灾荒。灾荒有时几遍全省，如一九二九年国民政府赈务处的调查，当年贵州被（受）灾县达五十四县之多。而当时贵州仅不过八十一县，则灾荒县数占全省县数的百分之六十至七十。"

天灾加上人祸，使得包括汉族在内的贵州各族人民的生活，举步维艰，度日如年。流传在绥阳汉族群众中的《穷人愁来富人狂》这样唱道：

> 穷人家中断了粮，
> 喝着菜汤度时光。

---

① 次青：《十年来之贵州建设》，1947 年出版。

>　　衣衫破烂难防寒，
>　　拄着棍子去逃荒。
>
>　　地主老财酒肉饱，
>　　猜拳行令闹声高。
>　　天堂地狱两分开，
>　　穷人愁来富人狂。

（赵福会唱　彭燕修搜集）

　　劳动人民终年劳动，到头来却衣不足以御寒，食不足以充饥，无奈只得"拄着棍子去逃荒"，这是多么的不公平！

　　汉族的生活艰难，少数民族的日子更不好过。流传在黔西北苗族群众中的《老鸦无树桩》就唱出了苗家的痛苦：

>　　老鸦无树桩，
>　　苗家无地方，
>　　到处漂泊哟，
>　　到处流浪。

　　是谁造成苗家没有栖身之地，要"到处漂泊，到处流浪"呢？听众只要联系当时的现实，就不难找到答案！

　　许多少数民族不仅没有住的，而且没有吃的、穿的。遇到荒年，更是饥寒交迫，惨不忍睹。新中国成立前丁道谦在《贵州经济研究》中写道："包括许多少数民族在内的贵州农民，平素则贫穷万分，一遇荒年，自然无衣无食，吃草根树皮之事，甚至吃所谓'观音土'之事亦时有发生，出卖妇孺的普遍情形，便影响成奴隶。多妻、丫环、妾滕之存在，一升米换一个人，一元钱买一个人，甚至不要钱，只要给碗饭吃就可以了……"在布依族、苗族聚居的镇宁县，"乡间穷苦农人虽值隆冬，仅着衣一件，或以粗麻布为衣者为数甚多，更有夜宿稻草窝中以禾苗编成之秧毡代被，终其生未见被盖者，益以近年来棉纱价值奇昂，多数农民劳苦数年，犹无力添制一件新衣，故鹑衣百结，褴褛不堪之贫民,触目皆是,其疾苦情形可概见矣。"① 这些真实的情景,在少数民族歌谣中都有所反映。例如流传在贵阳、黔南布依族群众中的《最大不平在人间》:

> 实可怜,
> 穷人无地又无田。
> 月亮点灯风扫地,
> 半壁岩洞把身安。
> 三块石头支个灶,
> 一口锅儿缺半边。
> 野菜充饥石作凳,
> 秧被底下难入眠。
> 衣服破了无布补,
> 裤子打齐腿弯弯。
> 割根藤子当腰带,
> 砍块木板当鞋穿。
> 割匹棕叶做帕子,
> 青不青来蓝不蓝。
> 脚板开起大裂口,
> 桐油凌来麻线连。
> 热天蚊虫咬,
> 冷天缩一团。
> 见人不敢抬头望,
> 见妹不敢开口言。
> 只听风声呼呼响,
> 只见木叶落满山。
> 为什么,
> 一些穷来一些富?
> 为什么,
> 一些苦来一些甜?

---

① 《镇宁县志》,1947 年版。

人说天高地不平，
　　最大不平在人间。

（白林芬、白林超演唱　杨友义搜集整理）

穷人度日如年，官家怎样呢？流传在仁怀汉族群众中的《唱官家》这样唱道：

　　官家官家，
　　啥都不差。
　　下乡坐轿，
　　游街骑马。
　　金银财宝，
　　大箱小匣。
　　男人穿戴，
　　皮袍轻纱。
　　女人穿戴，
　　金花银花。
　　大人吃肉要剥皮，
　　娃吃冰糖吐渣渣。
　　吃穿齐整用不完，
　　大人细娃灰不巴。
　　为啥官家日子好，
　　老狗埋在官山垭。
　　（老狗：对官家祖宗之篾称。）

（蔡聪贤唱　李正川搜集）

　　歌谣对作为统治者的"官家"的日常生活进行了细致描述：他们吃的是山珍海味，穿的是"皮袍轻纱"，"下乡坐轿，游街骑马"……不仅他们自己如此，而且一人得道，鸡犬升天，老婆孩子也跟着"荣耀"，"女人穿戴，金花银花。大人吃肉要剥皮，娃吃冰糖吐渣渣。"更有甚者，他们还利用手中的权力，贪赃枉法，聚敛钱财，"金钱财宝，大箱小匣。"这种腐败堕落、骄奢淫逸的行径与穷苦百姓吃不饱、穿不暖,在死亡线上挣扎的生活形成了多么大的反差!对此,穷苦人民看在眼里,恨在心里。"为啥官家日子好,老狗埋在官山垭。"深深道出了人民心中的愤恨。

这些民间歌谣,通过民众对自身日常生活的叙述,对时政进行了议论,抨击了黑暗社会,抒发了人民心声。

2. 鼓动群众,组织群众

贵州的许多民间歌谣,在阶级、民族斗争中是人民斗争的武器,能起到了鼓动群众、组织群众、打击敌人的重大作用。比如在清代咸同起义斗争中,侗族人民就把歌谣《姜大王》作为宣传组织工具,号召大家跟着民族英雄姜应芳起来反抗清朝的黑暗统治:

> 天大,有云遮上;
> 水深,有岩石河床;
> 皇帝派款派粮,
> 我们要抵挡。
> 因为我们侗家,
> 有个姜大王!

(伍华谋搜集)

"皇帝派款派粮,我们要抵挡。因为我们侗家,有个姜大王!"歌谣像号角,像火把,激励人民起来斗争;像匕首,像投枪,直插敌人心脏……

再如在抗日战争中,贵州工委为了广泛动员爱国青年进行抗日救亡活动,组织、领导贵阳筑光音乐会的成员下乡采风,在贵州民间歌谣的基础上加工、创作了山歌剧《送郎打日本》。该剧在花溪、青岩、中曹、北街等地演出引起轰动。剧中的一些歌谣也很快传开来,成了动员群众、组织群众的工具。据有关同志回忆:"每到一处演出完毕,《送郎打日本》的歌声就传遍山寨:'太阳出来红彤彤,好男好女要冲锋,同心合力上前去,不怕鬼子几多凶。''太阳落坡又东升,我国来了日本兵,烧杀掳抢都玩尽,不去当兵哪得成。'"

特别应该提到的是,有的少数民族还把战争中作战的原则、方法编成歌来唱,以便让大家记得住,在行动中心往一处想,劲往一处使。比如在咸同农民起义期间,回族群众就把"回军作战要旨"编成歌谣来唱:

正兵要勇，奇兵要密，假兵要真，主兵要力，游兵要敏，哨兵要静，炮兵要中，骑兵要奇。纛旗指向，大队猛进，左右要联，前后要顾。我胜穷追，我弱稳打，万夫难过，山口要把。设防要固，分段分层，各守讯地，游兵救警，攻守各异，交相为用。攻要有守，立于不败；守要有攻，找出敌空。我队自如，敌武无用。①

3. 宣传政策，推动工作

新中国成立后，在贵州许多地方，政府及有关部门常常用歌谣来宣传政策，推动工作。在这些歌谣中不乏佳品，有的便流传开来。比如婚姻法颁布后，湄潭县就有干部和群众把它的主要精神编成《妇女再不受欺压》的歌谣来唱，流传较广："大姐今年一十八，媒人时常到我家。我家姐姐高声骂，我家妈妈不理他。如今有了婚姻法，自己婚姻自当家。只要我们情意合，不用媒人两头拉。姐看郎好她就嫁，郎看姐好就娶她。劳动夫妻成了家，妇女再不受欺压。"再如为了配合计划生育工作的开展，三都水族自治县的干部、群众就创作了《地球也会压成方》四处传唱：

大雨下多会崩塘，
人口生多苦难当。
儿多母苦难哺育，
地球也会压成方。

计划生育是国策，
不忘牢记在胸膛。
生男育女独一个，
哪家超生不应当。

三、教育方面的价值

贵州民间歌谣教育方面的价值体现在两方面：一是它有着灌输伦理道德、模塑与规范人的行为的功能；一是它有着传授知识、增长人的才智的作用。

---

① 顾隆则：《太平天国时期〈贵州农民起义军文献〉辑录与考释》，贵阳：贵州人民出版社，1986。

贵州文化同全国其他省区的文化一样，都属于伦理型文化。人们把道德关系作为人的基本社会关系，从而使人类社会生活的整体图景中蕴含着丰富复杂的伦理内容。在教育活动中，他们把伦理道德教育看得十分重要，是不可缺少的。而歌谣，就成了他们灌输伦理道德、模塑与规范人的行为的载体。对此，三都布依族的《开场歌》说得好："唱歌不光是玩耍，先唱古来后唱今。有些唱来减烦恼，有些唱来得罪人。有些唱来劝懒汉，有些唱来哭五更。有些唱来醒瞌睡，有些唱来安慰人。有些劝诫恶赌棍，有些劝诫恶婆们。有的劝诫恶媳妇，有的劝诫恶夫君。有的劝诫不孝子，有的劝诫后娘们。"明白无误地道出了民间歌谣与伦理道德的密切关系。

在长期的历史发展进程中，与小农经济相适应，贵州各民族形成了以家族宗法血缘关系为纽带的社会范式。在这种社会范式下，各民族都讲究人伦，重视家庭和亲情关系。

家庭关系，包含了夫妻关系和父母与子女的关系。在夫妻关系上，各民族强调要同甘苦，共患难，和睦相处，生死与共。正如黔北汉族群众在《两人合成一条心》中所唱的：

    一碗冷水结成冰，
    两人合成一条心。
    哪怕六月太阳大，
    凌冰化水不分心。

在父母与子女关系上，要求父母要慈，子女要孝。流传在黔北汉族群众中的《老人歌》就谈到了父母应该怎样对待子女：

    奉劝世间的老人，
    为人父母要公平。
    长幼媳妇你接近，
    大儿小女是你生。
    同是身上落的肉，
    十个指头一般疼。
    只要为老做得正，
    岂有儿女不孝敬。

> 有等老人真愚蠢，
> 溺爱不平起偏心。
> 一个爱来一个恨，
> 一样儿女几样心。
> 父母犹如天地论，
> 一家大小你为尊。
> ……

强调了父母对待子女要贤惠，要公平。

父母对子女要这样，子女对待父母应怎样呢？流传在遵义汉族群众中的《哭父母恩深》清楚地回答了这个问题：

> 先有古来后有今，
> 先有爹娘后子孙。
> 代代相传到现在，
> 今天才有我一身。
> 十月怀胎娘辛苦，
> 生下抚育得成人。
> 若无父母来抚养，
> 如何能够长成人。
> 行路不忘开路者，
> 吃水不忘挖井人。
> 莫要过河去拐棍，
> 后辈要记前辈情。
> 乌鸦反哺禽有义，
> 羔羊跪乳也知恩。
> 为人若不孝父母，
> 惭愧何比禽兽如。
> 父母在生多孝敬，
> 死后枉自痛肝心。
> ……

（王道富演唱　汪江搜集）

道出了子女对父母要尊重，要孝顺。

家庭是由家族分化出来的。在贵州农村，特别是在少数民族地区，"聚族而居"的现象普遍存在，许多村寨就是由一个或几个家族组成。而凝聚家族的粘合剂是对祖先的崇拜。因而在贵州各民族的伦理道德中，就要求子女不仅对父母要讲孝悌，而且对祖先要加以崇奉。许多少数民族的"古歌"，诸如黔东南苗族的《苗族古歌》、黔西北苗族的《格炎爷老和格池爷老歌》、《居诗老歌》、布依族的《造万物与造神》、侗族的《祖公上河》、水族的《开天立地》、彝族的《洪水纪》等，就是通过对祖先不畏艰难、战天斗地的创业过程的描述，教育后代要饮水思源，不要忘记祖先的恩德。无可否认，这种由于尊崇共同祖先而形成的浓烈的家族亲情，对家庭、家族以至社会的稳定在相当长的时期内起到了极为重要的作用。

由爱家爱乡之情直接延伸，是爱国。黔南布依族把国与家联系起来，把国家等同于爹妈"国家国家，好比爹妈"。贵州各民族在长期的生存和发展中，逐步凝结起了对祖国深厚的爱国主义情感。黔北苗族有首民谣《先有国，后有家》说道：

先有国，后有家；
先有水，后有虾。

把国和家的关系，比喻成水和虾的关系。没有水，虾活不成；没有国，家自然也不存在。基于此，每当民族危亡、国难当头之际，贵州各民族都表现出了团结一致、同仇敌忾、捍卫民族尊严、维护祖国利益的坚强意志和高尚情操。比如在抗日战争中，当日本鬼子侵略我国时，贵州各族人民万众一心，坚决反抗。流传在各地的许多抗日歌谣，如《赶走日本鬼》、《打走东洋兵》、《大家齐备战》、《鬼子统统该杀光》等就表现了贵州各族人民反对侵略、保家卫国的民族气节，清楚地说明了贵州各族人民的爱国传统在薪火相传。

由于贵州民间歌谣的创作者和传播者主要是下层劳动者，他们的立身之道是勤劳节俭、廉明正直，因而在歌谣中，他们一直把热爱劳动、吃苦耐劳、忠厚老实、诚恳待人作为美德大加赞扬。流传在三都布依族群众中的《劝世人》就清楚地道出了他们的这种立身之道：

人生在世几十年，

风花雪月赛天仙。
长江哪有回头浪，
山中没有倒流泉。
人到中年花已落，
花开不过十日鲜。
忠厚勤俭是根本，
不可作恶惹祸端。
不可惹草过柳巷，
不可酗酒抽大烟。
阿谀逢迎太下贱，
不可欺老畏少年。
不欺穷来不敬富，
不可偷盗别人钱。
是非之话切莫讲，
挑拨是非造成冤。
打狗需看主人面，
打蛇不死不得安。
家有贤妻夫祸少，
夫妻和顺家道宽。
一年三百六十日，
一年更比一年甜。

对于那些染上赌博、吸毒、偷盗等恶习的人，他们都苦口婆心地说服、规劝，通过劝诫的歌谣对这些人进行应该怎样"做人"的道德教育。流传在从江侗族群众中的《赌钱丢丑多》就是劝导不要赌博的：

慢慢静听唱首歌，
平心静气细细听我说。
为人在世讲勤奋，
这坡不要讲那坡。
祖宗开田好好种，
不要光想吃好不干活。

活路贪多不死草，
米谷越舂越细颗。
赌钱的人只拿钱去送，
花碗一盖哪个猜得着。
张口"买干"个个喊，
银钱下定冷汗直劲落。
修桥补路留有功德存万古，
赌钱输了悔恨多。
公公不赌日子照样过，
父亲不赌日子过得很快活。
不义之财莫要想，
古来赌棍倾家荡产卖老婆。
劝人莫赌是好意，
听不听来各是各。
聪明的人把这首歌细细想，
愚蠢的人自己受苦自己受折磨。

鸦片战争后，帝国主义增加了对华的鸦片贸易。鸦片的大量进入，不仅夺走了中国越来越多的白银，而且严重的摧残了人民的身体健康。处于偏僻的贵州，也难幸免。不少人一旦沾染上吸食鸦片的恶习，其身心也备受毒害，故时人称："传染吸食悉为病夫"，其"形骸瘠弱似枯麻"。吸食鸦片而成瘾者，其精神萎靡不振，懒惰消沉，道德颓丧，甚至不惜卖妻鬻子，弄到家破人亡的地步；还有人铤而走险，偷盗，抢劫，以致为娼为盗。广大民众认识到了吸毒的危害，通过民歌来劝导不要吸毒的，如流传在三都水族群众的《劝诫烟歌》：

这几年，世俗大变，
万般事，坏在洋烟；
（洋烟：即大烟，鸦片烟。）
说洋烟，害人不浅，
吸洋烟，苦海无边。
一上瘾，形容大变，

能使你，手软脚瘫。
人又瘦，两膀抬肩。
猪油灯，毫光闪闪，
像精怪，把你魂缠。
烟枪斗，又滑又圆。
能吞你，金银万贯，
能把你，血液吸干。
劝世人，把烟看淡，
戒洋烟，身体强健，
戒洋烟，保你家园。

流传在绥阳汉族群众中的《劝君莫行盗》是劝导不要偷盗的：

一更里来月东升，
几句良言奉劝君。
长空雁叫留响声，
人活世间要清名。
世上万物土中生，
天下百业农为本。
七十二行皆可学，
唯独偷盗不可为。

二更里来月儿明，
提起强盗寒心人。
亲戚朋友看到你，
背后指你脊梁筋。
顺手牵羊成习惯，
头发遮脸不认人。
披张人皮无血性，
枉自世上混光阴。

三更三点月当中，

不务正业只有穷。
操起双手光贪耍,
真像一条混世虫。
农闲农忙不过问,
不是去西就去东。
偷得哪家一手货,
他一合算当做工。

四更里来月儿西,
强盗偷人真狠心。
翻墙入壁像猴子,
狡猾赛过狐狸精。
扭断门上老鸦扣,
轻手轻脚摸进门。
鸡飞狗咬心里虚,
偷出门来吓掉魂。

五更里来月儿落,
良言奉劝记心窝。
偷到算你运气好,
捉到叫你滑不脱。
把你脚筋来撬断,
终身残废划不着。
不如早点把手洗,
改邪归正不作恶。

（刘少金唱　杨玉政搜集）

民间歌谣作为人们把握世界的一种方式，在审美的前提下，必然要竭力满足人类对它提出的其他方面的要求。贵州各民族为了生存发展的需要，在生产、生活中长年积累起来的各种知识（包括自然科学和社会科学知识），由于不识字，常常把它们保存在歌谣中。这使得贵州民间歌谣有着传授知识、增长才智的功能。

在几千年的历史进程中，贵州各民族基本上都以农耕为主。农业生产的好坏，直接关系到民族的生存和发展，因而在许多民间歌谣中，都贯穿着农业知识的传授、生产经验的总结。人们在学歌的同时，也学到了有关知识、得到了有关经验，正如三都汉族群众在《一学知识二学歌》唱的："新打镰刀未曾磨，从小没有学唱歌。今晚与奶同桌坐，一学知识二学歌。"

这类传授农业知识、总结生产经验的歌谣，有一个鲜明的特点是：在叙述生产的整个过程中，对其中关键环节说得十分细致，十分清楚。且看黔东南苗族《季节歌》中是描写怎样选种育芽的：

> 哥哥去犁田，
> 妈妈开谷仓。
> 取得谷把来，
> （谷把：从田里摘回的谷穗，不脱粒捆成大把，称为谷把，以便挂起来存放。）
> 放在脚下踩，
> 撮在簸箕簸，
> 谷种粗又壮。
>
> 谷种在湿处住了三天，
> 谷种在干处住了三天，
> 稻草爸爸把它抱呀抱，
> 清水妈妈把它诓呀诓，
> 谷种发芽了，
> 谷种笑开了，
> 牙齿白生生。
> ……

（潘定智采录）

选种育芽是水稻种植中的关键环节。歌谣对这一关键环节之所以要这样艺术地、细致地进行描绘，是要求人们要按照其生产工序一个一个地去落实。这些生产工序，看似平常、简单，然而其中却包含着许多深邃的科学道理。比如种子通过"踩"、"簸"，就可以把混杂在其中的稗子、秕谷、病粒、虫粒以及其他杂质剔除出去，从而使"粗又壮"的饱满、健康的部分留下来。经过"在湿处住了三天"的浸种，可以使种子吸足一定的水分，以便萌动发芽；再经过"在干处住了三天"的晒种，不仅可以使种子达到消毒的目的，而且还可以促进种子酶的活性，增强透气的能力。毋庸置疑，这是苗族群众长期种植水稻的经验总结。人们通过这首歌谣，就可以学到水稻选种育芽的技术，从而保证粮食有个好的收成。

在贵州农村，经济作物和副业的生产也很重要。在贵州的民间歌谣中，不少是传授这方面的知识的。如流传在贵阳花溪一带布依族群众中的《盘烟歌》就把种植烤烟过程的整地、下种、移栽、薅苗、打杈以及收割，一个工序一个工序地唱了出来。对种植烤烟过程中的"打杈"，歌谣唱道：

> 我去耍了三个对场，
> 我去玩了四个九天；
> 玩耍回来看烟地，
> 玩耍回来看烟苗。
> 烟苗长得直冒尖，
> 我就把烟尖掐掉；
> 烟芽只要横着长，
> 我就把烟芽掐掉。
> ……

"打杈"是种植烤烟过程中的关键环节。所谓"打杈"，就是打顶除芽。之所以要"打杈"，是因为烤烟是以采收叶片为目的的作物。在烟株现蕾后，只有"打杈"，解除烟株的顶端优势，抑制其生殖生长，才能调整烟株内营养物质的分配，使营养物质集中供应中上部叶片和根、茎的生长。由此可见，"打杈"是含有深刻的科学道理的。歌谣用朴素的语言把它表达出来，很容易为人们所掌握，无疑这就是农民普及的口头技术课本。

除农业方面的知识外，其他方面的自然科学知识，贵州广大群众也喜欢用歌谣的形式来传授。如黔东南侗族的《农谚歌》就向人们灌输了气象知识：

> 正月朝日乌云沉沉濛濛天，
> 又加大雪纷纷一定是旱年；

若是立春晴一日，
雨水充足好耕田。
上元晴日结百果，
下元日晴好种棉。
……

（陆海清采录）

歌谣朴实无华，通俗易懂！这是当地侗族群众通过长期对自然的观察而总结出来的经验。把它编成歌谣进行传授，就可以使人们了解到事物之间的因果条件关系，从而安排好农业的生产。

又如流传在安龙汉族群众中的《民间处方》向人们灌输了有关医学方面的知识：

要治腹痛呕吐状，
白胡椒来最为强。
二十来颗不需多，
煎水服用病扫光。

对有关社会科学知识，贵州广大群众也常常用歌谣的形式来加以普及。如流传在金沙汉族群众中的《推倒宣统》就用民间"十二月歌"的形式来普及有关辛亥革命的历史知识：

正月里来正月正，
宣统皇帝做不成，
各州府县闹革命，
朝中闹得乱纷纷。

二月里来是春分，
孙文元帅起了兵，
广东搬来人和马，
朝中出的老妈兵。
……

（罗明舟演唱　罗维加、梁合明采录）

第四章 贵州民间歌谣的价值　173

对历史知识如此，对地理知识也是一样。如流传在黄平汉族群众中的《崇仁乡地名歌》就向人们介绍了崇仁乡的地理常识：

> 一出西门苗里河，
> 岩鹰屙屎在岩脚。
> 屙屎不开是脏（章）洞，
> 母牛屙尿两岔河。
> 两次磕头为重拜，
> 竹叶发岔三吊角。
> 懒人无事进毛草，
> 老蛇生冠是龙角。
> 要想学歌上茶山，
> 蠢里蠢拉是纳么。
> 三爷崽玩龙是三角，
> 打鼓不响是大锣。
> 妹妹好玩是新寨，
> 要想歇气上长坡。

（曹荣蕊搜集）

歌谣用风趣诙谐的语言，把崇仁乡所辖的地方苗里河、岩脚、章洞、岔河、重拜、三吊角、毛草、龙角、茶山、纳么、三角、大锣、新寨、长坡一个一个地罗列出来，让人不仅喜欢听，而且听了记得牢。

必须指出的是，贵州民间歌谣的教育价值，像上面这样直接表现出来的只是其中很小的一部分，大量的是间接表现的。人们常常是在欣赏或演唱民间歌谣的过程中，不知不觉地被它的内容所感染，从而受到了教育，这就是人们常说的潜移默化。比如许多儿童从吟唱儿歌《练本领》"枪子花儿把把长，背起书包上学堂，书包放在桌子上，想起想起哭一场。先生问我哭哪样？日本鬼子太猖狂，杀我同胞夺我地，烧我房子抢我粮。先生叫我不要哭，练好本领杀东洋。杀！杀！杀！"中不知不觉受到了爱国主义教育。从演唱儿歌《数字歌》"一去二三里，麦子才栽起；烟村四五家，麦子才开花；楼台六七座，麦子抬上磨。八九十枝花，麦子磨面做粑粑"中不知不觉掌握了一些基本的数字知识。

四、交际方面的价值

长期以来,生活在大山之中的贵州人很注意人与人之间的关系。浓厚的乡土情结和血缘观念更加重了他们对这种关系的重视。而要搞好这种关系,必须交往。交往是团结个体的方式,同时也是发展这些个体本身的方式。亲戚之间、邻里之间、朋友之间、男女之间,少不了应酬来往。而民间歌谣,就成了他们在交际中架设感情的桥梁。

在贵州农村,特别是少数民族地区,交际中不会唱歌是很难堪的。三穗县等溪村侗族歌手杨荣安对此深有体会。他回忆说,1962年,家族中嫁姑娘,他第一次被请去当"皇客"(姑娘出嫁时,送姑娘到男家去的人),侗家人上了酒席就要唱歌。当"皇客"不会唱歌,就是狗也会笑掉大牙的。不过那次还好,亲戚们看他年轻,又是初次当"皇客",原谅了他,请别人代唱了。可是在"上马席"(新娘回门前的酒席)上,主人还是对他唱道:"桌子高来板凳低,桌子高上摆便席,来到我家多简慢,转回贵寨替我遮盖莫传奇。"他不会唱歌,无歌可对,只好红着脸狼狈不堪地溜走了。事后,他下决心学歌。诚恳拜老歌手为师,到处找各种各样的歌书来看,并认真钻研,按照侗歌的规律创作新歌,最后才成了一名歌手[①]。歌谣在交际中多么重要!黔南布依族民歌《不会唱歌本是难》一针见血地点出了不会唱歌在交际中的尴尬处境:"不会唱歌本是难,好比鲤鱼在陡滩,上浪又怕风来打,下浪又怕网来拦。"在农村许多地方,歌唱得好不好,记得多不多,常常成为人们衡量一个人是否有知识、有学问的标志。一个人歌唱得好,记得多,并能即兴发挥,见子打子,那就会得到人们的尊重。

贵州民间歌谣的交际价值,主要表现在人际交往中。逢年过节,婚丧嫁娶,修房造屋……常常是人们对歌、赛歌的时机。不论是认识还是不认识的人,都喜欢用歌来传达友谊的信息,搭设感情的桥梁。流传在贵州各民族中的"酒歌",就是人们在交际中经常听到的一类歌谣。如黔东南苗族的《酒歌》:

---

① 贵州省文化出版厅、贵州省群众文化学会:《贵州民间艺人小传》,第85页,贵阳:贵州人民出版社,1986。

客唱：亲戚哟，
　　　今到你村寨，
　　　家家礼信重。
　　　我没物相赠，
　　　唱歌表情衷。

主答：今天你们来，
　　　肉缺菜不鲜，
　　　茶粗饭也淡。
　　　亲戚不嫌弃，
　　　唱歌来赏脸。

多么谦如！多么诚挚！在那朴实的语言中，洋溢着一股浓浓的情谊。再如黔南布依族的《敬酒歌》：

主：金打杯子银打盏，
　　三亲六戚听我言。
　　今为我家办喜事，
　　承得亲朋来周全。
　　十年难逢金满斗，
　　姊妹有缘得团圆。
　　客来先敬一杯酒，
　　还望奶你开金言。

客：金打杯子银打缸，
　　主子敬酒我先尝。
　　我是千里得喜讯，
　　万里赶来赴歌场。
　　主家仁义恩德广，
　　请来天下唱歌郎。
　　恨我走路来得紧，
　　忘记歌本在洛阳。

这种诙谐幽默的歌词，传递着主客双方亲密的友谊和真诚的感情。而正是这种亲密、真诚的友谊和感情，才使人们的交往得以长久、稳定和和谐。

有趣的是，水族的一些"苋双歌"还采用寓言的手法，将动物拟人化，用动物的来往比喻人们的交情。试看《孔雀与金科鸟》①：

说白：孔雀住在遥远的洛丘地方。一年的秋天，飞到金科鸟住的森林里。他们曾相遇唱歌。分别后又邀约再次相会。孔雀不负约，第二年的这个时候又飞来了。当它飞到山林旁边，就听见金科鸟的声音，像吹海螺一般响亮。它很高兴，就放开喉咙叫起来。金科鸟一听，知道孔雀来了，赶忙跑去迎接。两个相见很高兴，便对唱起来。

> 金科鸟唱：金孔雀，住在洛丘，
> 　　　　　七月间，展翅飞翔。
> 　　　　　我两个，林间相遇，
> 　　　　　友谊深，赛过海洋。
> 　　　　　你是只，天仙宝鸟，
> 　　　　　咕咕叫，声音嘹亮。
> 　　　　　毛金黄，身材高大，
> 　　　　　只有你，美丽无双。
> 　　　　　我的孔雀鸟友啊！
> 　　　　　我的孔雀鸟友啊！

> 孔雀唱：金科鸟，听我叙说，
> 　　　　几年前，山林相约。
> 　　　　今日里，飞到林边，
> 　　　　听你叫，像吹海螺。
> 　　　　声音大，山鸣谷应，
> 　　　　再次见，情投意合。
> 　　　　你善良，待人诚恳，
> 　　　　分别后，想念你多。

---

① 刘之侠、潘朝霖：《水族双歌》，贵阳：贵州人民出版社，1997。

>我的金科鸟友啊!
>我的金科鸟友啊!

(潘米演唱　姚福祥采录)

　　用金科鸟与孔雀的接触来比喻朋友亲戚的交往，真是别具一格！这完全是贵州少数民族重视亲情、友情，交往频繁的折光反映。

　　贵州民间歌谣的交际价值，更多的还是表现在男女的社交活动中。许多青年男女，常常用歌谣来表达爱情，选择称心如意的伴侣。布依族民歌唱道："上山砍柴不用刀，只用手脚轻轻摇，连情不用媒拉线，唱支山歌来搭桥"。土家族民歌唱道："莫说山歌不值钱，团拢几多好姻缘。不是山歌来牵线，短棍打蛇难靠边"。彝族古代文论家对此也有相同认识。举奢哲在《彝族诗文论》中就说："有的诗歌呢，世间的男女，他们成年后，相亲的时刻，相爱的时光，又把它当作，相知的门径，传情的乐章。"

　　许多少数民族的青年男女，从恋爱到结婚的各个阶段都是用歌谣来交流感情、传达信息的。这在前面的"情歌"部分已有所介绍，在此不再赘述。在调查中我们了解到，一个青年小伙，不论你家庭是否贫穷，相貌是否英俊，身世是否坎坷，只要歌唱得好，总是会找到靓丽而又有智慧的姑娘的。相反，如果不会唱歌，要想找到好的姑娘可能很难如愿。可见歌谣在男女社交活动中是多么重要。

　　不仅如此，有些由于种种原因分离的夫妻、情人，常常通过歌谣的桥梁，恢复了以往的感情，做到了破镜重圆。黎平和从江交界的肇兴流传着这样一个真实的侗族故事。肇兴青年白舠和龙犟原是亲密的好友。两人同放木排下柳州。白舠妻子十分漂亮，龙犟起了歹心，中途借故返回村寨，骗白舠妻子，说木排被水冲散，白舠落水身亡。白舠之妻听后，如五雷轰顶，痛不欲生。龙犟以好友的身份，向白舠之妻大献殷勤，对其关怀备至，赢得白舠之妻的好感，达到了占有的目的。白舠放排到柳州后，因一时难于成交，等了三年才回家。回家后得知妻子被龙犟所骗已经改嫁，于是编了一首"怨歌"到龙犟门外弹唱。歌中回顾了自己同妻子过去的恩爱："你我过去像那青菜白菜共园长，现在想起留恋的事太多，可惜季节已过空蹉跎。"吐露了对妻子的抱怨："郎枉多情妹早像那成双白鹤展翅去，可怜我这黑毛乌鸦怎能跟你来换窝。曾听人说妹跟那人像那鸡鸭难同路，为你痛心惋惜心中难舍就怕太阳落西坡。"表达了对未来的期待："今你嫁他好像凉风过岭请妹快转来跟我。"妻子听了，幡然悔悟，毅然离开龙犟，回到白鲔身边，破镜终于重圆。从这个故事中，我们也可以看到歌谣在男女交际活动中所起的沟通感情的作用。

五、调解方面的价值

贵州民间歌谣有着处理突发事件、调解内部矛盾、规范人们行为的功能。

为了维护社会秩序，增强内部团结，许多少数民族地区都制定了一定的"榔规"、"款约"和"理法"。而这些"榔规"、"款约"和"理法"多数是用歌谣来表达的。这就是在少数民族地区广泛流行的"议榔词"、"款词"、"理词"。且看黔东南苗族关于防止偷盗的《议榔词》：

> 谁要起坏心，
> 哪个存坏意，
> 砍人家的杉树，
> 偷人家的松树，
> 去扯一根，
> 去拉一串，
> ……
> 砍人家的杉树，
> 罚银子三两三；
> 偷人家的松树，
> 罚银子一两二。

这种在议榔集会中制定的"榔规"，在遇到这类事件发生时，就成了处理问题的法则，不会让人无所适从。由此可见其具有调解方面的价值。

六、传讯方面的价值

贵州民间歌谣还有着通报情况、传递信息的功能。

贵州山区，山高坡大，坎多沟深。要到对门坡上的村寨去，看似很近，其实要走很多路、要花很长的时间。为了让对方事先知道情况，有所准备，生活在山区的人们常常用歌谣来传递信息。高亢嘹亮的苗族"飞歌"、布依族"喊歌"等起的就是这样的作用。

在这种传递信息的歌谣中，特别应该提到的是仡佬族的"报信歌"。仡佬族的"报信歌"是专门用来报告敌情的,像过去少数民族使用的"牛角号"一样,有"报警"的性质。据张人卓等调查,在封建社会里,仡佬族遭受封建统治阶级和土司土目的压迫,长期处于生活不安定的状况中,若发现官家或外族豪强来袭时,便唱起《报信歌》①(仡佬语叫"勾朵以——朵梅牙以")来传递信息:

报 信 歌

六枝特区

1 = F

中速 稍自由

$\frac{2}{4}$ 2 2 2 | 2 — | 2. 3 | $\frac{3}{8}$ 2 6 | $\frac{2}{4}$ 1 2. | $\frac{3}{8}$ 61 2

luei luei ŋan lan　　　　qa ni　v,

天 昏 黑 黑　　　　呦 牛 回,

1 6 | $\frac{2}{4}$ 1 2. | 0 2 2 2 | 2. 1 | $\frac{3}{8}$ 1 6

ŋa ni　v,　　pu tu kɛ lan　aŋ tsu

呦 牛 回,　　四 面 路 上　有 人

5 2 | 1. | 5 6 | 5 2 | $\frac{2}{8}$ 2 1

tei,　ei　aŋ tsu tei　　ei aŋ

围,　(哎)　有 人 围,　　(哎)有

---

① 《中国民间歌曲集成·贵州卷》编辑委员会:《中国民间歌曲集成·贵州卷》,第 1952 页,北京:中国 ISBN 中心,1995。

（李发旺唱　杨端端、张人卓记　王国权注音）

族人听到歌后，即刻逃跑、藏匿，常常可以避免一些灾祸、惨剧的发生。

七、娱乐方面的价值

贵州民间歌谣，是贵州人民最普及、最方便的娱乐工具。这在过去文化娱乐方式贫乏的情况下更是如此。贵州民间歌谣，以那动人的曲调、优美的歌词，深受广大人民的喜爱。流传在黄平汉、苗族群众中的《说起唱歌好喜欢》就道出了人民群众对民间歌谣喜爱的程度："说起唱歌好喜欢，好比画眉林中钻，好比穷人拾得宝，好比秀才得了官"。在贵州农村，特别是少数民族地区，通宵达旦唱歌、对歌的现象比比皆是，屡见不鲜。人们通过这种娱乐的方式，来消除疲劳，得到快乐。实事求是地说，贵州民间歌谣中的许多价值，都是在娱乐中实现的。

贵州民间歌谣的娱乐价值表现在哪里呢？主要表现在它能让人快乐，从而使精神和体力得到调整。人们在获得生产资料的过程中，付出了繁重的体力和脑力劳动，使人们在一段时间内身心处于紧张状态。而这种长期的紧张状态，会严重损坏劳动者的生理、心理健康，不利于劳动力的再生产。这就需要人们在紧张的劳动之中或在劳动之余必须寻求良好的休息方法来使精神和体力得到调整。现代心理学研究表明，休息的方式通常有两种：一种是积极性休息，一种是消极性休息。而咏唱民间歌谣，就是积极性休息方式之一。为什么这样说呢？因为唱歌是一种快乐有趣的活动，人们在激烈的劳动之中或在劳动之余，参与这种活动，就可以通过外周感官感觉冲动，在下丘脑整合扩散，激活大脑皮层。大脑皮层又产生新的兴奋灶，使劳动时大脑产生的兴奋灶受到压抑和休息，分泌出有益于健康的激素，促使人体新陈代谢，从而有利于消除疲劳，恢复体力，保证精力充沛地投入新的劳动。正因为如此，过去在贵州农村的许多人看来，不唱歌，生活就没有味。黔东南汉族的《人不唱歌人快老》对此有很好地说明：

> 人不唱歌人快老，
> 草不发芽草快黄。
> 年年唱歌年年嫩，
> 不知哪年老心肠？

贵州民间歌谣的创作，有许多就遵循了符合人类本性的快乐原则，不仅在形式上非常优美，而且在内容上也十分有趣。在贵州广大地区流传的"盘歌"、"扯谎歌"、"扯白歌"、"戏谑歌"等表现得就比较突出。如在全省各地广泛流传的"盘歌"《什么上坡点点头》：

> 问：什么上坡点点头？
> 　　什么下坡滑石溜？
> 　　什么走路不要伴？
> 　　什么洗脸不梳头？
>
> 答：马儿上坡点点头，
> 　　蛇儿下坡滑石溜，
> 　　老虎走路不要伴，
> 　　和尚洗脸不梳头。
>
> 问：什么吃草不吃根？
> 　　什么睡觉不翻身？

什么肚内有牙齿？
什么肚内有眼睛？

答：镰刀吃草不吃根，
　　石头睡觉不翻身，
　　磨子肚内有牙齿，
　　灯笼肚内有眼睛。

问：什么开花有四两？
　　什么开花有半斤？
　　什么开花成双对？
　　什么开花打单身？

答：芙蓉开花有四两，
　　牡丹开花有半斤，
　　豇豆开花成双对，
　　茄子开花打单身。

（冷成益等演唱　杨光祥等采录）

用生活中经常见到的一些事物、现象来设问、作答，既发人思考，又妙趣横生。

又如流传在江口土家族群众中的《扯谎歌》：

看到太阳落了坡，
听我唱首扯谎歌。
风吹岩石往上滚，
公鸡咬起野猫拖。
枫木树上泥鳅眼，
烂泥田头鸦雀窝。
万丈深潭点一火，
烧死好多野麻雀。

> 夜晚得见牛生蛋,
> 白天得见马生角。
> 两个和尚在打架,
> 头发扯得乱鸡窝。
> 两个姑娘在打架,
> 娃娃甩在对门坡。
> 两个跛子在赛跑,
> 两个聋子讲悄悄。
> 两个瞎子在看报,
> 两个矮子比高高。
> 黄茅岭上涨大水,
> 绿荫塘头烧茅坡。
> 又拿筛子来打水,
> 又拿钉耙掏耳朵。
> 又拿斧子剃头发,
> 捆起太阳往上拖。

把虚拟的、不近情理的或者毫不相关的"事实"和"现象"集中在一起,把不可能当成可能,滑稽幽默,令人开心。

有意思的是,贵州的一些少数民族还兴起一些娱乐节日来唱歌逗乐。都柳江一带的苗族就有这样一个节日,称为"节日讨饭逗乐"。每年农历清明、七月十四和春节期间,中、青年男女互相邀约,三至五人为伍,携饭篮外出他乡,"乞讨"吉祥饭逗乐。意在吃"百家饭",能使家业兴旺、发达。"乞讨"时,须唱"讨饭逗乐歌"。这种"讨饭逗乐歌"分为"讨问"和"致谢"两部分。走进村寨,先唱《讨问歌》:

> 野草长满坡,
> 青草牛来瞅,
> 结亲在远村,
> 亲老戚不旧。
> 祖公辈往来,
> 祖父辈不走,

我辈谈亲密；
亲戚情莫休，
丢久忘姓名，
不知妈叫什么名，
爸的贵姓也忘丢。
我像火草来接亲缘的火种，
我像小沟引来亲戚的鱼游。
亲缘火苗烧红对面坡，
却丢我们在外头；
手提饭篮来讨饭，
大年来到你们家门口，
唱歌吹笛羞伸手。
问姨糯饭剩不剩，
问爷鱼肉有没有？
如有就给点，
给点做个礼，
吹笛唱罢我好走。

主人家即刻迎进家中，盛情招待。吃过饭后，"乞讨"的中、青年们就唱《致谢歌》：

谁富富九千？
你家富九千。
十七万良田，
坡旁田成片，
坝上田相连；
别人只有一小块，
巴掌点大夹其间。
满山田地归你家，
田肥苗壮绿茵茵。

九月卯日逢时吉，

第四章　贵州民间歌谣的价值

喊得儿媳到身边。
去到寨脚折禾把。
儿媳走到田里面,
小鱼随她脚跟撵;
儿媳走到田埂上,
小鱼快快才散远。
捉得小鱼装箩篓,
大鱼盛在笼里面。
鲤鱼肥大九盘肠,
腌得九桶鱼肉鲜。
再说你奶养头牲,
六畜兴旺谁不见?
养猪体壮像水牛,
养鹅身大如天鹅,
牛像岩包挤满圈。
你家越过越富足,
富上加富在明天。
你家有个大房间,
庞桶腌肉等过年。
腌桶底层是鹅肉,
中层腌鱼红鲜鲜,
大腿猪肉盖桶面。
你家鱼肉吃不完,
糯米剩到明后年。
谁家老少良心好?
你家长幼心最甜。
主人手提利菜刀,
开门就把腌桶掀。
割得一块厚肥肉,
捏砣糯饭把肉垫。
肉上添块大糍粑,
再加碗酒送面前。

> 送给我们村外人，
> 厚情深深暖心间。
>
> 多谢主家送酒肉，
> 远寨穷客你不嫌。
> 手拿礼物回家去，
> 远亲近戚都分遍。
> 亲戚个个赞扬你，
> 我们总对你怀念。①

（潘辉咪唱　潘国繁、梅林记译）

　　真是别具一格，颇有戏剧性！歌中充满了问候，洋溢着祝福之词。名为"乞讨"，实为娱乐。这种活动，不仅能使人生理上得到放松，而且心理上也得到快乐。

　　贵州民间歌谣的娱乐价值，除了表现在它能消除疲劳、得到快乐外，还表现在它能排忧解愁，使情感得到宣泄上。情感，是人对客观现实的一种特殊反映形式，是对外界刺激的反映。在生活中，人们难免不会遇到不顺心的事情，特别是在旧社会更是如此。对于这些不顺心的事情，过分压抑会造成生理和心理的伤害。而唱歌就可以消愁解闷，使情感得到宣泄，这是有益于身心健康的。流传在全省各地的一些民歌如《山歌不唱不开怀》、《唱些山歌解些愁》等清楚地回答了这一问题：

> 山歌不唱不宽怀，
> 磨子不推不转来，
> 酒不劝人人不醉，
> 花不逢春不乱开。
>
> 种些芝麻吃香油，
> 喂些蚕子穿些绸，

---

① 从江县民间文学集成编委会：《中国民间歌谣集成·贵州黔东南州·从江县卷》（内部资料）。

> 种些田地吃白米,
> 唱些山歌解些愁。

在我省的歌手调查中,我们就发现许多歌手经常是用唱歌来排忧解闷、摆脱现实生活给人的重压的。贵定县抱普乡的祝登雍,旧社会多次被抓壮丁,然而每一次他都巧妙地逃回了家。最后一次他怕回家又被抓,无奈只得在外流浪。身在异乡,人生地不熟,心情非常苦闷。他便常常用歌来排遣郁闷、消除烦恼。在他看来,一唱起歌,什么都忘记了。台江县排羊乡苗族女歌手张多久,过去生活遭遇极其悲惨。她有过给地主当丫头受压迫的血泪经历,也有过成家后丈夫死去的悲惨遭遇……每当她在痛苦中不能自拔时,就是到歌的世界中去寻求解脱,用歌来倾诉自己的痛苦,用歌来寄托自己的希望。正是因为这样,她才挺了过来,在新中国成立后过上了好的生活。[①]

八、科学方面的价值

贵州的许多民族过去由于没有本民族的文字,本民族文明成果的理论概括和经验总结,只有靠口耳相传的口头语言来传承。贵州的民间歌谣作为口耳相传的口头文学,就理所当然地担负起了这方面的功能。拉法格在《关于婚姻的民间歌谣和礼俗》中说:民歌"是人民的知己朋友,人民向它倾吐悲欢苦乐的情怀,也是人民的科学、宗教和天文知识的备忘录。"民间歌谣正由于有着传递文化和生活知识的功能,因而它有着重要的科学价值。

1. 历史学价值

贵州民间歌谣能帮助我们了解各民族的历史,对认识历史的本质有着不可取代的作用。

在原始社会,因为文字还没有产生,所以对那个时期的历史缺乏记载。而要了解原始社会的状况,世代传承下来的歌谣是不可缺少的重要资料。试看布依族《造万物歌》中的《造火》:

> 原来世上不冒烟,
> 原来大地没有火。

[①] 贵州省文化出版厅、贵州省群众文化学会:《贵州民间艺人小传》,贵阳:贵州人民出版社,1986。

前人撬石头，
祖先打石头；
打石头呀会冒烟，
打石头呀迸出火。
削来杉木皮，
削来杉树皮；
树皮接着火，
众人来烧火。
前人这才有火烤，
祖先用火煮东西。

（杨正荣、祝登雍演唱　岑玉清搜集整理）

　　这首歌谈到了火的来历。在原始社会早期，人们过的是茹毛饮血的生活，不知道用火。后来人们在打石头中发现了火，并用"杉木皮"把火取了来，这样"前人"、"才有火烤"、"用火煮东西"。这种说法，虽然不能看作是信史，然而通过它的折光，透露出了原始社会的一些信息，对我们认识历史、了解人类童年时期的生活提供了弥足珍贵的资料。

　　进入阶级社会后，文字出现了，但人民群众，特别是劳动人民群众被剥夺了学习文化的权利，没有条件去读书识字。更有甚者，许多少数民族还没有本民族的文字。为了记录他们难以忘怀的史实，他们常常把事件的经过编成歌谣进行传唱，以便告诉他人，教育后代子孙。正如侗族民歌《侗家无文传歌声》说的："客家有字传书本，侗家无文传歌声，祖辈传唱到父辈，父辈传唱到儿孙。"那些记录历史的歌谣便成了他们不可缺少的历史教材。比如清朝末年，清朝统治者与地方土豪、奸商相互勾结，对都柳江中、下游的苗族、侗族人民进行毫无人性的压迫和剥削，迫使那里的苗族、侗族人民揭竿而起，"反叛"朝廷。清朝统治者恼羞成怒，即令广西清军统制梁灭初带兵进行血腥镇压。清兵所到之处，烧杀掳虐，无恶不作。苗族、侗族人民在王古烈的率领下，同清军展开了殊死地斗争，最后获得了重大胜利："梁匪尸横遍江岸，苗侗同胞勇难挡。三千官兵死伤重，兵将各自顾逃亡。"为了记录这一段历史，人们便把它编成《抗暴歌》广泛传唱：

当年梁匪掳掠事，
村村寨寨都不忘。
只因官兵滥作恶，
地方遭难民遭殃。
编这首歌传后代，
子子孙孙可莫忘。

（杨萨姣演唱　吴文标记录　梅林翻译）

又如1937年到1945年这八年间，镇宁六马布依族群众经历了很多重大事件。首先是1937年四川军阀杨森当了贵州省主席后，逼着六马布依族首领王仲芳缴枪。为了地方太平，保护首领，布依族群众把枪缴了。"谁知交枪就上当，川军来势更疯狂，烧杀掳抢由他整，几多人头挂场边"。看到杨森不守信用，残害百姓，六马"猛将"、"将才"王少礼、王文才、陆瑞光等率领族人反抗，"打得川军节节败，打得杨森难出台。"杨森看到硬的一手不行，就来软的一手，用"封官许愿"的办法诱骗布依族首领，结果"四大天王上了当，一去再也转不来"。陆瑞光、陆云奇、曹云清被杀，王仲芳被关。为了控制六马地区，杨森派兵进行血腥统治，"三天两天官兵到，三天两天兵抓人，强迫妇女把头剪，强迫大家学汉人"。幸得王少礼挺身而出，阻挡官家，才使大家的日子好过一点。到了1941年，六马布依族群众与国民党军长范纯武联合反"官家"。"官家"派"保四团"来镇压，"走了一寨又烧一寨，六马处处冒火烟。"六马布依族群众走投无路，"逼得造反拿起枪，人民反抗又两年……"对于这段刻骨铭心的历史，人们便把它用歌谣的形式记录下来，希望大家不要忘记："历史歌谣传不断，一代一代往下传。"

像《抗暴歌》、《六马历史歌谣》这样的歌谣，是具有相当高的历史价值的。在汉文史籍对这些历史事件记载不详的状况下更是如此。

更为值得注意的是：许多民间歌谣与一些歪曲事实的官修史书有着明显的区别。人民群众与封建文人有着截然不同的历史观、价值观。封建文人认为是假的、恶的、丑的，人民群众却认为是真的、善的、美的。民间歌谣正由于反映了人民的心声而具有相当的历史学价值。如清代咸（丰）同（治）年间，贵州爆发了有布依族杨元保、汉族刘仪顺、苗族张秀眉、侗族姜映芳、水族潘新简、回族张凌翔等领导的贵州各族农民大起义。这次起义规模之大，时间之长，参加民族之多在贵州近代史上是罕见的。清朝统治者闻讯后惊慌失措，惶恐不安，急调贵州、四川、湖南、云南、广西等地的军队进行镇压。他们称农民起义军为"贼"，称起义军首领为"贼渠"。封建文人还在书中极尽丑化污蔑之能事："黔为天下之最贫，贼亦天下之最劣。诸贼中如苗贼地广而众，然并无长技远志，意在争土田，堕城垣，掠食货耳。"（《平黔纪略》）而人民群众则相反，他们认为起义是正义行动，称起义首领是"王"。在民间歌谣中，对起义首领反抗官兵、拯救人民于水火之中的英雄行为给予了高度的赞许和颂扬。苗族群众在《张秀眉之歌》中唱道：

> 板凳寨的张秀眉，
> 裤脚有一尺五，
> 袖口能装九斗米。
> 他站在平地，
> 平地陷成坑。
> 他比老虎还勇猛，
> 喊起来敌人就发抖。
> 他肩上扛大刀，
> 梭镖在手，
> 杀死清兵像砍菜。
> ……

水族群众在《简大王之歌》中唱道：

> 流海业喂，
> 流海育喂！
> 说神仙，谁都知道，
> 不用提，就在天上。
> 水族里，出啥头人，
> 反清朝，称为大王？
> 不知他，个头高矮，
> 本地人，还是外乡？
> 为什么，起来造反，

> 一造反，惊动八方？
> 贫苦人，称他做王，
> 美名儿，世代传扬。
> 水家大王哈喂！
> 水家大王哈喂！
> ……

（潘汉亨、吴廷昌、潘文昭演唱　潘朝霖、姚福祥采录）

歌谣唱出了人民的心声，对我们了解历史真相，认识历史本质，都有着极为重要的意义。

2. 民族学价值

民族学是"研究各民族不同发展阶段社会形态、经济类型、社会组织、宗教信仰、风俗习惯、文学艺术、以及各民族的相互关系的变化发展规律的社会科学。"[1] 贵州是个多民族的省份，各个民族都有其形成、发展的历程。然而过去由于诸多原因，对于这些民族的形成、发展历程缺乏书面记载。在这种情况下，口碑文学就显得非常重要。贵州的许多少数民族歌谣正是因为记录了本民族在形成、发展中的有关情况，所以成了研究该民族不可缺少的珍贵材料。如三都水族的《迁徙歌》：

> 古父老，住在西雅，
> 发洪水，四处散开。
> 在广东，做不成吃，
> 在广西，积不起钱。
> 哥随红水河上去，
> 弟沿清水江下来。
> 中间公，渡过彼岸，
> 到贵州，养育后代。

（潘中德演唱　潘朝霖采录）

清楚地说明了水族先民原先住在岭南河汊一带，以后才几经辗转迁徙，

---

[1] 梁钊韬、陈启新、杨鹤书：《中国民族学概论》，昆明：云南人民出版社，1985。

溯江而上，来到龙江、都柳江上游，并在那里定居下来。由于史籍文献对水族迁徙的历史记载贫乏，这首歌，对研究水族的来源提供极为重要的线索。

3. 宗教学价值

在长期的历史发展过程中，原始宗教在贵州各民族中广泛流行。一些民间歌谣还成了原始宗教的重要组成部分。透过它，我们可以了解到原始宗教的种类和特点。比如从《苗族古歌》的《枫木歌》中，我们可以了解到苗族原始宗教中的图腾崇拜。苗族是把枫树作为本民族的图腾的。为什么会如此呢？《枫木歌》有很好地回答："还有枫树干，还有枫树心，树干生妹榜，树心生妹留，这个妹榜留，古时老妈妈。"说明妹榜妹留是由枫树产生出来的。她们产生出来后，"妹留和水泡，游方十二天，成双十二夜，怀十二个蛋，生十二个宝。"这十二个蛋经过鹡宇的孵和抱，孵出了祖先姜央以及雷、龙、虎、蛇、蜈蚣等神和兽。正因为如此，枫树与人有着亲密的关系。这就是枫树之所以成为苗族图腾的由来。

又如从黔北汉族流传的《退煞歌》中，我们可以窥见到原始宗教中巫术的一斑：

    天煞，地煞，
    年煞，月煞，
    一百二十个凶神恶煞。
    天煞归天，
    地煞归地，
    日煞归日，
    时煞归时，
    若说不退，
    吾用五雷打退。
    五雷打不退，
    吾用铁凤吹退；
    铁凤吹不退，
    吾再用雄鸡开光点向。
    吾奉太上老君急急如令，
    请退煞方。

（李其华演讲　李兰搜集）

在原始社会，由于生产力低下，人的思维能力还不发达，在大自然的威力下表现软弱无力。为了生存和发展，人在经验中逐渐构成了对大自然及周围事物的信仰，并进行崇拜。这是原始宗教产生的根本原因。巫术作为原始宗教的一种宗教行为，其实质是幻想依靠"超自然力"对客体强加影响和控制。上面巫师吟诵的这些诀术歌，为我们研究原始宗教的产生和发展开拓了更为宽广的空间。

此外，贵州民间歌谣对社会学、心理学、语言学等学科还有着许多重要的研究价值，在这里就不一一赘述了。总之，贵州民间歌谣作为以文学为主的多层次交织的复杂结构，其科学价值是不可忽视的。

第二节 贵州民间歌谣的审美价值

贵州民间歌谣尽管有着多种多样的实用价值，但它毕竟是文学，文学是创作主体对客观社会生活的审美反映，因而它有审美价值。审美价值在民间歌谣中不是可有可无，而是举足轻重的，可以说它是诸多价值中最基本、最重要的价值。

贵州民间歌谣的审美价值表现在哪些方面呢？

一、贵州民间歌谣具有悦耳动听的音乐美

民间歌谣是听觉艺术。当我们接触民间歌谣的时候，首先让你心动神摇的是音乐，是那悦耳动听的旋律。当然，作为曲调（音乐）和歌词（诗歌）结合体的民间歌谣，它的美，不完全是在曲调（音乐）上，歌词（诗歌）也是重要的。但如果抛弃了歌谣的音乐性，必"缺大羹之遗味"，很难不丧失生命力。

作为诗歌的民间歌谣，早期是与音乐、舞蹈密切结合着的，是诗歌、音乐、舞蹈三位一体的艺术。《乐记》说："诗言其志，歌咏其声，舞动其容。三者本于心，然后乐器从之。"在这种诗歌、音乐、舞蹈三位一体的艺术形式中，诗歌借助音乐的翅膀延扩内容，也通过手势、足蹈等形体语言的结合抒情达意。诗歌与音乐、舞蹈密切结合的这种关系，在贵州少数民族中得到了很好地传承。清代陈鼎在《滇黔土司婚礼记》中就记载了黔西北少数民族"跳月"时诗、乐、舞配合的景况："跳月为婚者，是夕立标于野，大会男女，

男吹芦笙在前，女振金铎于后，盘旋跳舞，各有行列，讴歌互答，有洽于心即奔之，越月送归母家，然后遣媒妁聘价等。"直到今天，在贵州的许多少数民族地区，诗歌与音乐、舞蹈紧密结合的原始的古朴风貌也还可以到处见到。

当然，这种景况与过去相比也大为减少。随着时间的推移，舞蹈渐渐分离出去，大量留存的是诗歌与音乐配合的民歌。我们现在在贵州听到的民歌，不论是汉族民歌，还是少数民族民歌，都是诗歌与音乐融合并存的。之所以有这种融合并存，是民歌的生存方式和传播方式所使然。优美的歌词，动听的旋律，有如风行水上的天籁之音，深深地拨动着人们的心弦。加之在许多场合，还有芦笙、锣鼓、铜鼓、箫笛、月琴、牛腿琴、木叶等乐器伴奏，更使贵州民歌增加了无穷的音乐美。

诗乐结合的情况如此，分离的情况又是怎样的呢？贵州民间歌谣，从诗歌（文学）的层面看，也富音乐性，正如钟敬文在《诗和歌谣》中说的："在歌谣形式上那些优美的特征中，尤其值得我们注意的，是音节上的谐美……在意境上平凡的歌谣是不少的，可是，在音调上佶屈聱牙的民间诗作就很少听到了。它到底是一种歌唱的艺术。它打通人们情思的主要力量，正在那美好的声音上面。"[①]

这种音乐美，首先体现在节奏、韵律上。

在节奏上，贵州民间歌谣不仅对语言的长短、高低、轻重有一定的要求，而且对句中的音节也非常讲究。汉族民歌最多的是七言，其节奏序列一般是四、三，即前面四个音节，后面三个音节。如黔北民歌《情哥你是灯芯棍》的节奏是：

> 堂屋点灯—亮晶晶，
> 门外吹来—木叶声。
> 情哥你是—灯芯棍，
> 晚上来拨—妹的心。

音节流美婉转，具有强烈的艺术感染力。

少数民族用汉族语言、汉族民歌形式创作和演唱的，其节奏与汉族民歌基本相同；用少数民族语言、少数民族民歌形式创作和演唱的，情况就有所

---

① 钟敬文：《民间文艺谈薮》，第103—104页，长沙，湖南人民出版社，1981。

不同。水族民歌也是以七言为多，其节奏序列与汉族民歌恰恰相反，是三、四，即前面三个音节，后面四个音节，如三都水族民歌《姑娘像一匹彩缎》的节奏是：

> 姑娘啊——你哪里来？
> 近村的——还是远寨？
> 初见面——未曾相识，
> 请允许——问你由来。
> 你像是——一匹彩缎，
> 金闪闪——令人喜爱。
> 锦缎贵——比不上你，
> 见情妹——心喜开怀。

音节错落有致，别具特色。

其他民族如苗族、布依族、侗族、彝族等民族民歌的节奏也很有特点。苗族民歌以五言为主，其节奏序列有二、二、一，二、一、二，一、二、二和三、二等。在这里就不一一列举了。

上面说的仅是普遍的情况，在特殊情况下节奏是有变化的。形式毕竟是为内容服务的，有时内容需要，形式也会满足其要求。如流传在各地汉族群众中的"赶句"《妹的荷包缠郎腰》，不仅章法、句式突破了传统民歌的框架，而且节奏也与传统民歌有差别：

> 哥在——这山那山——前山后山——左山右山——摘葡萄，
> 妹在——这楼那楼——前楼后楼——左楼右楼——绣荷包，
> 哥的葡萄——酸酸甜甜——苦苦辣辣——全都——拿给妹，
> 妹的荷包——红红绿绿——撒撒须须——花花朵朵——缠郎腰哪。
> ……

在韵律上，贵州民间歌谣五光十色，丰富多彩。汉族民歌基本上是押尾韵，其押韵方式通常有三种：

（1）第一、二、四句末字押韵，如思南民歌《风车长转水长流》：

哥家门前有条沟，
水冲碾子转溜溜。
哥是风车妹是水，
风车长转水长流。

第一、第二、第四句末字押韵，押的是"ou"韵，其押韵模式是：

○○○○○○●
○○○○○○●
○○○○○○○
○○○○○○●

（2）第二、四句末字押韵，如水城民歌《献与寿星老人尝》：

这瓶美酒杜康造，
献与寿星老人尝，
早上吃了身体健，
晚上吃了寿缘长。

第二、第四句末字押韵，押的是"ang"韵，其押韵模式是：

○○○○○○○
○○○○○○●
○○○○○○○
○○○○○○●

（3）句句押韵，如天柱民歌《妹在这边学鸟飞》：

妹在这边学鸟飞，
劝哥可莫下网围，
嘴角蛋红还未退，
有翅无毛难高飞。

这首歌句句押韵，押的是"ei"韵，其押韵模式成了：

○○○○○○●
○○○○○○●
○○○○○○●
○○○○○○●

少数民族民歌除用汉族语言、汉族民歌形式创作和演唱的以外，用少数民族语言、少数民族民歌形式创作和演唱的，押韵方式更为多样，如布依族、侗族、水族等民族的民歌，不仅有押尾韵的，而且有押头韵、腰韵以及头尾韵、腰尾韵的。就以布依族民歌来说，它的押韵方式是：① （1）头尾韵。即整首歌上句的最后一个音节与下句的第一个音节同韵。如《你们不嫌就来》：

zek^8 mi^3 kwa^5 baɯ^1 xa^2,
na^1 mi^2 kwa^5 baɯ^1 tɕoi^3,
zoi^4 mi^2 kwa^5 so：ŋ^1 tu^1,
su^1 mi^2 ça^2 çi^1 naŋ^6,
ça^2 mi^2 çian^2 çi^1 naŋ^6。
（意译）
最细不过茅草叶，
最厚不过芭蕉叶，
穿得最破褴的算我们了。
你们若不嫌弃就请坐下，
若不嫌弃请坐下。

这首歌第一句最后一个音节与第二句第一个音节同是"a"韵，第二句第五个音节与第三句第一个音节同是"oi"韵，第三句第五个音节与第四句第一个音节同是"u"韵，第五句是第四句的重复句。这种头尾韵，从以上例歌可以知道它并不是一韵到底，而是频繁地换韵。这种押韵方式使整首歌句与

---

① 何积金、陈立浩主编：《布依族文学史》，贵阳：贵州民族出版社，1993

句的衔接处形成音韵的粘连，就像一个个连环套似的把句子连接起来。其押韵模式是：

○○○○△
△○○○▲
▲○○○△
△○○○▲
○○○○▲

（2）腰尾韵整。首歌上句的最后一个音节与下句中间的一个音节同韵。由于布依族民歌押韵比较灵活，下句中间几个音节都可以自由地跟上句中最后一个音节相押。下句第二音节与上句最后一个音节相押。如《一天挨捆绑几次》：

pa⁶ zi⁶ mi² xa：i¹ θɯ²,
vɯn¹ pɯ¹ na：m⁶ ɕoŋ⁵ ta⁶,
ʔau¹ ja⁶ mi² leu⁴ ɕe：n²
tɯk⁸ ve：n¹ ŋon² tɕi³ ta：u⁵,
ŋon² tɯk⁸ ve：n¹ tɕi³ ta：u⁵。
（意译）
开荒不排水沟，
雨冲泥下河。
娶妻没钱交聘金，
娶妻没钱交财礼，
一天被捆绑几次，
一日被吊打几次。

这首歌第一句最后一个音节同第二句第二个音节同是"ɯ"韵，第二、三句的最后一个音节与第三、四句的第二个音节同是"a"韵，第四句的最后一个音节与第五句的第二个音节同是"e：n"韵，第六句是第五句的重复句。其押韵模式是：

第四章　贵州民间歌谣的价值　199

　　　　○○○○△
　　　　○△○○▲
　　　　○▲○○▲
　　　　○▲○○△
　　　　○△○○○
　　　　○○△○○

下句第三个音节与上句是最后一个音节相押的。如《哥把吃烟当饭吃》：

　　　　fau⁴ kɯn¹ ʔji：n¹ ta：ŋ⁵ ʔji：n¹，
　　　　ko¹ kɯn¹ ʔji：n¹ ta：ŋ⁵ xa：u⁴，
　　　　kɯn¹ ʔji：n¹ tau⁴ zam⁴ ta¹，
　　　　kɯn¹ ɕun³ pa² ɕun³ ja⁶。

（意译）
　　　　别人吸烟当作玩，
　　　　阿哥吸烟当茶饭，
　　　　狠抽几口挡眼泪，
　　　　借烟解愁把心宽。

这首歌第一句的最后一个章节和第二句的第三个音节同是"i：n"韵，第二句的最后一个音节"a：u"与第三句的第三个音节"au"相近构成押韵关系；第三句的最后一个音节与第四句的第三个音节是"a"韵，其押韵模式是：

　　　　○○○○▲
　　　　○○△○▲
　　　　○○▲○△
　　　　○○△○○

　　（3）头尾、腰韵混合韵。在布依族民歌中，专门押头尾韵或专门押腰尾韵的不多，较多的是押头韵、腰尾混合韵，即在一首歌里，既有头尾韵，又有腰尾韵。至于头尾韵在前，还是腰尾韵在前，这不一定。有先押头尾韵的，后押腰尾韵的。如《装好烟杆忘记点》：

ʔji：n¹ ço⁵ lum² çut⁷？
lut⁷ bç⁵ kwe：ŋ⁴ lum² la³,
va：i³ ta⁶ lum² tot⁷ ha：i²
ŋo：n⁶ jiu⁴ kwa：i¹ lam⁴ lɯ⁶,
çim¹ pa² fɯ⁴ to³ lam⁴ lɯ⁶
（意译）
装好烟杆忘记点,
安好纱筒忘摇车,
趟水过河忘脱鞋,
望见别人妻子被迷住,
瞧见他人情人发了呆。

这首歌第一句的最末一个音节与第二句的第二个音节是"ut"韵,这是头尾韵;第二句的最后一个音节与第三句的第二个音节又是"a"韵,又是腰尾韵;第三句的最后一个音节与第四句的第三个音节是"a：i"韵,还是腰尾韵;第五句是第四句的重复句。其押韵模式是:

○○○○△
△○○○▲
○▲○○△
○○△○○
○△○○○

也有先押腰尾韵,后押头尾韵的,如《贺生子歌》:

ʔau¹ pai⁴ ʔjiu⁵ pi¹ mo⁵,
la：n¹ na³ zo⁸ pi¹ laŋ¹,
laŋ¹ za：n² swaŋ⁵ buk³ da¹
ɲa³ za：n² ʔa：ŋ⁵ leu⁴ lian³
（意译）
新年娶媳妇,

来年生个胖孙孙,
外家送背带,
全家笑盈盈。

这首歌第一句的最后一个音节与第二句的第三个音节是"o"韵,这是腰尾韵;第二句的最后一个音节与第三句的第一个音节是"aŋ",成了头尾韵;第三句的最后一个音节与第四句的第一个音节是"a"韵,又变成了头尾韵。其押韵模式是:

○○○○△
○○△○▲
▲○○○△
△○○○○

(4) 尾韵。布依族民歌中押尾韵的情况虽然不多,但是也有,特别是在儿歌中比较突出,如《游戏歌》:

zok^8 ki^3 ka^6,
tak^7 mi^3 ma^4,
swa^3 tu^2 lwaŋ^2,
zjaŋ^2 laŋ^1 pa^6。
(意译)
胖长长(鸟名),
瘦螳螂,
前耍龙,
跟后挖。
……

这首歌第一、二、四的最后一个音节押的都是"a"韵,其押韵模式是:

○○△
○○△

○○○
○○△

　　苗族分布面广，支系众多。苗语分为东部湘西方言、中部黔东南方言、西部川滇黔方言。黔东南苗族民歌不是押韵，而是押调。所谓押调，就是要求歌中声调和谐。黔东南苗语声调有八个，第一调是中平调，调值用 33 表示，第二调是高平调，用 55 表示，第三调是高升调，用 35 表示，第四调是低平调，用 11 表示，第五调是次高平调，用 44 表示，第六调是低升调，用 13 表示，第七调是高降调，用 53 表示，第八调是低降调，用 31 表示。吴德坤在《苗族诗歌格律》[①] 中认为，黔东南苗族民歌的押调格式是：

　　1. 一首歌中每句的最后两个音节各押一个音调。例如酒礼歌《遇着你们在半路》：

$tɕa^{13}\ ma^{55}\ tio^{44}\ taŋ^{11}\ ki^{35}$,　　遇着你们在半路，
遇见　你们　在　半　路

$ɤɛ^{33}\ ma^{55}\ ɕeŋ^{33}\ lo^{11}\ tsei^{35}$。　　把你们拽到家里。
掐　　你们　手臂　来　家

$qaŋ^{11}\ ɤo^{33}\ a^{55}\ qaŋ^{11}\ ŋaŋ^{35}$,　　碗里空空没啥菜，
　　菜　　不　　菜

$tɕi^{44}\ ɤaŋ^{55}\ xi^{33}\ moŋ^{11}\ ə^{35}$,　　爬到高山上去摘，
爬　岭　高　去　要

$to^{44}\ tɕo^{55}\ ɤo\ po^{11}\ tian^{35}$,　　把"莴波当"菜摘下来，
得　根　菜"波　当"

$ho^{44}\ no^{55}\ ə^{33}\ so^{11}\ s'o^{35}$；　　煮来哟汤清水淡；
煮　绿　水　绿悠悠样

$ɕeŋ^{13}\ ma^{55}\ xi^{33}\ tɕu^{11}\ tsɛ^{35}$,　　使得你们好心酸，
淡　你们　心　完　全部貌

[①] 中央民族学院少数民族文学艺术研究所研究所文学研究室：《少数民族诗歌格律》，第 204 页，拉萨：西藏人民出版社，1986。

淡　你们心　　完　全部貌
ɕeŋ¹³ ni⁵⁵ ɕeŋ¹³ ho¹¹ noŋ·³⁵　　尽管你们好心酸，

淡　它　淡　语气　这
ɛ⁴⁴ tɕaŋ⁵⁵ pi³³ ŋaŋ¹¹ tɕə³⁵,　　我们还是把杯端，

做　　　我们　咽　酒
ɬ'ɛ⁴⁴ nioŋ⁵⁵ ta³³ ho¹¹ ho³⁵。　　笑声嗬嗬乐开怀。

吼叫　响　　地　嗬　嗬

每句第四音节都是11，押的第四调。第五音节都是55，押的是第三调。第四音节押调不严，即能押则押，不能押亦不勉强，常出现押调的不整齐现象。如：

ɬ'a⁴⁴ qa³⁵ ɬ'a⁴⁴ o³³ pi³³,
月　一　月　二　三　　　正二月间来到了，

toŋ³⁵ ɕ'o³⁵ lo¹¹ so¹³ faŋ³³。
季　暖　来　到　地方　　春暖季节来到了。

tɕeŋ⁴⁴ ɕoŋ⁵⁵ tioŋ¹¹ ko³³ lio³³,
风　顺　冲　顺着　这样　春风顺着山冲跑，

tə⁴⁴ maŋ⁵⁵ loŋ¹¹ qa³³ tɕ'aŋ³³。
树　枫　抽　　　芽　　枫树已发嫩芽了。

taŋ⁵⁵ to¹¹ noŋ³¹ niŋ¹³ xi³³,
大　伙　各自　记　心　　大伙哟切要记牢，

li⁵⁵ pi¹¹ moŋ¹¹ q'a³³ koŋ³³,
田　坡　去　开　沟　　　坡田要把沟修好，

li⁵⁵ ki¹¹ moŋ ti³³ ɕ'aŋ³³。
田　旱　去　捶　埂　　　旱田要把埂捶牢。

taŋ¹¹ wɛ⁵⁵ lo¹¹ noŋ¹³ ɗio³³,　　等待天上大雨到，
等　天　来　雨　大
k'a³³ li⁵⁵ ki¹¹ tɕɑ¹³ ə³³,　　犁旱田趁雨水好，
耕　田　旱　趁　水
k'a³ₑ li⁵⁵ wu¹¹ tsa¹³ ʑi³³　　梨洼田把秧播好。
耕　田　洼　撒　秧

第五音节第十个句子都押第一调，从首句到尾句都是 33。第五音节押调比较讲究也比较严格。这里的第四音节分别是 33、13、33、33、13、33、33、13、13、13，就不那么严格了。

2. 一首歌末句音节可以换调。例如情歌《哪条册冲冒出的泉水》和《阿哥出来哟没家乡》：

一

tioŋ¹¹ haŋ³⁵ tei¹³ poŋ⁵⁵ ə³³,　　哪条山冲冒出的泉水，
冲　处　哪　冒　水
kaŋ¹¹ haŋ³⁵ tei¹³ ta⁵⁵ q'a³³?　　从哪地方走来的青年？
从　处　哪　来　阿哥
la¹¹ pa³⁵ zə¹³ a⁵⁵ nei³³,　　长得这么英俊和漂亮，
美　公　丈夫　美貌样
sə¹¹ pa³⁵ ka¹³ zo⁵⁵ ə³³.　　像戏水的公鸭一样。
象　公　鸭　游　水
ɕaŋ¹³ pu¹¹ ɕaŋ¹³ nio⁵⁵ s'a³³,　　你白白地告诉了别人，
告诉　别人　告诉　白白　样
ɕaŋ¹³ ɬo¹¹ ɛ⁴⁴ niaŋ³⁵ ɗi³³.　　告诉阿妹永远记你在心上。
告诉　姑娘　做　名　想
……

二

1 pu¹¹ kaŋ¹¹ noŋ³¹ mε⁵⁵ faŋ³³,　　别人出来哟有地方，
　别人　从　各自　有　地方

2 wi¹¹ kaŋ¹¹ to⁴⁴ mε⁵⁵ faŋ³³,　　阿哥出来哟没家乡。
　我　从　不　有　地方

3 wi¹¹ kaŋ¹¹ qa³³ tsaŋ⁵⁵ qε³³,　　来自哟那茅草坡上，
　我　从　草　坪　茅草

4 qa³³ pi¹¹ po⁵³ ta⁵⁵ ta³³。　　来自哟那山包山梁。
　坡　山包　来　下

5 wi¹¹ kaŋ¹¹ faŋ³³ tɕə⁴⁴ zu⁴⁴,　　来自哟偏僻小山庄，
　我　从　地方　处　小

6 faŋ³³ tɕaŋ¹¹ a⁵⁵ ɣu⁴⁴ pi⁴⁴。　　偏僻的山庄名不扬。
　地方　弯曲　不　好　名声

7 ɕaŋ¹³ tɕi¹¹ ɬo¹¹ to⁴⁴ ɕen⁴⁴,　　告诉姑娘哟哪相信，
　告诉　姑　娘　不　信

8 ɕaŋ¹³ l¹¹ ho¹¹ ɕa⁴⁴ no⁴⁴。　　说起来哟更是凄凉。
　告诉　来　愈　愁　多

例一提问，例二是例一的回答。例二第一至第四句押第一调 33，第五至第八句押第五调 44。一首歌分别押几个声调的格式，是由于这些歌难于一气呵成，需要变化内容，押调服从内容变化。

3. 一首歌中分单双句各押一个声调，一押到底。这种格式限于对仗情歌。如《一对姑娘一对女郎》：

kaŋ⁵⁵ tɛ³³ a³⁵ poŋ¹¹ a³⁵,
对　姑　娘　对　女
kaŋ⁵⁵ tɛ³³ a³⁵ poŋ¹¹ mɛ⁴⁴。
对　姑　娘　对　指姑娘;女
lɛ⁵⁵　lɛ³³　ɕo⁵³ wo¹¹ ɕo³⁵,
个(人)个　纺纱车　纺车
lɛ⁵⁵　lɛ³³　ɕo³⁵ wo¹¹ tə⁴⁴.
个(人)个　纺纱车　树;木
ta⁵⁵ niaŋ³³ f'ɛŋ³⁵ taŋ¹¹ tsei³⁵,
来　在　头　半　家
ta⁵⁵ niaŋ³³ f'ɛŋ³⁵ taŋ¹¹ t'i⁴⁴。
来　在　头　半　门楼
kaŋ⁵⁵ tɛ³³ po³⁵ paŋ¹¹ toŋ⁴⁴,
对　儿男　未　婚
kaŋ⁵⁵ tɛ³³ po paŋ¹¹ wo⁴⁴。
对　儿男　未　婚
ʐo⁵⁵ faŋ³³ tiaŋ₅⁵ lo tsei³⁵,
游　方　转　来家
ʐo⁵⁵ faŋ³³ tiaŋ³⁵ lo¹¹ lei⁴⁴。
游　方　转　来　到
lio⁵⁵ q'a³³ qo³⁵ pi¹¹ f'ɛ³⁵,
指后生　绕　手　快貌
lio⁵⁵ q'a³³ qo³⁵ pi¹¹ f'aŋ⁴⁴。
指后生　绕　手　快貌
ta⁵⁵ pi³³ ɬio³⁵ ho¹¹ a³⁵,
来　我们　说　(吧)女
ta⁵⁵ pi³³ ɬio³⁵ ho¹¹ mɛ⁴⁴。
来　我们　说　(吧)姑娘

一对姑娘呀一对姑娘，

一对姑娘呀一对女郎。

一人一架纺纱车，

架架纺车木料装。

在屋当头纺棉花，

纺棉花在门楼旁。

一对后生呀一对单身汉，

一对后生呀还没有侣伴。

游方转回家，

游方回到啦。

后生一甩手，

后生一招手。

来我们唱吧姑娘，

来我们玩吧女郎。

单句一、三、五、七、九、十一、十三都押第三调35，双句二、四、六、八、十、十二、十四都押第五调44。其押调方式是一平一升，一高一低，起伏跌宕。

4. 一首歌中各个相同位置的音节同押一个声调。例如情歌《火烧山坡草青青》：

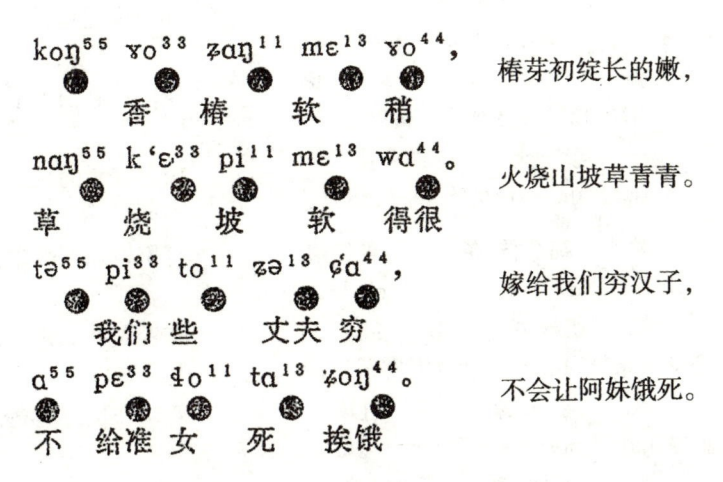

$koŋ^{55}$ $ʁo^{33}$ $zaŋ^{11}$ $mɛ^{13}$ $ʁo^{44}$，　　椿芽初绽长的嫩，
　香　　椿　　软　　　稍

$naŋ^{55}$ $k'ɛ^{33}$ pi^{11} $mɛ^{13}$ wa^{44}，　　火烧山坡草青青。
草　烧　　坡　　软　　得很

$tə^{55}$ pi^{33} to^{11} $zə^{13}$ $ɕa^{44}$，　　嫁给我们穷汉子，
　　我们　些　　丈夫　穷

a^{55} $pɛ^{33}$ $ɬo^{11}$ ta^{13} $ʁoŋ^{44}$。　　不会让阿妹饿死。
不　给准　女　死　挨饿

各句的第一音节都押第二调55，第二音节都押第一调33，第三音节都押第四调11，第四音节都押第六调13，第五节都押第五调44。这种格式主要出现在新民歌和情歌中，一般是短小精悍，内容单一而集中，但不是绝对的。

5. 变词相押。

一首歌里，句中或句末的某一音节，为了与上下句押调，演唱时可以改变原来的声调和音高，使它和要相押的声调读音高低一致。例如《姊妹歌》：

1 nə¹³ sei⁵⁵ tɕə¹³ te¹¹ nɑ¹¹,　　　姐妹同父母生，
　　姊妹 也 一 个 父母
2 tɕaŋ¹³ sei⁵⁵ tɕə¹³ te¹¹ nɑ¹¹,　　　哥弟同父母生，
　　哥弟 也 一 个 父母
3 tɕ¹ə³ lɛ⁵⁵ nɑ³³ lo¹¹ zaŋ¹¹,　　　同是一个父母养，
　　一 个 父母 来 养生下
4 zaŋ¹¹ moŋ⁵⁵ hei³³ zaŋ¹¹ wi¹¹。　　养了你们和我们。
　　养 你 和 养 我
5 ɕi⁴⁴ lɛ⁵⁵ ɖio³³ ko lo¹¹,　　　我们一起长大了，
　　一起 大 一样大貌
6 tsɛ⁴⁴ qa⁵⁵ tsʻei³³ tə¹¹ zo¹¹。　　像青杠树的枝丫。
　　象 细 枝 条 青杠柴
7 lio¹³ nə¹³ tio⁴⁴ tɛ⁵⁵ nio¹¹,　　　打扮姐妹到鼓堂，
　　推 姐妹 在 场 鼓
8 qʻa⁴⁴ ɖa¹³ ta⁵⁵ ɕʻi³⁵ ni¹¹,　　　富贵人家来相亲，
　　客 富 来 看 姐妹
9 ŋaŋ⁴⁴ nə¹³ tɕo⁵⁵ waŋ³³ la¹¹,　　　看姐妹长得漂亮，
　　看 姐妹 条 装饰 美
10 ʁe⁴⁴ ə³³ ni⁵⁵ qə³³ fu¹¹　　　银镯项圈亮晃晃，
　　好 银 器 项 圈圈
11 qʻa⁴⁴ ɖa¹³ ta⁵⁵ nɛ¹³ ni¹¹。　　富贵人家来说亲。
　　客 官 来 问 姐妹
12 ma³³ meŋ¹³ ta⁵⁵ ta³³ ho¹¹,　　　妈妈嘀嘀来答应，
　　你俩 母亲 来 答应 嘀
13 ma³³ pa⁵³ ta⁵⁵ ta³³ ho¹¹,　　　爸爸嘀嘀来答应，
　　你俩 父亲 来 答应 嘀
14 qʻa⁴⁴ nə¹³ tio⁵⁵ lo³³ moŋ¹¹。　　才把姐妹嫁出门。
　　嫁 姐妹 走 脚 去

15 t'a⁴⁴ noŋ³¹ t'a⁴⁴ ma⁵⁵ na¹¹,　　　　　责怪就责怪双亲，
　　骂　各自　骂　你们　父母
16 a¹¹ ki³⁵ t'a⁴⁴ tɕə⁵⁵(³³) niaŋ¹¹　　　不要责怪嫂子们，
　　●不要　●骂　●嫂　子
17 t'a⁴⁴ pa¹¹ me⁴⁴ nio⁵⁵ sei¹¹ (s'ei³³。)　怪死嫂子枉费劲。
　　骂　坏　指嫂子　白（做、吃）
18 to¹¹ nə¹³ niaŋ⁵⁵ ni¹¹。　　　　　　　姐妹们哟！
　　些（指姐 妹们）
19 niu⁵³ nə¹³ qa³³ ɬaŋ⁵⁵ ɣaŋ¹¹。　　　　寨上的姐妹们。
　　对　姐妹　村子　里

　　第六句第一音节（qa⁵⁵）原声调是第一调33，调值由33变成55，是为了与第一至第五句同位音节押调的需要。第十六句第一、四、五音节（a¹¹）原是（a⁵⁵）、（tɕə⁵⁵niaŋ¹¹）原是（tɕə33niaŋ33），由于这一句要押第四调11，声音较低，所以第一、五音节由55，突然降到很低的第四调11了。第十七句第五音节（sei¹¹）原是（s'ei³³；I'a³³）枉自的意思。它们都是为了同一位置的其他音节押调的需要而变调。变调相押不仅改变原声调的音高，甚至改变原音节的声母。第十七句第五音节的（s'ei³³）变成不送气声母（sei¹¹），声母和声调都变了，但原来的词义不变。

　　黔东南方言苗语声母与声调有一定的制约关系，声母分送气不送气两套。例如：

不送气声母　　　　送气声母
p m f w　　　　　p' m̥ f'
t n ɬ I　　　　　　t' n̥ ɬ
ts　　　　　　　　ts' s
tɕ ɕ ʑ　　　　　　tɕ' ɕ
k ŋ　　　　　　　k' ɣ
q h　　　　　　　q' x

　　不送气声母能出现在单双数调音节上（第一调33、第二调55、第三调35、第四调11、第五调44、第六调13、第七调53、第八调31）。送气声母只能出现在单数调音节上（第一调33、第三调35、第五调44、第七调53），不

能出现在双数调音节上（第二调55、第四调11、第六调13、第八调31）。因此，黔东南方言诗歌在押调上，也有不能变调相押的。例如：

1 to¹¹ o³³ ȵiu⁴⁴ tɛŋ⁵⁵ ɛ³³,　　　　　从前哟从前那时候，
　 些　二　年　前　那

2 koŋ³⁵ tsʻɛ⁵⁵ fɑ⁴⁴ pi³³ fɑŋ³³.　　　共产党过我们地方，
　 共　产　过　我们　地方

3 fʻeŋ³⁵ tsɛ³⁵ xo⁴⁴ lei⁵⁵ ɬə³³,　　　　雪白大字写在房头上，
　 头　房子　写　字　白

4 to¹¹ ɬɑ¹³ ɕə⁴⁴ zoŋ⁵⁵ tɕʻoŋ³³,　　　富人切莫骄傲逞狂，
　 些　富　不　狂

5 to¹¹ ɕʻɑ⁴⁴ ɕə⁴⁴ nei⁵⁵ hei³³,　　　　穷人切莫叹息悲伤，
　 些　穷　不　哀　叹

6 tɑŋ¹¹ ɕʻə⁵³ tɛŋ⁵³ wɛ⁵⁵ ɕʻɛ³³。　　　等一等天晴出太阳。
　 等　往后　意　天　晴

7 tɑŋ⁵⁵ to¹¹ sʻeŋ⁴⁴ zɑŋ⁵⁵ ȵɛ³³,　　　大伙日日夜夜盼望，
　 大　伙　想念　不断义　天

8 tɕu³¹ tsɑ³³ ȵiu⁴⁴ wɛ⁵⁵ tɑ³³,　　　　过十五个年头时光，
　 十　五　年　上　下　　　（十五，不是确
　　　　　　　　　　　　　　指十五年，而是泛指。）

9 koŋ⁵⁵ tsʻɛ⁵⁵ lei⁴⁴ tɕɑŋ⁵⁵ zə¹³!　　共产党转回来呀！
　 共　产　到　　　　△

10 loŋ¹¹ lo¹¹ liə⁵³ tɕo⁵⁵ ȵiɑŋ³³.　　好像江河浩浩荡荡。
　 来　象　条　江

……

第九句第五音节（z ə¹³），声母不送气，在这里，它出现在双数调音节上，可以不变调、不把第六调13变成第一调33。又如：

1 waŋ⁵⁵ niaŋ³³ ɬio¹¹ pɛ⁵³ tɕeŋ³³,　　领袖住在北京城，
　领　袖　　在　　　北　京
2 ni⁵⁵ lo¹¹ tɕao³⁵ ʑo³¹ pi³³。　　　他来教育我们。
　他　来　教　育　我们
3 li⁵⁵ ki¹¹ ta³⁵ ɛ⁴⁴ ə³³,　　　　　旱田要变成水田，
　田　旱　拿　做　水
4 taŋ⁵⁵ to¹¹ qaŋ⁴⁴ fei³¹ tei³³。　　大伙要多多施肥。
　大　伙　挑　肥　堆
5 noŋ⁵⁵ a⁵⁵ tɕu¹¹ lei³¹ ma¹³,　　 余粮卖给国家，
　吃　不　完　剩　卖
6 naŋ¹¹ əu³⁵ kaŋ³³ lia⁵³ teŋ¹³,　　穿绫罗绸缎啦，
　穿　衣　绸　缎　缎
7 lɛ⁵⁵ naŋ¹¹ ʑa⁵³ tɕo⁵⁵ pʰaŋ³³；　每人穿七八件；
　个　穿　八　九　件
8 taŋ⁵⁵ ki³⁵ ɣaŋ¹¹ ɕo⁵³ mɛ¹³,　　 人人红光满面，
　整　　村　红　　脸
9 sə¹¹ tsseŋ³⁵ liə¹¹ ɖa⁴⁴ ɕoŋ¹³,　像真留果
　象　果　名　月　七　　　　　　（一种刺梅，熟的颜色鲜红）般艳，
10 ɣə¹¹ ɕi³⁵ ɣə¹¹ ɣu⁴⁴ ʑaŋ¹³,　　愈看呀愈美丽。
　愈　看　愈　好　样
……

第一至第四句押第一调 33，第五、六两句押第六调 13，第七句押第一调 33，第八、九、十句又押第六调 13。第七句没有与上下句变调相押、把 33 变成 13。这是因为第七句末一音节的声母是送气声母 [pʰ]，它只能出现在单数调上，如果与上下句的双数调音节变调相押，声调变，声母也得变，词义也得变，故不变而保持原调。

仡佬族用本民族语言演唱的民歌既有押韵的也有押调的。赵道文在《仡佬族民歌格律初探》[①] 中认为，

[①] 段宝林等主编：《中外民间诗律》，第 557 页，北京：北京大学出版社，1991。

（一）单押式。在一首民歌中只押韵或只押调。

1. 只押韵的。有一、二、四句押韵、句句押韵、中间换韵等三种格式。依
次举例如下（音节下方标有"▲"或"△"符号的是韵脚，下同。）

［国际音标］mpu^{44}thu^{44}hen^{33}hen^{33}mu^{33}zei^{11}zɯ^{11}，
　　　　　　　　　　　　　　　　　　　　　▲
［意　　译］五　月　个　个　来　薅　田
　　　　　　tha^{44}qɯ^{33}ti^{33}tɕhi^{55}lau^{31}ʔəɯ^{55}tseɯ11；
　　　　　　　　　　　　　　　　　　　　　▲
　　　　　　做　活　路　的　人　脸　汗淌
　　　　　　hen^{33}hen^{33}hɔ^{33}mpəɯ^{11}tuŋ^{24}te^{55}luŋ^{33}，
　　　　　　个　个　吃　饭　　落　下　肚
　　　　　　sI^{33}nen^{33}mpəɯ^{11}ŋkau^{24}sI^{33}nen^{33}ʔəɯ^{55}
　　　　　　　　　　　　　　　　　　　　　　　　▲
　　　　　　一　粒　米　　熟　一　粒　汗
［意　　译］五月家家忙薅田，干活之人汗满脸；
　　　　　　人人吃饭好当饱，一粒米饭一滴汗。
［国际音标］thu^{44}ntai^{44}sI^{33}qəɯ^{31}　tse^{11}khuei^{33}mu^{44}，
　　　　　　　　　　　　　　　　　　　　　　　　　　▲
　　　　　　月　丑（牛）一　完　过　年　新
［直　　译］ŋkau^{33}ʔen^{55}tse^{11}khue^{33}tshu^{44}səɯ^{24}hu^{33}
　　　　　　　　　　　　　　　　　　　　　　　　　▲
　　　　　　接　娶　妹　过　年　是　九　初
　　　　　　səɯ^{24}hu^{33}sen^{55}nu^{31}ʔi^{33}ŋkau^{33}mu^{31}
　　　　　　九　初　日　那　我　接　你
　　　　　　ŋkau^{33}mu^{33}qa^{33}qʔi^{3333}tse^{11}khuei^{33}mu^{44}。
　　　　　　　　　　　　　　　　　　　　　　　　　▲
　　　　　　接　来　我家过　　年　新
［意　　译］腊月过去度新年，接妹过年初九天；
　　　　　　初九那日我接你，接来我家过新年。
［国际音标］thu^{44}thai^{44}səɯ^{24}　hu^{33}tsu^{11}ŋkau^{55}ʔu^{55}li^{55}，
　　　　　　　　　　　　　　　　　　　▲
［直　　译］月　寅（虎）九　初　看　花灯
　　　　　　plei^{33}ŋkai^{31}tɔ^{33}tɔ^{33}thi^{44}ni^{44}ni^{31}；
　　　　　　　　　　　　　　　　　　　▲
　　　　　　遇着　　哥　哥　到　　这里

第四章 贵州民间歌谣的价值

tɯ³¹ tsha³³ tɔ³³ cɔ³¹ ju³¹ lẼ⁵⁵ tshei⁵⁵,
想　和　哥哥讲　句　话

ni⁴⁴ni³¹ thɕi⁵⁵ ʔai²⁴ mɔ¹¹ ʔen⁵⁵ lei³³。
这里　人　多　阿妹　害羞

[意　　译] 正月初九看花灯，为见哥哥到此来；
想和哥哥说句话，人多眼杂口开。

2. 只押调的。有一、二、四句押调、偶句押调、句句押调等三种格式。依次举例如下（音节下方标有"●"或"○"符号的是押调音节，下同

[国际音标] ɕi²⁴thu⁴⁴ŋkau⁵⁵mpəɯ¹¹sei³³,

[直　　译] 七月　花　谷　青

tha³³ʔen⁵⁵qɔ⁴⁴khu³³ɲii³³；
和　妹　打　镯　银

khu³³ɲin³³hau²⁴na⁴⁴mu³¹,
镯　银　拿　给　你

mu³¹ʔi³³tha⁴⁴sɿ³³qɛ³³。
你　我　做　一　家

[意　　译] 七月谷花绿，为妹打银镯；
银镯送给你，你我长相聚。

[国际音标] qai⁵⁵ʔen⁵⁵lu³³ləɯ³¹vu¹¹,

[直　　译] 激　妹　进　贵筑　去

vu¹¹sen³³kuei⁵⁵khu³³ɲin³³；
去　买　手镯　银

khu³³ɲin³³na⁴⁴mɔ¹¹ʔen⁵⁵,
镯　银　给　阿　妹

vu¹¹qE³³qai⁵⁵jɔ³¹tɕu³³。
去　家　请　媒人

[意　　译] 激妹去贵筑，去选银手镯；
银镯给阿妹，回家请大媒。

[国际音标] tɔ³³ʔen⁵⁵jəɯ⁴⁴lu³¹ vei⁴⁴qei³³sa³³,

[直　　译] 哥妹　又　进入　园　花纹

sai⁵⁵ tɔ³³ sen⁴⁴ na¹¹ mu³³ ŋkau³³ ta³³ ;
问　哥　日　哪　来　娶　我们

ʔi³³ ni³³ qɔ³³ tau⁵⁵ tshu⁴⁴ mu³¹ kəɯ³³ ,
我　的　丈　夫　是　你　罗

ʔi³³ ma¹¹ tsha³³ mu³¹ tha⁴⁴ sI³³ qE³³ 。
我　要　和　你　做　一　家

[意　译] 哥妹重游百花园，问哥何日娶小妹；
　　　　我的夫婿就是你，但愿早日成婚配。

(二) 双押式。在一首民歌中既押韵又押调的音韵形式，叫做双押式。也可分为两小类。

1. 押韵和押调的格式一致的。有一、二、四句双押、偶句双押、句句双押三种格式。依次举例如下：

[国际音标] qE³³ qE³³ səɯ²⁴ thu⁴⁴ ten⁵⁵ sa⁵⁵ hɔ³³
[直　译] 家　家　九　月　春　糍粑　吃
　　　　 tɔ³³ tɔ³³ ten⁵⁵ sa⁵⁵ qai⁵⁵ ʔen⁵⁵ hɔ³³ ;
　　　　哥　哥　春　糍粑　叫　妹　吃
　　　　 mɔ¹¹ ʔen⁵⁵ hɔ³³ sa⁵⁵ tuŋ²⁴ luŋ³³ vu¹¹
　　　　阿　妹　吃　糍粑　落　肚　去
　　　　 hɔ³³ sI³³ suŋ²⁴ sa⁵⁵ təɯ³¹ tshu⁴⁴ tɔ³³ 。
　　　　吃　一　口　糍粑　想　是　哥

[意　译] 九月家家过重阳，郎春糍粑请妹尝；
　　　　妹尝糍粑落下肚，口尝糍粑心想郎。

[国际音标] zua⁴⁴ thu⁴⁴ mpəɯ¹¹ tsau³³ ȵtɕi¹¹ ,
[直　译] 八　月　稻　谷　黄
　　　　 mɔ¹¹ ʔen⁵⁵ tsha³³ tɔ³³ ju³¹ :
　　　　阿　妹　同　哥　讲
　　　　 " tɔ³³ tɔ³³ ŋɔ³¹ mɔ¹¹ ʔen⁵⁵ ,
　　　　哥　哥　爱　阿　妹
　　　　 mu³¹ ma¹¹ tsha³³ phɔ⁴⁴ ju⁴⁴ "
　　　　你　要　和　爹　讲

第四章 贵州民间歌谣的价值

［意　　译］秋天谷已熟，阿妹郎一语：
　　　　　　"郎若爱小妹，还得爹允许。"
［国际音标］mɔ¹¹ʔen⁵⁵tu²⁴pai³³na⁴⁴tɔ³³tsha³³▲●,
［直　　译］阿　妹　烧　火　给　哥　烤
　　　　　　su³³hen³³tsuŋ³¹tsu³³mu³³haŋ⁵⁵pa³³▲●;
　　　　　　两　个　坐　桌　来　喝　酒
　　　　　　mu³¹sɿ³³ʔa³³, ʔi³³sɿ³³ʔa³³,
　　　　　　你　一　杯，我　一　杯
　　　　　　ʔi³³qɔ³³mɔ¹¹ʔen⁵⁵lau³¹sei⁵⁵　sa³³▲●.
　　　　　　我　见　阿　妹　脸　咪　咪　笑
［意　　译］小妹烧火给我烤，同席举杯任逍遥；
　　　　　　你一杯，我一杯，我见小妹咪咪笑。

2. 押韵和押韵的格式相异的。又可分为三种类型。

（1）一、二、四句押韵和偶句押调、句句押调或中间换调构成的双押式。依次举例如下：

［国际音标］tɔ³³jəɯ⁴⁴ntu²⁴tsha⁴⁴pai³³thi⁴⁴qa²⁴tsha⁴⁴mu³³▲
［直　　译］哥　从　顶　山　走　到　脚　山　来
　　　　　　pləi³³ŋkai³¹mɔ¹¹ʔen⁵⁵lu³¹vei⁴⁴qei³³sa³³mu⁴⁴▲●;
　　　　　　遇到　　妹妹　　进园花　新
　　　　　　sai⁵⁵tɔ³³sen⁵⁵ni³¹mu³³tha⁵⁵na¹¹?
　　　　　　问　哥　日　这　来　做　什么
　　　　　　tshei²⁴tshei²⁴qai⁵⁵mu³¹vu¹¹lu³¹nu⁴⁴.
　　　　　　暗地里　　激　你　去　进　贵阳
［意　　译］我从山顶到山下，巧遇妹进新花园；
　　　　　　要问哥我来做啥，暗暗激妹去贵阳。
［国际音标］tɔ¹¹vai¹¹mɔ¹¹ʔen⁵⁵thi⁴⁴qE³³kəɯ³³▲●
［直　　译］哥　送　阿　妹　到　家　了
　　　　　　mɔ¹¹ʔen⁵⁵vu¹¹hau²⁴qɔ³³səɯ³³səɯ³³▲●;
　　　　　　阿　妹　去　拿　叶子烟　分

mɔ¹¹ ʔai⁵⁵ vu¹¹ hau²⁴ tɔ²⁴ zei⁴⁴ mu³³,
阿　嫂　去　拿　糖　果　来
tɔ³³ hɔ³³ tɔ²⁴ zei⁴⁴ jɯ⁴⁴ haŋ⁵⁵ qɔ³³ səɯ³³。
歌　吃　糠　果　又　　吸　　叶　子　烟

[意　　译] 哥送小妹到家园，小妹忙取烟来分，
　　　　　嫂嫂端出糖果来，哥吃糖果又吸烟。

[国际音标] sɿ³³ nen³³ mɔ¹¹ tsu³³ n̠e⁴⁴ pu³³ qa³³,
[音　　译] 一　张　桌　子　有　四　角
mu³¹ ʔi³³ su³³ zuei³¹ tsuŋ³¹ haŋ⁵⁵ p a³³;
你　我　两　边　坐　　喝　酒
ʔi³³ pɔ²⁴ ʔɔ⁵⁵ hɔ³³ te⁵⁵ luŋ³³ vu¹¹,
我　得　肉　吃　置　腹　去
təɯ³¹ mu³¹ tau³³ lau³¹ thi⁴⁴ sen⁴⁴ n a¹¹,
想　你　眼　脸　到　日　何

[意　　译] 一张桌子四个边，同席共饮两对面；
　　　　　我得肉吃腹中饱；想你情义到何年。

（2）偶句押韵和句句押调构成的双押式。例如：
[国际音标] naŋ³³ thu⁴⁴ ven⁴⁴ su³³ hau²⁴ zuei⁴⁴ se i³³;
[直　　译] 六　月　风　大　扫　天　青
sen⁴⁴ sen⁴⁴ təɯ³¹ tɔ³³ mu³³ thi⁴⁴ qE³³;
天　天　想　哥　来　到　家
ŋkau³¹ ni³³ mu³¹ tɔ³³ mu³³ qE³³ kəɯ³³,
真　的你　哥　来　家　了
phɔ⁴⁴ mɔ¹¹ ʔen⁵⁵ pai⁵⁵ tha⁴⁴ si³³ qE³³
父　母　妹　姐　做　一　家

[意　　译] 六月狂风扫青天，日日盼哥来相见；
　　　　　真的哥哥到家来，一家老小才团圆。

（3）句句押韵和一、二、四句押调、偶句押调或中间换调构成的双押式。依次举例如下：

[国际音标] ta³³thu⁴⁴tɔ⁵⁵ʔen⁵⁵lu³¹ŋkau⁵⁵ʔu⁵⁵tsha⁴⁴

[直　　译] 三月哥妹进　花坡

ŋkau⁵⁵ʔu⁵⁵hɔ³³plɔ²⁴tei²⁴zue¹¹tsha⁴⁴；

花　开红满　　山岗

mɔ¹¹ʔen⁵⁵hau²⁴ŋkau⁵⁵ʔu⁵⁵na⁴⁴tɔ³³qa³³，

阿妹拿花　　给哥戴

su³³hen³³tha⁴⁴thi⁴⁴səɯ²⁴pi⁴⁴zua⁴⁴

两个玩到九　十八

[意　　译] 三月哥妹游花坡，满山鲜花红似火；
　　　　　　小妹采花给哥戴，我俩玩到九十多。

[国际音标] thu⁴⁴thai⁴⁴vu¹¹，　su³³thu⁴⁴mu³³

[直　　译] 月虎（寅）去二月来

su³³hen³³tshe⁴⁴ta²⁴pai³³ləɯ¹¹vu¹¹；

两个挑灰走垅去

ʔen⁵⁵mei²⁴pɔ³³，tɔ³³mei²⁴vu²⁴，

妹扛锄，哥扛犁

su³³ta³³su³³hen³³tha⁴⁴qen³³vu¹¹，

我们两个做一路去

[意　　译] 正月过，二月到，我俩进垅把灰挑；
　　　　　　妹扛锄，哥扛铧，哥妹作伴去干活。

[国际音标] qhei²⁴thəɯ³³qhei²⁴jəɯ⁵⁵su³³，

[直　　译] 客来客又大

qhei²⁴tsa³¹su³³tshu⁴⁴tsu³³；

客坐两旁桌子

səɯ⁵⁵səɯ⁵⁵tei¹¹na⁴⁴mu³¹；

样样少给你

vu¹¹qE³³tei¹¹ju³¹。

去家少少说

[意　　译] 客来客为贵，贵客坐下席；
　　　　　　招待多怠慢，望客多包涵。

贵州民歌正由于有着流畅清晰的节奏和起伏迭宕的韵律，因而音乐感十分强烈。它对人们真有"诵之行云流水，听之金声玉振"的感觉。清代王士祯在《池北偶谈》中说：粤地民歌"颇有乐府、清商、子夜、读曲之遗"。贵州民歌何尝不是如此！

这种音乐美，也体现在反复、重叠上。在贵州民间歌谣中常常可以发现反复、重叠的状况。所谓反复，就是相同的词语、诗行、诗节重复地出现于歌谣中；所谓重叠，就是相同的字、词、句重叠在一起，连续地出现于歌谣中。之所以有这种状况出现，究其原因不外乎两方面：一是民歌起源乎劳动的节奏，而劳动的动作总是不断重复，在不断重复中形成劳动旋律，早期的歌谣就是在这种节奏中形成的，以后的民歌保留了这一特点；二是民歌是以抒情为其主要特征的，由于感情强烈，一次难以抒发净尽，歌谣的结构往往采取重复、回环的手法，使相同或稍有变化的词语、诗行或诗节反复出现，使感情能得到充分抒发。

朱自清在《中国歌谣》中把这种反复、重叠分为复沓格、递进式、问答式、对比式、铺陈式等几种类型。贵州作为中国的一部分，这几种类型自然也是有的。但联系贵州实际，有些不太明显，有些却比较突出。

贵州民间歌谣中比较突出的是诗行、诗节的反复和词语的重叠。如流传在贵阳、黔南布依族群众中的《好花红》：

> 好花红来好花红，
> 好花生在刺藜蓬；
> 好花生在刺藜树，
> 哪朵向阳哪朵红。
>
> 好花鲜来好花鲜，
> 好花生在刺藜尖；
> 好花生在刺藜树，
> 哪朵向阳哪朵鲜。

（杨光英演唱　王枫、达武采录）

民歌上下两节只有一、二个字不同，其余的完全相同，这是诗节的反复。"好花生在刺藜树"，上下两节完全一样，是诗句的反复。上节的"好花红来好花红",就诗句而言,"好花红"是词的重叠;下节的"好花鲜"也是一样。这些反复、重叠,使得"花"的形象更为突出。在对"花"的反复咏叹中,人们的感情得到了充分的表现,同时使得民歌的节奏异常鲜明,韵律十分和谐,具有无穷的音乐美。

又如流传在黔西北彝族群众中的《黑狗不识路》:

> 黑狗不识路?
> 黄麂来引路。
> 翻过九重山,
> 跨过九个凹,
> 来到山丫口,
> 黄麂倒回转,
> 黑狗留下了!
>
> 衣线不识路,
> 花针来引路。
> 穿过九层布,
> 跨过九股缝,
> 来到衣领口,
> 花针倒回转,
> 衣线留下了!
>
> 姑娘不识路?
> 媒人来引路。
> 跨过九条河,
> 来到婆家门,
> 媒人倒回转,
> 姑娘留下了!

在这首民歌中,运用了大量的反复和重叠。为什么民歌中会有反复和重叠呢?这是因为:一是由于民歌的曲子一般比较短,如果不用反复和重叠,很难尽兴;二是情感的需要,运用反复和重叠,能更好地表现感情的波澜起伏；三是作为听觉艺术的歌谣，稍纵即逝，运用反复和重叠，能让人记得清楚。这首民歌正是恰当地运用了反复和重叠，才把一个姑娘在"父母之命，媒妁之言"的婚姻制度下出嫁时忐忑不安的心情活灵活现地描绘了出来。第一节、第二节是起兴设譬，"黄麂倒回转，黑狗留下了"、"花针倒回转，衣线留下了"，完全是"媒人倒回转，姑娘留下了"的比喻、烘托。这种一唱三叹的反复，不仅给人传递出了姑娘那种深沉的思乡恋家的感情，而且让人在这种动听的音乐中获得了无以名状的快感和美感。

这种音乐美，还体现在和声、衬词上。

和声是别人和唱或众人合唱的歌句。和声在民间歌谣中是屡见不鲜的。流传在大江南北的"竹枝词"就是因和声"竹枝"而得名。且看：

门前春水（竹枝）白苹花（女儿），
岸上无人（竹枝）小艇斜（女儿）。
商女经过（竹枝）江欲暮（女儿），
散抛残食（竹枝）饲神鸦（女儿）。

——孙光宪《竹枝》其一

这里，"竹枝"、"女儿"就是和声，正如明代胡震亨《唐音癸签》（卷十三）中所说："竹枝本出巴渝……有和声，七字为句，破四字和云'竹枝'，破三字，和云'女儿'。"正因为如此，这种歌谣体式则称之为"竹枝词"、"女儿子"。既是这样，为什么我们在书本上很少看到包括"竹枝词"在内的民间歌谣有和声的记录呢？这大概与搜集整理者认为它同歌谣的内容关系不大，故而把它舍去的缘故。

在贵州民间歌谣中，和声很多。水族群众在酒席上演唱双歌时就有和声出现。且看流传在三都水族群众中的《敬酒歌》：

主人：腊者业喂，
腊乃育喂！
酒不醇怪酿酒药，

味不香应怪曲娘。①
我心意溶在酒里，
不好喝你也该尝。
你不饮也该接杯，
手拉手欢喜一场。
我金银般贵的朋友哈喂。

客人：腊者业喂，
腊乃育喂！
主人家殷勤招待，
菜满桌窖酒飘香。
你双手举杯相劝，
春风暖醉透心肠。
慢慢来品尝美味，
到这里不醉何妨？
我金银般贵重的朋友哈喂！

（刘恒虽演唱　潘朝霖采录）

　　这中间的"腊者业喂，腊乃育喂"（水语，意为：你那边的姊妹们喂，我这边的姊妹们喂！）以及"我金银般贵的朋友哈喂"即是和声。双歌可分为两类：一是敬酒、祝贺、叙事的双歌，二是寓言性的双歌。敬酒、祝贺和叙事的双歌在演唱时，歌首有两句固定的起歌和声。这种和声对女性而言是"腊者业喂，腊乃育喂（你那边的姐妹喂，我这边的姊妹喂）"，对男性则是"流海业喂，流海育喂（所有你那边的亲戚朋友，所有我这边的亲戚朋友。"歌尾的衬和帮腔不分男女，往往用"金银般的客人"、"我的亲家哈喂"、"天仙般的客人哈喂"等作结。当演唱者要唱歌时，往往举杯或持筷在席上晃一晃，周围的人们就不约而同地唱起"腊者业喂"的起歌和声。歌的主体部分吟唱结束，众人又默契地起唱"金银般的客人哈喂"一类的两句结尾的衬和帮腔。

---

① 曲娘：水族认为酿酒是酒曲之神——七枪，即名叫枪的仙婆在控制，当酒味不佳时，则认为是未获得曲娘保佑的缘故。

这种"帮腔",民间叫"打和声"。它调动了受众的参与,既起到集中受众注意力,烘托场面气氛的作用,又能使领唱者有个舒缓回旋的思考机会。

汉族、布依族等民族在用"花灯调"来演唱的民歌中,和声比比皆是。且看流传在丹寨汉族群众中的《抒情调》:

正月抒情正月正(嘛洛阳咿赛阳花咿哟),
买匹纱帕送情人(好是不好玩,玩是玩花灯是好是不好玩)。
纱布搭在妹头上(嘛洛阳咿赛阳花咿哟),
大家玩耍心也甘(好是不好玩,玩是玩花灯是好是不好玩)。

二月抒情二月间(嘛洛阳咿赛阳花咿哟),
桃花李花开满尖(好是不好玩,玩是玩花灯是好是不好玩),
一夜狂风来吹散(嘛洛阳咿赛阳花咿哟),
姊妹分离一时间(好是不好玩,玩是玩花灯是好是不好玩)。

(周锡锋演唱　戚家驹、杨圭田采录)

这里,"洛阳咿赛阳花咿哟"、"玩是不好玩,玩是玩花灯是好是不好玩"就是和声。这些和声,使曲调更为丰腴动人,更为摇曳多姿,使人听了,在感觉上陶醉,在精神上飞升,得到情感上的交流,产生强烈的共鸣。

衬字衬词是在歌句中夹进的一些字和词。这种情况在贵州民间歌谣中随处可见。比如流传在务川汉族群众中的民歌《好看还是映山红》:

吔嗬嗬嗨哎——
黄瓜(哩)开花(哎)起蓬蓬(哎),
(那)茄子(哩)开花(就)起灯(嘞)笼,
(那)桃子(哩)开花二三月(吔),
好看还是(嘛)映山红(欧)。
嘛嗬嗬咿呀嗬喂,
嘛嗬嗬咿呀嗬喂,
嘛嗬嗬哟哟嗬喂,
嗬啰啰吔哈嗬啰啰喂,

好看还是映山红（欧）。

流传在锦屏苗族群众中的民歌《为人在世要歌唱》：

> 春有百花（耶）秋有叶，
> 夏有（罗）凉风（是）冬有（罗）雪，
> 为人在世（哟）不歌（的）唱（是），
> 生来凡间（是）值不得。

（李泽干演唱　孔凡相采录）

流传在石阡仡佬族群众中的民歌《望郎歌》：

> 初一（哩）早晨郎过（哩）街（哟），
> 头顶丝帕脚踏鞋（哟），
> 妹问（哩）哥（啊）哪里来（哟），
> 郎在花园得病来（哟）。

（梁伍朝演唱　朱体惠、蔡飞燕采录）

中笑、一丁、继昌在谈到布依族民歌中"衬词使用形式"[①]时说道："不带衬词的布依族山歌极为罕见。有时，衬词甚至多于歌词。

衬词的使用形式，以句尾衬为多见，然句中衬也不乏其例。句中衬又有单词衬与单字衬两种。

单词衬。如：

久不（阿是嘎呐呐子）唱歌（尖噜噜）忘记歌（呀），久不（阿是嘎呐呐子）钓鱼（尖噜噜）忘记（咕噜噜子）河。

单字衬。如：

天（喽）上（的）星（喽）宿（嘛）铺（欧）满（欧）园，葡（哇）萄（嘛）结（欧）子（阿）是（哦）今（欧）年……

布依族山歌的衬词，从表现意义的角度讲又可分无含义衬词、有意（内

[①] 张中笑、罗廷华主编：《贵州少数民族音乐》，第116页，贵阳：贵州民族出版社，1989。

容）衬词、称谓衬词、色彩衬词四类。

喽、的、欧、哎……一类属无含义衬词；尤……这类衬词出自词咏性的山歌中，有情人、朋友的含义；哥呀、妹呀、朋友们等属称谓衬词；而可称之为"色彩衬词"的，则是指那些以衬词命名的歌种。如一首叫聋聋山歌的歌曲的歌词是这样的：

> 山歌好唱难起头（嘛聋聋），
> 木匠难起吊角楼（嘛哩姊妹们嘛哩绕绕）……

流行在黔西南州望谟的"尤乖"、"尤阿勒"、"马保罗"都属这种情况。"

为什么在歌句中会有衬字衬词呢？朱光潜在《诗论》中认为："'衬字'在文义上为不必要，乐调曼长而歌词简短，歌词必须加上'衬字'才能与乐调合拍。"这种情况在贵州民间歌谣中是存在的，然而更多的可能是为了烘托气氛，增添色彩，起装饰性作用。歌谣正是由于这些衬字衬词的存在，旋律因此而获得自由发挥的余地，显得更为灵活，更为开放。

还应该提到的是，贵州民间歌谣还采用双声、叠韵、叠字等手法来增加歌谣的音乐美。

采用双声的，如在道真汉族群众中流传的《岩上滴水响叮当》：

> 岩上滴水响叮当，
> 叮叮当当滴成塘。
> 莫看我是慢滴水，
> 慢慢滴水过大江。

这里，"叮当"就是双声联绵词，它们的声母相同，都是"d"。

采用叠韵的，如流传在绥阳汉族群众中的《青菜苔来油菜苔》：

> 青菜苔来油菜苔，
> 奴家河边洗菜苔。
> 你要菜苔拿把去，
> 你要玩耍黑点来。
> ……

这里的"菜苔"是叠韵联绵词。它们的韵部相同,都是"a1"。采用叠字的,如流传在从江汉族群众中的《恍恍惚惚度光阴》:

> 十八岁的人,
> 讲玩讲笑讲当真,
> 高高兴兴连的伴,
> 和和气气结的情。
> 阴阴悄悄花丛坐,
> 冷冷落落把哥寻。
> 欢欢喜喜来看你,
> 慌慌张张转回程。
> 思思想想过日子,
> 恍恍惚惚度光阴……

(王辉娥演唱　王胜先采录)

这首民歌,就采用了"高高兴兴"、"和和气气"、"阴阴悄悄"、"冷冷落落"、"欢欢喜喜"、"慌慌张张"、"思思想想"、"恍恍惚惚"等叠字。这些叠字的采用,把一个相思少女的痴迷、恍惚的精神状态描绘得惟妙惟肖,不仅增强了民歌的抒情性、形象性,而且也增强了民歌的修辞美和音律美。

二、贵州民间歌谣具有瑰丽生动的意象美。

贵州民间歌谣中有许多歌谣为什么会让人乐此不疲、百唱不厌呢?这除了歌谣中有悦耳的音乐外,还因为它有充满浓郁的诗情画意的意象,有着瑰丽生动的意象美。

意象是民歌的重要组成部分。象,指客观物象,包括自然界及人自身以外的其他客体;意,指创作者主观方面的一切意识活动,如感情、志向、认识、幻觉等。所谓意象,是以语词为载体的诗歌艺术的基本符号[①]。在一首民歌中,意象成分是不可或缺的。优秀的民歌,意象还占据了主导地位。它形神兼备,情景相生,从而创造出一种出神入化的艺术妙境。

[①] 陈植锷:《诗歌意象论》,64页,北京:中国社会科学出版社,1990。

意象按其内涵的不同可分为自然的、人生的、神话的三类。这三类意象在贵州民间歌谣中都有。属于自然意象的，如布依族民歌《等到并蒂花开时》"青青芭蕉叶，为什么流泪？翠翠楠竹棵，为何弯腰驼背？雪白梨子花，为什么乱飞？挺拔大榕树，为何摇手臂？难道你们也懂得，为我们的离别伤悲？哎！都不要灰心，等到、并蒂花开时，我们就相会"中的"芭蕉叶"、"楠竹棵"、"梨子花"、"大榕树"、"并蒂花"等。

属于人生意象的，如汉族民歌《好久没走妹家歇》"好久没走妹家歇，妹妹假装认不得，袖子蒙脸咕咕笑，问哥哪里来的客"中的"妹家"、"妹妹"、"笑"、"哥"、"客"等。

属于神话意象的，如苗族民歌《树高羊矮难沾边》"……雷公被押坐铁仓，逃脱要赖雷闪光，快送火种好发狂"中的"雷公"。

在贵州民间歌谣中，意象构成的方式多种多样。传统民歌中比、兴的表现形式，也是贵州民间歌谣意象的主要的构成方式。"兴"的含义是喻，其特点是借同类事物来暗示以产生言在此而意在彼、含而不露、委婉蕴藉的效果。以"兴"的方式来创造民歌意象的，如织金汉族民歌《等妹不来好心酸》：

> 月亮出来月亮弯，
> 望妹望得眼睛穿。
> 天亮望齐天黑转，
> 等妹不来好心酸。

（刘尚艳唱　艾元帮搜集）

在这首民歌中，"月亮出来月亮弯"是兴句，它与后面的"望妹望得眼睛穿"在逻辑上没有联系。它的作用只不过是"先言他物以引起所咏之词"，并在韵律上相协。但由于它用得好，因而不仅使整首歌音调铿锵，而且使整首歌意味无穷。在"月亮出来月亮弯"这一兴句中，"月"无疑是主要意象。它有着深厚的文化底蕴。传统文化中，月亮与爱情婚姻密切相关，如"月老"，指神话传说中主管婚姻之神；"花好月圆"，指婚姻美满。传统民歌经常用"月"来作为与爱情婚姻有关的兴象，如"月亮出来亮堂堂，照到后园枇杷黄，枇杷好吃莫丢籽，宁愿丢籽莫丢郎。""月亮弯弯两头勾，两盏明灯挂两头，金钩挂在银钩上，郎心挂在妹心头"等等。民歌《等妹不来好心酸》把"月"作为兴象，"月"就成了表示一种特定情趣和意味的艺术符号。这种艺术符号代表了人类的共同感情和习惯思路。从符号美学的角度看，像这类在特定的生活场景中反复出现并因此引发出某种固定情绪和习惯性联想的程式化意象，乃是一种人类感情诉诸艺术形象而形成的"客观关系"或"现成用语"。①

用"比"的表现形式创造意象的情况在贵州民间歌谣中出现很多。比喻有多种，采用明喻的，如黔东南苗族民歌《要把绵竹栽寨旁》：

男：看你这位姑娘，
　　如同白色的鸽子一样。
　　鸽子翩翩起飞啊——
　　来自很远很远的东方。
　　你手上拿着蓝扇子，
　　头上戴着银铃铛。
　　脚上穿着花鞋子，
　　嘴巴能说又会讲。
　　别人说你是个龙王女，
　　我说是我心爱的姑娘。
　　我的情人在面前，
　　我的心情不会再飘荡。

女：看你这位哥哥，
　　好像坚韧的绵竹一样。
　　不把绵竹栽远处，
　　要把绵竹栽寨旁。
　　早上掬土去壅育，
　　晚上挑水去护养。
　　让它生得更挺直，
　　让它长得更茁壮。
　　把它砍下来，
　　编成对箩筐。

---

① 陈植锷：《诗歌意象论》，第53页，北京：中国社会科学出版社，1990。

> 别人说是竹箩筐,
> 我说是我心爱的情郎。
> 挑起箩筐虽然累,
> 想起情郎心里就舒畅。

(许仕仁采录)

这首民歌中有两个主要意象:上节是"鸽子",下节是"绵竹"。民歌用比辞"如同"、"好像"把"鸽子"、"绵竹"两个喻体与"姑娘"、"哥哥"两个主体联系了起来。为什么会用"鸽子"来比喻姑娘、"绵竹"来比喻小伙呢?因为在黔东南苗族人民的心目中,"鸽子"是最美的动物,"绵竹"是最美的植物。用"鸽子"来比喻美丽的姑娘,用"绵竹"来比喻精悍的小伙,不仅表现出热恋中的青年男女微妙的审美心理,而且折射出积淀在苗族群众中的深沉的文化底蕴。民歌创造的两个意象,韵味浓郁,使人对"姑娘"、"小伙"的美感到更为具体、更为鲜明。

采用暗喻的,如威宁白族民歌《万里飞来采蜜糖》:

> 风吹花草千里香,
> 引来蜜蜂闹嚷嚷。
> 哥是蜜蜂妹是花,
> 万里飞来采蜜糖。

(李国保采录)

"蜜蜂"、"花"是这首民歌的两个主要意象。"蜜蜂"与"哥"、"花"与"妹",民歌用比辞"是"把它们联系起来,使之构成相合关系,很明显这是暗喻。在《万里飞来采蜜糖》中,民歌根据眼前景物取譬,用"蜜蜂"来暗喻"哥",用"花"来暗喻"妹",用蜜蜂采花来暗喻青年男子对青年女子的婚姻追求,构思十分精巧。民歌正是因为创造了"蜜蜂"和"花"这两个意象,从而使整首歌妙趣横生。在歌中,我们不仅获得了花香千里的嗅觉美,蜜蜂"闹嚷嚷"的听觉美,而且享受到了蜜蜂采花的视觉美。

采用借喻的,如三都水族民歌《水中月》:

> 过河边　月露脸庞。

到井边　月儿明晃。
水中月　逗人喜爱,
老和幼　个个夸奖。
天幕下　星星万颗,
拢过来　没有她亮。
微风吹　荡起涟漪,
她眨眼　令人迷茫。
月俊美　人人爱慕,
谁都愿　接她成双。
水中月　皎洁耀眼,
无价宝　难论银两。
不贪图　田地万亩,
不羡慕　金银满箱。
得陪伴　那水中月,
这辈子了却心肠。

（潘朝霖采录）

在这首歌中,"水中月"是中心意象,整首歌都是围绕着它来展开的。如果说"水中月"是喻体的话,那么本体是什么呢？歌中从始至终都没出现,更没有比辞来连接,毫无疑问这是借喻。这首民歌,表面上看是对"水中月"的爱慕、追求。这可以从后面的"不贪图,田地万亩,不羡慕,金银满箱。得陪伴,那水中月,这辈子,了却心肠"中明显看出来。整首歌由于紧紧围绕"水中月"这一中心意象来展开,上下相连,首尾相接,因而给人印象深刻,像一幅优美的图画,久久浮现在人们的脑际,让人回味无穷。

为了创造贵州民间歌谣的意象美,民间艺术家们在创作中采用了许多文学的表现手法。这些表现手法,除上面说的比兴外,还有夸张、拟人、直叙等。

夸张是指以现实生活为基础,并借住想象,抓住描写对象的某些特点加以夸大和强调,以突出反映事物的本质特征,加强艺术效果。在贵州民间歌谣中,夸张的手法十分常见,如侗族歌谣《想妹想得肝肠离》:

想妹想得肝肠离,

　　　　眼泪流来打湿衣，
　　　　流在高坡架得枧，
　　　　流在平地养得鱼。

（杨绍勤采录）

　　整首歌都采用了夸张的手法。它描写了一个热恋中的青年汉子对情人的思念。这个青年汉子，很想自已的情人，想呀想呀，想得肝肠都分离了。眼泪流下来，把衣衫已打湿了。不仅如此，眼泪越流越多，像大水一样可以在高坡架枧让其流，可以在平地蓄塘养起鱼。"肝"、"肠"怎么会分离呢？眼泪怎么会"架得枧""养得鱼"呢？这就是夸张。歌谣采用了这种夸张手法，把青年汉子的相思之苦描写得惟妙惟肖，从而增强了它的艺术魅力。

　　拟人是赋予没有生命的东西以生命的写法，使没有生命的东西人格化，使之有感情。拟人的手法在贵州民间歌谣的创作中用得也很多，如侗族歌谣《不要穿针引线人》：

　　　　那山画眉叫一声，
　　　　这山画眉飞来听。
　　　　两个画眉一挤拢，
　　　　不要穿针引线人。

（晓明采录）

　　歌谣赋予了鸟类的画眉以人性、感情。只要那山的画眉一叫，这山的画眉就飞了过去，两个画眉亲密地聚在一起，并不要任何中间媒介。这种借动物拟人化的表现，是为了表现恋爱中青年男女的心心相通。必须要指出的是，拟人化所表现的并不是事物本身，而是有所寄托的。通过这一种表现，来达到作者的某一种愿望。

　　直叙是指对所要表现的事物作直接的叙述，而不借其他物象来曲折表现。我国古代论诗歌表现手法，有"赋、比、兴"三体。而其中的"赋"，说的就是直叙。直叙手法在贵州民间歌谣中运用得非常普遍。如布依族歌谣《昨晚想郎郎不来》：

　　　　昨晚想郎郎不来，

妹提花针绣花鞋，

花鞋本应绣花草，

哪知把郎绣出来。

（石正和采录）

整首歌谣直叙姑娘绣鞋。"昨晚想郎郎不来"，说明了热恋中的姑娘对情人的思念；"妹提花针绣花鞋"，叙述了姑娘由于情人没来，于是便提起花针绣花鞋。"花鞋本应绣花草，哪知把郎绣出来"是点睛之笔。一句"哪知把郎绣出来"，把姑娘想念情人的痴迷状态表现得淋漓尽致，读了不得不令人拍案叫绝。整首歌没有任何的比喻和夸张的描写，都是直叙。歌谣通过这种直叙的手法，塑造了一个热恋中的姑娘的形象，生动地表现了她的精神状态，给人以丰富的联想。

必须提到的是，贵州民间歌谣的意象美，还表现在许多歌谣大量采用组合意象上。这方面的例子很多，如安顺、黔西南的布依族民歌《哪块田栽出这颗米》：

男：哪块田栽出这颗米？

　　哪条河长出这条鱼？

　　哪座山栽出这根好竹子？

　　哪棵树结的这个糖沙梨？

　　你是哪家的姑娘啊？

　　长得像映山红一样美丽！

女：田坝的谷子颗颗金黄黄，

　　河里的鱼儿条条亮堂堂，

　　山上的竹子根根青幽幽，

　　树上的梨子个个水汪汪。

　　你是哪家的后生啊？

　　不要甜口甜嘴来逗姑娘！

男：田坝的谷子只有一颗最饱满，

　　河里的鱼儿只有一条最新鲜，

山上的竹子只有一根最清秀,
树上的梨子只有一个最香甜。
年轻的姑娘啊,
村村寨寨只有你最好看!

女:我比不上谷子那样饱满,
我比不上鱼儿那么新鲜,
我比不上竹子那样清秀,
我比不上梨子那样香甜,
年轻的后生啊,
你不要甜口甜嘴讨人嫌……

(张洪礼整理)

这是布依族青年男女在"浪哨"活动中唱的赞美歌。歌中反复出现的几个主要意象是"米"、"鱼"、"竹子"、"梨子"。它们各自是一个单象意象,都有各自的内意。民歌把它们叠合在一起,组合成一个整体意象,寄托了一个整体内意:那就是姑娘非常美丽。民歌正是采用了这种组合意象,从而使得画面迭出,意趣盎然,充满了无穷的魅力。

三、贵州民间歌谣具有情境交融的意境美

贵州民间歌谣,多表现一种情绪、一种心境,或直白,或隐晦,或讽刺,或幽默,大多采用叙事的手法,在叙事中抒情,真正有意境的不多。虽不多,但非没有,不少民歌是意境生动的。

所谓"意境",又称"境界",是中国传统美学用来标示审美意象的一个重要美学范畴,指的是抒情性作品中呈现出来的那种情景交融,虚实相生的形象系统及其所诱发和开拓的审美想象空间。它是思维对存在、主观对客观能动反映的结果,是主观之"意"(意识)与客观之"境"(存在)的辩证统一。

贵州有的优秀的民歌,是情景交融的。而情景交融,正是意境创造的表现方式。它们是怎样造成情景交融的呢?其形式主要有三种:

(1)状物移情民歌的创作者们在现实生活中先有所感,然后根据所想到的意,去寻求得以表情达意的境。虽不言情,但情藏境中,从而使得整首歌

情深意浓。如黔西北苗族民歌《红花白花相映衬》：

> 山脚下的李树哟，
> 为什么在那里摇摇晃晃？
> 白花花的树梢儿，
> 任随风吹前扑后抑。
> 山头上的桃树哟，
> 为什么在那里晃晃荡荡？
> 红彤彤的树梢儿，
> 任随风吹前扑后抑。
> 美丽的桃树哟，
> 多么希望移植在李树身旁；
> 多情的李树呵，
> 希望同桃树相依傍。
> 红花白花相映衬，
> 谁也不再感到孤独彷徨。

（韩绍纲　杨兴斋　燕宝采录）

这是一首情歌，描写的是恋爱中的青年男女希望能尽快结成眷属的急切心理。这种急切心理，民歌却不是直接说出来的，而是通过寄物托情"托"出来的。"美丽的桃树哟，多么希望移植在李树身旁"，"多情的李树呵，希望同桃树相依傍"。民歌的创作者们把内心深沉的感情，移注到"桃树"、"李树"这些物象上，并通过想象，赋予它们以思想、生命，让它们不仅"美丽"、"多情"，而且有着"相依傍"的愿望。民歌有景有情，情景相融，从而构成了一个完满的意境。

（2）情中见景感情是民歌的生命。白居易在《策林》中说："感人心者，莫先乎情"。优秀的民歌，正是因为它有着炽热的情感，塑造了许多生动意象，所以才光彩艳丽，沁人心脾。在贵州民间歌谣中，有不少是采用直抒胸臆，在情感的奔泻中创造动人的"景"来构成意境的。如流传在黔西南布依族群众中的民歌《只有你能治好我的忧伤》：

阿妹啊，
我心中的姑娘！
我爱你，嘴唇像高粱穗那样红润，
我爱你，身体像包谷棒那样强壮。

你想出嫁到那里？
你想出嫁到哪方？
我离开你啊，就像荒坡上只有一根树木，
心中的话啊，就像蚕子吐丝越吐越长。

阿妹呀，你不知道我的忧愁，
阿妹呀，你看不见我的忧伤。
知道的，只有我头上的帕子、身上的腰带，
看见的，只有我园里的篱笆、顶门的木杠。

一次次，我为你抱头眼泪淌，
一回回，我为你眼泪湿衣裳。
为什么，沟里浪滚滚？
为什么，塘里水汪汪？
不是天上下大雨，
不是山中洪水涨。
阿妹啊，
这是我的眼泪扬起的波，掀起的浪！
阿妹啊，
只有你能治好我身上的痛，心中的伤！

（黄义仁　何积全采录）

这是一个青年男子失恋后感情的宣泄。过去，布依族青年男女的恋爱虽然是自由的，但并不是所有有情人都能结为眷属。封建礼教的桎梏以及其他的种种社会原因，使得许多有情人活活被拆散。当一个青年男子看见自己心爱的情人不能同自己结合时，蓄藏在心中的情感就像开了闸的水一样奔泻出来。在情感的奔泻中,有对情人的思念、爱慕:"我爱你,嘴唇像高粱穗那样红润","我爱你,身体像包谷棒那样强壮";有对自己处境的陈述:"我离开你啊,就像荒坡上只有一根树木,""心中的话啊,就像蚕子吐丝越吐越长";还有对分离后心里痛苦的剖白:"一次次,我为你抱头眼泪淌,一回回,我为你眼泪湿衣裳。为什么,沟里浪滚滚?为什么,塘里水汪汪?不是天上下大雨,不是山中洪水涨。阿妹啊,这是我的眼泪扬起的波,掀起的浪!"情中见景,景中见情,情景交融,构成了韵味无穷的意境美。

(3) 情景并茂 写景和抒情有机结合,使其情景并茂的,在贵州民间歌谣中也比比皆是。如黔西北苗族的《我的芦笙为谁歌唱》:

> 山顶上的雪花还在飞扬,
> 崖上的冰块像石头一样。
> 只有小河边上的风小,
> 那里是我们会面的地方。
> 喔,我的彩多莎呀!
> 既然你家的屋檐下还有灯光,
> 为什么篱笆的门不见开放?
> 该不是你记错了时间吧?
> 该不是姊妹把你阻挡!
> 亲爱的彩多莎呀!
> 我的两只脚已经冻僵。
> 今夜你要不来呀!
> 我的芦笙为谁歌唱?
>
> 山顶上的雪花还在飞扬,
> 崖上的冰块像石头一样。
> 只有山弯里的风小,
> 那里是我们会面的地方。
> 喔,我的彩多莎呀!
> 既然你家窗上还有灯光,
> 为什么篱笆的门不见开放?
> 莫不是你的身子不好?

莫不是父母亲把你阻挡!
亲爱的彩多莎呀!
我的两手已经冻僵。
今夜你要不来呀!
我的短笛怎样吹响?

(李德周采录)

　　这首民歌,细致地描述了一个青年男子在冬天的夜晚等待情人约会的焦急心情。冬天的贵州高原是异常寒冷的:"山顶上的雪还在飞扬,崖上的冰块像石头一样"。然而相恋中的年轻人的心却是火热的!他们相约在"风小"的"小河边"、"山弯里"会面。然而心爱的姑娘却迟迟未来。青年男子鬼使神差地来到姑娘的住家外面,窥视到她家的"屋檐下还有灯光",只是"篱笆门不见开放",说明姑娘在家没有出门。这是怎么回事呢?青年男子猜测:"该不是你记错了时间吧?该不是姊妹把你阻挡!""莫不是你的身子不好?莫不是父母亲把你阻挡!"面对这一情况,青年男子感慨万千:"亲爱的彩多莎呀!我的两只脚已经冻僵。今夜你要不来呀!我的芦笙为谁吹响?"民歌中写景与抒情紧密结合在一起,创造了一个深邃的意境,使人不知不觉地进入到一个想象的世界中。

第五章　贵州民间歌手与歌谣的传承

第一节　贵州民间歌手

贵州民间歌手是贵州的民间文艺家。他们既是贵州民间歌谣的演唱者，又是贵州民间歌谣的传承者、创作者，在贵州民间歌谣的保存、传播、发展中起着核心的作用。在对贵州民间歌谣进行考察时，不可迴避的要提到他们。

过去，在贵州农村，特别是在少数民族地区，唱歌具有广泛的群众性。一乡、一村、一寨，从老到小，从男到女，几乎都能演唱民歌。民歌之所以这样受欢迎，是因为农村大众对文化的需求所使然。在这些农村地区，当时由于种种原因，不仅物质财富十分匮乏，而且文化生活也相对单调。民歌演唱就成了这些地区民众最为重要最为普遍的娱乐方式。"山歌不唱不开怀"，各个民族都喜欢演唱民歌。民歌成了人们生活生命中不可或缺的重要部分，成了人们极为宝贵的精神食粮。"春有百花秋有叶，夏有凉风冬有雪，为人在世不唱歌，生来凡间值不得"。锦屏县苗族的这首民歌，形象地道出了民歌在人们心中的价值。

唱歌不仅成了这些地区人们重要的娱乐方式，而且也成了这些地区人们重要的交际方式。人们用歌来抒情言志，用歌来劝谕训诫，用歌来问候别人，也用歌来回答别人的问题……更为重要的是，人们还用歌来谈情说爱。青年男女心中复杂的感情，大多是用歌来交流的。正因为如此，以致造成不会唱歌的人，很难找到称心如意的伴侣。

不仅如此，还有些民族把能歌善舞看成是一种美德，认为有这种美德的人是有学问、有教养的人。而衡量一个人是否具有这种美德是要通过在大场合唱歌，以及言谈举止等方面的表现。布依族有两首民歌道出了不会唱歌的尴尬、难为情："不会唱歌心里慌，手提衣角颤康康，再添衣服也是冷，肚里无才心着忙。""不会唱歌脸皮薄，好比牵牛下陡坡，十五只桶打井水，七上八下无着落。①"侗族人更认为，一个人在酒席中不会唱歌会被人称为"背锅铲"，相当丢人。"背锅铲"是什么意思呢？那就是学问不高教养差。因此，对生活在这样的社会环境中的人来说，会唱歌是一种美德，学唱歌是人生的必修课。

虽然民歌演唱有着广泛的群众基础，在农村特别是少数民族地区，几乎人人都会演唱民歌，但并非所有人的演唱水准都是一样的。这中间有高下之分。只有那些歌唱得好，歌掌握得多的，才是佼佼者，人们便把他们称之为"歌手"。

必须提到的是："歌手"之所有成为"歌手"，不是别人封赠的，而是凭自己的实力打拼出来的。过去的贵州农村，常常有"对歌"的文化活动。歌手就是在这种提供的"平台"中一路过关斩将、脱颖而出的。

"对歌"在贵州可分为传统"对歌"和非传统"对歌"。

传统"对歌"与当地的民俗密切相关。也可以说，民俗是"对歌"的载体。但凡逢年过节、婚丧典礼、赶场集会和外出作客等都会有"对歌"。这种传统"对歌"又有两种情况：

一种是青年男女婚恋"对歌"。这种"对歌"是以寻求配偶、恋人为目的的。过去，在贵州的许多少数民族群中，不论是自由婚还是包办婚，恋爱都是自由的。青年男女有着传统的社交活动。对于这种传统的社交活动，各民族有着不同的叫法，比如苗族叫"游方"、"会姑娘"、"踩月亮"，布依族叫"浪哨"、"赶表"、"闹门墙"，侗族叫"行歌坐月"、"玩山"，等等。在这些传统的社交活动中，青年男女谈情说爱的主要方式就是"对歌"。通过"对歌"来互相认识，建立感情，进而彼此了解，选择情投意合的伴侣。会唱歌的，比如歌手，一般都能找到称心如意的爱人；而不会唱歌的，大多找不到对象。在这种场合中的歌手，其唱歌的特点是，比较重视"对歌"的持续性，想方设法用歌来吸引对方的注意和爱慕。

还有一种情况是除婚恋外的其他民俗活动如走客、迎亲、节庆等中的竞赛性"对歌"。这种"对歌"主要是为活跃气氛、娱乐听众。歌手在这种场合的特点，主要是尽可能展示自己的"技能"，不仅要在歌唱中对答如流，而且对答的内容还要合理、生动。

---

① 三都县民间文学三套集成编委会编：《中国民间歌谣集成·贵州省黔南州·三都县卷》（内部资料）。

比如走客时的"对歌"。由于过去贵州农村是宗法家族社会，人们很重视亲情关系，很多时候特别是农闲时候，常常要到亲戚、朋友家走一走。这种情况，许多地方称之为"走客"。在"走客"中，少不了"对歌"的娱乐活动。唐春芳先生在贵州《民间文学资料》第四集中，就介绍了黔东南苗族"走客"[①] 时的"对歌"："……过去苗族，走亲戚时，主客双方都要准备好歌手，如客边找到出名的歌手，走客就要三天三夜才回转；如果找的歌手懂歌不多，则一天一夜即回转。这种风气，现今我省炉山县（即今凯里市）凯棠乡与台江县革一乡一带苗族地区仍然保存着。对唱的双方，有时是主客双方的歌手，但有时也是客边与客边的歌手。唱歌时，堂屋里摆着长形的大条桌，桌子底下放着水缸似的大酒罐，桌上面摆满了各种杯盘和菜肴。对唱歌手分坐两边，其余的人，用苗歌来形容，则是'八成人坐，十成人站'，主人的屋里，拥挤得水泄不通。这些群众，有些是抱着学歌的目的而来，有些为了听歌手优美的歌声而来，有些为了一睹歌手的风采而来，有些为了看热闹而来，总之，一个个眉飞色舞，兴高采烈，唱歌的甲方唱出一段以后，要是乙方解答不了，就要罚喝酒；反之，甲方答复不出乙方的歌，也要喝酒。正式唱歌之时，全屋鸦雀无声地注意倾听，但遇到有趣的地方，群众就发出愉快的笑声；遇到精彩的地方，群众就发出'好啊'！'老实好啊'等等赞叹声；唱到悲惨的地方，特别是唱到祖先茹苦含辛、创业艰难的地方，群众则嘘吁叹气，有的甚至吞声引泣。但遇到一方唱输了，要罚酒了，大家突然喜笑颜开，满屋'嚯——嚯——'地喝彩助兴起来。巨大欢乐的声浪，响彻数里之外"。唐春芳在这里讲的是"走客"时关于苗族"古歌"的"对歌"，其实，不仅关于"古歌"的"对歌"是这样，其他歌的"对歌"也是如此。

又如迎亲"对歌"。婚姻是人生的大事，各民族都非常重视。古代流传下来的"六礼"的婚礼仪式中就有"亲迎"这一项。所谓"亲迎"，就是"迎亲"。之所以要"迎亲"，表明男方对母家的尊重以及对未来妻子的钦佩和重视，这常常被当作是夫妻关系完全确立的依据。贵州的许多民族在迎亲中都有"对歌"。刘柯在他的《贵州少数民族风情》[②] 中就记录了彝族的迎亲"对歌"。

---

① 中国作家协会贵州分会筹委会、中国民间文艺研究会贵州分会：《民间文学资料集》第4集（内部资料）。

② 刘柯：《贵州少数民族风情》，第65—66页，昆明：云南人民出版社，1989。

赫章、威宁一带的彝族，每逢嫁姑娘时，都要举行隆重的欢迎接亲队伍的仪式。这种仪式，别具情趣。

喜期到来的当天，嫁姑娘这一家，要用十来棵大棒和树叶或包谷草，在家门口搭起一个简易的"窝棚"，请几位德高望重的寨老在"窝棚"里坐着，彝语叫做"超戛"。这是老人们对嫁出的姑娘表示热情关怀和体贴，祝贺姑娘在新的生活环境中万事如意。同时，在家门的要道处，相距五六十公尺的地方，用树枝或竹子架起"金"、"银"、"铜"三道"龙门"，等待着接亲队伍的到来。当男家派来接亲队走到"金"门口时，姑娘们在一片欢笑声中迎了上去，堵住了"金"门，便以"酒礼歌"盘问："今天你来时，经过几座山？越过几条岭？穿过荆棘坡，路过杜鹃山，荆棘扎手否？杜鹃开花否？花开好看吗？要嫁的姑娘，不如杜鹃花，不如杜鹃美，你们接不接？"接亲队的小伙子们也以"酒礼歌"对答："今天我来时，经过九座山，越过九条岭，穿过荆棘坡，路过杜鹃山。荆棘没扎手，杜鹃正开花，漫山放异彩，鲜艳迷人眼。要接的姑娘，胜过杜鹃花，更比杜鹃美，金砖铺成路，银条搭成桥，我们要接走。"如果接亲的小伙子答不上来，或答得不好，姑娘和年轻媳妇们，就把事先准备好的冷水，泼在接亲队员们身上，意思是说，不会对歌你别来，没有力气别拾柴，不会"酒礼歌"的接不去姑娘，并堵住他们前进的路。这时候，接亲队就得请"超戛"老人出面解围，方可前行。迎亲队伍过了三道"龙门"后，由媒人领着接亲队伍一行，把带着的礼物分送给"超戛"老人和女方家。

接亲队员吃完饭之后，便开始对酒歌。首先，由接亲队在嫁姑娘家的堂屋，以"酒礼歌"的形式，边唱边摆出绣花盖头巾和衣料。然后，女歌手们论资排辈，先由出嫁姑娘的姊娘和姨妈、姑妈，分上下两排坐下唱"果沟果戛你"的酒礼歌。之后，由年轻的媳妇和姑娘们，分左右两排坐下，一边代表出嫁姑娘，一边代表姑娘的嫂嫂，开始对唱"克武克左"酒礼歌中的"劝饭歌"一节。唱时要唱出整地、撒种、薅铲、追肥、管理、收割、脱粒、晒干、磨面、做饭等过程，嘱咐出嫁姑娘要辛勤耕耘，勤俭节约，细水长流，才能过着幸福生活。在唱这些"酒礼歌"的时候，出嫁的姑娘由自己的哥哥或弟弟背着，声声哭泣，在唱"酒礼歌"的堂屋里转三圈，听取这些忠诚的劝告。然后背出门来，由伴随的姑娘们送到大门口，用一床披毡轻轻盖在她的头上。这一仪式，一般在凌晨以后举行，表示姑娘已经嫁出了门，待天明就可以接走。在新娘未出发之前，凡是来吃喜酒的宾客，不论是老的、年轻的，也不论是媳妇还是姑娘，只要会唱"酒礼歌"的，都被邀请到"超戛"老人前面的另一堆篝火边，排列成行，开始大型的"酒礼歌"。大型"酒礼歌"的内容非常丰富，曲调非常优美，可分为"劝嫁歌"、"劝饭歌"、"悲伤歌"、"感激歌"、"惜别歌"、"祝愿歌"、"劳动歌"、"孝敬歌"、"文明歌"等几十种，一直唱到天明送亲时。

再如节日"对歌"。如前所说，贵州的节日是很多的，据有关统计材料，一年之中全省大大小小的传统节日有1000多种，故有"大节三六九，小节天天有"之说。除全民性的节日外，在各地区、各民族中，还流行着许多地域性、民族性的节日。在节日中，最吸引人的内容是唱歌，每个节日可以说就是一个"歌会"。一到节日，许多地方往往是倾寨出动，乐此不疲。黄达武的《董朗桥布依族"六月六"歌节》[①] 就纪录了这一歌节的情景："农历六月初六，是布依族人民的传统歌节。每年这天，惠水县的布依族群众，都要到董朗河边唱歌。早上，人们就成群结伙，从远近山寨动身前往歌场。有的要走三、四十里路。罗甸、紫云、长顺等县一些布依族乡亲头天就赶到了。

中午，歌场热闹起来，身着节日盛装的布依姑娘和后生们对起了山歌。人们分成东一群、西一堆，或在山坡、或在草地、或在河岸、或在沙坝，万头攒动，人声鼎沸，热闹非凡。

歌节开始时，后生、姑娘们互通姓名、地址，唱起热情洋溢的相识歌，接着唱相互羡慕的赞美歌和情真意切的爱慕歌。双方在唱相爱歌之前，往往要先唱饶有风趣的盘歌（也叫猜歌），长时间的相互摸底，盘天问地，说古道今，考问生产劳动等知识。在对歌时，男女双方一般都是两人以上结伴演唱，其中往往是以一人为主，其余数人伴唱帮腔。歌词有传统的和即兴创作两种。

通过对歌，姑娘若是的找到了自己的意中人，就会把所带的粽耙（干粮）和袜垫（定情信物）赠送给他。然后，双双避开人群，到坡上或河边继续轻声对歌，谈情说爱。

入夜，董朗村村寨寨、家家户户，宾客盈门。野外的对歌唱的内容、曲调更为丰富多彩，方式也各不相同。有恭敬问候主人的礼节歌，有酒筵上的祝贺歌，还有长达一个多小时甚至更长时间的布依族古歌，内容多是唱开天辟地，历史发展和人情世故方面的叙事歌。而最多的还是情歌。值得提一笔

---

① 贵州省文化厅群文处、贵州省群众文化学会编：《贵州少数民族节日大观》，第196—198页，贵阳：贵州民族出版社，1991。

的是，晚上在室内唱歌，双方都不能中途外出，不管你去做哪样，否则会被认为是不礼貌的行为。室内歌唱，尤其是"六月六"晚，都是通宵达旦，难以尽兴。

　　非传统"对歌"，指的是过去一些有钱有势人家，为了达到某种目的，有意组织的"对歌"。毕节地区发掘出来的彝文古籍《呗勒娶亲记》①就叙述了一个"对歌"娶亲的故事。这个故事说，兵强马壮、富甲一方的那俄迷呗勒君长，为了给儿子呗勒周汝珠选一位妻子，向这一地区"君"、"臣"等级的人家招亲。他提出一个条件：凡是要与他家"开亲"的人家，结亲时都要派歌手来对歌。如女方歌手获胜，即可与自己的儿子成婚；否则就要把姑娘贬为奴隶，并没收其所有"嫁奁"。由于呗勒君长家的"歌手"歌才出众，从而使得九十九个佳丽都沦为他家的奴隶。呗勒周汝珠不满其父的作法，便被呗勒君长剥夺了继承君长的权利，赶出家门。呗勒周汝珠流落到物叔家的地界，结识了物叔君长的女儿物叔阿喽丽，两人很快坠入爱河。然而在当时的彝族社会，婚姻是由父母作主的。呗勒周汝珠为了与物叔阿喽丽结为百年之好，硬着头皮回家向父王哀求。不出所料，遭到了呗勒君长的拒绝，后来在母亲的帮助下，呗勒君长才勉强同意这门亲事，但开出条件仍是结亲时要对歌，并提出：如果女家对歌输了，"物叔家产业，要拿来平分"；"姑娘不拜堂，不准结成婚"；"新娘放佃上，拿做家奴用"。呗勒周汝珠无奈只得接受了这个条件。结婚那天，呗勒君长派出九个颇有名气的歌手，搭起擂台，一心要制伏物叔家，想"嫌妻一百"，以扬君威。谁知物叔阿喽丽请来已经沦为"百姓"的叔父迤喽欧喽上阵。迤喽欧喽歌唱得非常好，堪称"神人"，"欧喽登歌场，众人都惊吓。欧喽开口唱，一唱四方应。唱得百鸟飞，百鸟飞来听；唱得白云来，白云空中停。唱得草发芽，唱得草木生，唱得人心善，唱得山川应。"把呗勒君长家的九个歌手打下擂来，成就了呗勒周汝珠和物叔阿喽丽的婚姻，并赢得了大量金、银和骏马。《呗勒娶亲记》作为文学作品，难免有所虚构，有所夸张，然而这种事情，在实际生活中确实很多。罗甸县沟亭乡布依族著名女歌手黄米石念就经历过这样一件事：1948年冬天，罗悃有一户财主办婚事，专门请黄米石念搭擂台对歌，允诺唱赢了给十块银元。打擂的是有著名歌手班登先。两人对唱三天三夜，棋逢对手，难分胜负。虽然

---

　　① 贵州省民族事务委员会、中国民间文艺研究会贵州分会编：《民间文学资料》第50集，第217—354页（内部资料）。

没有分出伯仲，但黄米石念从此声名鹊起，蜚声乡内外①。

强烈的竞争意识促进了歌谣的繁荣和发展。当地人认为，对歌中歌手的胜利，不仅是他个人的胜利，而且是歌手所代表的大众（比如一个村寨、一个家族）的胜利。歌手在对歌中获胜了，不仅歌手兴高采烈，而且歌手所代表的大众也感到无尚荣耀。由此折射出当时农村文化生活的一斑。

在调查中我们发现，许多歌手都有以下共同的特点：

（1）嗓子好，善于表演。歌手之所以成为歌手，常常是歌不离口，唱歌成了他们生命中不可缺少的一部分。他们的嗓音素质（亮、高、纯）非常好，只要一开声，就会引起听众的注意，有着一种强烈的冲击力。

不仅如此，许多歌手还善于表演。他们常常根据歌词的内容、场景的要求做出各种表情、动作。歌手们不仅有着自己的一些惯用的动作、语气，而且在特定的场景中还有所发挥、创造。更为重要的是歌手很注意与观众的互动。歌手作为群众中的一员，很了解观众的心理，知道观众欣赏的东西，为了迎合观众，总要想方设法调动观众的激情，达到双方心灵的交流和情感的共鸣。

（2）掌握的歌多，记忆力惊人。许多歌手的头脑就是一个民歌的仓库，储存着大量的传统歌谣。正因为如此，他们才能在"对歌"中得心应手，对答自如。特别值得一提的是，歌手过去与大多数民众一样，生活在社会底层，旧社会剥夺了他们受教育的权利，基本是文盲，个别的已仅读过几年私塾或小学，用文字帮助记忆有困难，对传统歌谣全凭耳听心记。他们最显著的一个特点是有着超强的记忆力，能够记着几百甚至成千上万首歌谣。这样的例子很多，比如丹寨县龙泉镇苗族歌手陈金才，从小就跟大人学唱歌，他记忆力惊人，虽然未进过学堂，但听人朗读，也能背诵《三字经》、《百家姓》等书籍。他掌握了苗族大量的古歌、礼俗歌、情歌、生产歌和理词。1983年冬天，他和歌徒们唱了十五个白天黑夜，用歌签计数，仅传统歌就达四万五千五百五十句（行）之多，使用的歌签仅存部分就达两斤六两重②。

有趣的是，许多不识字的歌手还采用一些巧妙的办法来记歌。施秉、黄

---

① 贵州省文化出版厅、贵州省群众文化学会编：《贵州民间艺人小传》，第47页，贵阳：贵州人民出版社，1986。

② 贵州省文化出版厅、贵州省群众文化学会编：《贵州民间艺人小传》，第4—6页，贵阳：贵州人民出版社，1986。

平等地的苗族歌手为了唱上万行的"开亲歌",采用"歌棒"来帮助记忆。所谓"歌棒",实际上就是一根木棍,上面刻有样式不同的各种纹路格道符号,如横、竖格、"人形"、"三角形"、"口"字形、棱形、叉等,它们代表着不同的意义,歌手在演唱时,如果一时忘记了唱词,便以手触摸花纹,便获得提示,然后又可继续引吭高歌了。这就是苗族的国家级的非物质文化遗产"刻道"。

（3）为人正直、善良、人品好。歌手要得到大众的敬佩,还必须人品好。汉族文论中有"诗品出于人品"的观点,这在民间歌谣的创作和传承中也可看出来。一个歌手如果人品不好,歌唱得再好,也是没有人捧场的。失去了听众,尽管有编歌、唱歌的本领,也是无用的。从许多调查资料中我们发现不少歌手不仅歌才出众,而且德操也很高,比如侗族歌师陆大用就是这样。他幼年时,看到寨上的头人替人家断事情,由于头人接受过贿赂,因而断理很不公正。陆大用颇有正义感,为此事挺身而出,公开出来打抱不平。他对头人说：你对这件事断得很不合理,并哼了两句侗歌："地方不好老虎进寨,头人不好祸事进村。"头人听了后,马上重新处理这件事,从此以后,再也不敢胡作非为了[①]。苗族著名歌手唐德海遇到过这样一件事,临解放时雷山有个土匪团长找到他说："你同我们去,只要每天给我们摆摆故事,唱唱歌,保证你吃穿不愁！"唐德海听了非常气愤,用歌回答道："我愿死后埋在青山下,不愿死后躺在河沙坝。"意思是我不会为虎作伥,不得好死。就这样回绝了匪团长的"邀请"。匪团长看到他声望很高,也无可奈何,只好作罢[②]。可见歌手之所以能称作歌手,不仅歌要唱得好,编歌的能力要强,而且德操要高,人品要好。

（4）机警灵活,应变能力强。要成为一名大家认可的歌手,仅靠熟悉和掌握大量的传统歌谣是不够的,因为在对歌活动中,情况千变万化,如果挑战者即兴发挥,打破传统民歌的"套路",这就要看应战者的应变能力了。事实上,歌手也只有具备随机应变、见子打子的能力,才可能引起听众的注意,激发出他们的激情。如果歌手人人都唱单一的调子和同样的歌词,那就没有新意可言,会使"对歌"失去它应有的魅力。

---

① 贵州省民间文学工作组编：《民间文学资料》第三十集,（内部资料）。
② 贵州省文化出版厅、贵州省群众文化学会编：《贵州民间艺人小传》,第1—3页,贵阳：贵州人民出版社,1986。

要具备随机应变、即兴创作的能力,并非易事,必须对民族的历史、地理和风俗人情有所了解,对社区的重要人物和重大事件非常熟悉,还必须对歌谣的节奏、结构运用自如,有着敏锐的观察能力,丰富的想象力,灵活的构思能力,一句话,有着出色的艺术才能。三穗县等溪村侗族歌手杨荣安对此深有体会。他说,有一次在歌堂中,一位女歌手唱到传说中修"洛阳桥"一段时,他当时不知道,对答不上,只好败下阵来。回来后,拜访老歌手,才知道这个传说的来龙去脉。后来在一次对歌中,又遇到那位女歌手,他就诙谐地唱道:"那日欠姐一首歌,本钱虽少利钱多,今日我弟来还你,不知理诺不理诺?"女歌手非常机灵,知道他欠的歌学到了,就避开前账,盘歌唱道:"唱歌要讲歌的根,歌娘歌爷哪年生?哪年生下几兄弟,几兄几弟造歌文?歌书选了几多本?请得几人挑出门?挑断几根铁扁担?捆断几根细麻绳?挑到什么河中过?晒去几坡几岭草不生?又是哪年留下这一本?留下一本到如今,从头一二开报我,才算你是唱歌人。"杨荣安听了,立即答道:"唱歌必然有歌根,歌娘歌爷乙卯年间生。乙卯年间生下三兄弟,三兄三弟造歌文。歌书造了三万本,请得三人挑出门。挑断三十三根铁扁担,捆断四十八根细麻绳。挑到南洋河中过,打湿歌书看不成。挑去八宝山上晒,晒去九坡九岭草不生。刘十四娘留下这一本,留下一本到如今,从头一二开报你,二回过去莫盘人。"那个女歌手听了,知道他已学到一些传统歌了,随即编歌唱道:"高坡砍木砍双双,砍来平地起学堂。学堂起到大门口,先生教郎不教娘。"歌声一落,当时几个在场的歌手一时都对答不上,都看着杨荣安。杨荣安脑子一转,出口成歌:"高坡砍木砍双双,砍来平地起学堂。学堂起在岳州府,英台更比山伯强。"这一答唱惊动全堂,听者无不称赞杨荣安对答得好[①]。在这种情况下,如果不机警灵活,没有随机应变的能力,必然是要失败的。

不仅一般对答的民歌是如此,就是那些意象迭出、意境生动的歌谣也常常是即兴发挥的结果。调查中我们了解到,每当那个时候,歌手们都沉浸在一个诗的语境中,情绪异常饱满,想象特别丰富,许多意象在脑际中不断浮现,顺手拈来,都具有诗情画意,从而让听众浮想联翩,赞叹不已。

歌手之所以成为歌手,最重要的一点是要有编歌即创作的才能。正因为

[①] 贵州省文化出版厅、贵州省群众文化学会编:《贵州民间艺人小传》,第85—87页,贵阳:贵州人民出版社,1986。

这样，农村才把歌手不仅当成歌唱得好的人，而且看作是有知识的人。编歌的能力如何？常常是人们检验"知识等级"的标尺。正是由于有着这种"知识等级"，才使得歌手们有着不断进取的动力。"努力攀援靠拢的向上心理和进取要求。这种不甘人后的大众心态，正是造成民族地区歌手辈出，歌谣长盛不衰的重要原因。"[1]

出类拔萃的歌手在对歌中之所以能够运用自如，对答如流，除了具有较强的编歌能力外，是否还有其他"窍门"呢？回答是肯定的。调查中我们发现，每种歌都是有一定"套路"的。在对歌中，只要挑战者一开唱，应战者就知道下面你要唱什么，就已准备好应对的歌了。优秀的歌手正因为掌握了这种歌的"套路"，才能在很快的时间内应对自如。

这些"套路"是什么呢？我们略举一二来说明这个问题。

一、掌握歌谣的结构、章法、韵律，采用换韵等方法编新歌。龙岳洲在《黔东苗族风习与口头文学》[2]中写道：黔东"苗族山歌，其歌词多为七字句，也有五字句，四句字的。"每首少则四句，多到数十句，三句的也常唱，叫作三脚架。歌词有句句押韵的，也有二、四、六、八行双句押韵的，三句的一、三两行要押韵。唱时，唱第一遍叫作"一番"，唱二遍叫"二番"，二番的唱词同第一番的唱词一般只改几个字使韵脚不同就行了。比如：

第一番唱：
　　　　太阳出来红彤彤，
　　　　彩霞朵朵照长空；
　　　　照得九州山河美，
　　　　照得人民心里红。

第二番唱：
　　　　太阳出来红艳艳，
　　　　彩霞朵朵映长天；
　　　　映得神州山河壮，

---

[1] 从江县民间文学集成编委会：《中国民间歌谣集成·贵州黔东南州·从江县卷》"前言"（内部资料）。

[2] 贵州省民族事务委员会、中国作家协会贵州分会民族文学委员会编：《苗族习俗风情与口头文学》（内部资料）。

映得人民心里甜。

对于这种"套歌词",每个歌手都心有灵犀,可以运用自如。

(2) 对传统的优秀的歌谣进行仿作。在传统歌谣以及新流行的歌谣中,有些宛如天籁,令人心灵驰神往。在对歌中,如果有些优秀的歌谣得到听众喝彩,歌手也常即兴仿作。由于这类仿作的歌谣在民间歌谣中数不胜数,以致形成了结构、主题相同的各种各样的"类型"。在贵州民间歌谣中,这种情况非常多,在情歌中,我们就发现了这样一些"类型"。

我望槐花几时开

高高山上一树槐,手把栏杆望郎来;
娘问女儿做啥子?我望槐花几时开。

手攀桃枝搭凉棚,望哥望得眼朦胧;
爹娘问我望哪样?我望桃花几时红。

太阳偏西快落坡,妹在门前等情哥;
爹娘问妹望哪样?我看太阳几时落。

哥在后园学猫叫,妹在房中双脚跳;
爹娘问妹干什么?"脚踩花蛇吓一跳"。

郎在高山学鸟叫,妹在院中把手招;
娘问女儿招哪样?风吹头发用手撩。

哥在山上吹木叶,姐在灶房把手拍;
娘问女儿拍什么?衣袖沾了锅烟墨。

太阳出来四山黄,手扶竹竿眼望郎。
娘问女儿望啥子?衣裳不干望太阳。

妹送情郎屋檐脚,眼泪汪汪往下落;

爹娘问我哭啥子？房上渣渣落眼角。

前门狗叫说狗乖，后园狗叫有人来；
爹娘问我哪样事？风吹大树落干柴。

送郎十里苦竹山，抱着竹子哭一番；
别人问妹哭哪样？妹哭竹子无心肝。

姐家门前桂竹林，姐站林中望情人；
爹娘问我望什么？我数竹子有几根。

哥去赶场来得黑，妹在后园吹木叶；
公婆问妹什么响？妹说仙家来吹笛。

郎是花线随后跟

郎一声来妹一声，好似花线配花针；
妹是花针朝前走，郎是花线随后跟。

太阳出来照高岩，高岩脚下桂花开；
妹是桂花香千里，郎是蜜蜂万里来。

隔河看见大山脚，看见山脚起云朵；
哥变云朵妹变雨，云走哪边雨同落。

小园花树排排栽，情妹浇水郎挑来；
郎是清风妹是树，风吹花树慢慢开。

郎在高坡妹在冲，要想相逢路不通；
郎变黄莺妹变燕，半天云里来相逢。

哥是灯盏妹是油，哥是蜜蜂妹是花；

哥是乌云妹是雨，姻缘注定成一家。

两人车水笑悠悠，几多情意在心头；
哥是沟渠妹是水，绕山绕水顺你流。

哥家门前有条沟，水冲碾子转溜溜；
哥是风车妹是水，风车长转水长流。

清水清，　　　　　大海深潭绿荫荫；
郎变青龙来喝水，妹变鲤鱼来谈心。

哥是天上小蜜蜂，妹是地上花一蓬；
鲜花还要蜜蜂采，蜜蜂采花花越红。

半坡烧火半坡烟，又烧瓦来又烧砖。
哥是砖来妹是瓦，砖瓦起房牢又坚。

好股凉水起岩脚，树叶遮住看不着；
郎变犀牛来吃水，妹变鲤鱼来会哥。

天上星秀（宿）十八层，十八情妹记在心；
哥是明月朝前走，妹是星秀（宿）随后跟。

妹家门前有条沟，修起碾子转溜溜；
哥是碾子妹是水，碾子常转水常流。

哥是明月妹是星，有星无月天不明。
只愿和歌永作伴，好比星星伴月行。

郎一声来妹一声，好比山上流水声；
妹变流水朝前走，郎变树叶随后跟。

对门对户对条河，郎编撮箕妹编箩；
郎变撮箕撮谷子，妹变囤箩来会合。

干柴烧火不用吹，我俩相交不用媒；
妹是云雾哥是雨，云到哪方雨也随。

妹变金鸡放后园，哥变岩鹰飞来连，
妹变鲤鱼河中去，哥变懒猫过河边。

哥是芍药顺墙开，妹是牡丹园内栽；
牡丹芍药同相配，当年开出好花来。

斑鸠树上叫喳喳，妹是单线哥单纱；
妹是单线要纱配，上机才能织成花。

妹是江边鲜花开，哥是蜜蜂采花来；
花见蜜蜂才开放，蜂见花开才飞来。

妹是天上飘飘雪，郎是河边杨柳叶；
白雪飘飘附杨柳，两厢情愿两清白。

郎是天上白斑鸠，妹是地下玉石榴，
吃不够来玩不够，等妹怎会舍得丢。

妹是山上一清泉，哥是山脚一块田，
田在山脚等泉水，泉水不流也枉然。

妹是山上一根藤，哥是山上砍柴人。
割下藤子把柴捆，一捆捆住哥的心。

哥是天上一条龙，妹是地下花一蓬；
龙不翻身不下雨，雨不浇花花不红。

妹家当门一棵棕,十冬腊月雪来拥,
哥是太阳妹是雪,雪见太阳渐渐松。

隔山隔水隔匹岩,隔条大河无路来。
郎变蛟龙凫水去,妹变喜鹊飞过来。

早栽烟叶要打尖,杉树抽条云雨间;
哥是白杨紫荆树,妹是葛藤缠到巅。

生要连来死要连

生要连来死要连,生死要连六十年;
哪个五十七岁死,奈何桥上等三年。

连要连,　　　　不怕爹娘在面前;
不怕爹娘要哥死,阳间不连阴间连。

连要连,　　　　不怕雷公火烧天,
不怕阎王把锅架,架上油锅把哥煎。

连要连,　　　　不怕官司打三年;
不怕一刀头落地,人头落地心也甘。

生要连,死要连,官司打到阎王前,
十场官司九场败,场场败了也要连。

生要连来死要连,不怕亲夫在面前,
见官如同见父母,坐牢如同坐花园。

生要连来死要连,哪怕高官在眼前。

见官不过三百板，坐牢犹如坐花园。

生要连来死要连，哪怕爹妈变容颜。
妹变锦鸡坡上走，哥变岩鹰随后撵。
妹变鲤鱼河中游，哥变雁鹅去换边；
妹变深山一棵树，哥变藤子缠树尖。
妹变石灰哥变砖，石灰砌砖共百年。

生要恋来死要恋，不怕雷打火烧天；
妹变蚊子飞天去，哥变蜘蛛上房檐。

生要跟来死要跟，不怕雷打火烧身；
雷公要打一起打，阳间打死阴间跟。

生要跟来死要跟，打头坐牢哥要跟。
打头如同风吹帽，坐牢如同坐花坪。

生要跟来死要跟，不怕姐家紧闭门，
不怕关进铁柜子，哥变棉虫也要跟。

莫学阳雀叫半年

有心爬树爬到巅，有心放水放到田。
有心跟哥跟到老，莫学阳雀叫半年。

情哥送妹过蕉林，蕉林脚下好躲人；
要学蕉林牵成线，不学竹叶两边分。

青枫打油三两分，初初恋妹两三春；
别学青枫落叶子，要学冬青管万春。

妹家门前有条河，打架水碾在河角；

要学碾子天天转,不学灯花受人拨。

唱拢来,　　　　哥妹唱拢莫唱开;
莫学画眉隔山叫,要学鸳鸯戏水来。

去又留,　　　　树是留根花留苑。
要做月亮去又转,莫做溪水不回头。

同玩玩到黄果脚,摘个黄果给妹剥,
不学黄果脸皮厚,要学柿子脸皮薄。

红漆桌子乌木镶,妹妹跟哥要久长;
莫学高山荞子地,种了一春又丢荒。

两支筷子一样长,厨房出入总成双;
要做筷子成双对,不做饭瓢打单帮。

砍松树来留松根,人要稳重心要真;
莫学蒿枝年年死,要学松树年年青。

二月连姐白草生,百花发芽满山青。
莫学百草冬天死,要学松柏四季青。

情义如海重如山,说话好比鱼下滩,
要学蜂蜜甜到老,莫学露水一时干。

情妹情郎要诚心,不拿二心跟别人;
要做雪天一盆火,莫做严冬一块冰。

钵钵装米罐装油,哥等情妹等到头。
莫像长江大河水,要像干沟水不流。

生不丢来死不丢

说不丢来就不丢，要等蚂蟆长骨头，
要等白岩长菌子，冷饭发芽哥才丢。

生不丢来死不丢，手拿泥巴捏泥牛，
泥牛放在田坝上，哪年吃草哪年丢。

生不丢，死不丢，拣个石头撂下沟，
拣个石头撂下水，石头漂起哥才丢。

生不丢来死不丢，山王庙前砍鸡头；
鸡头落在石板上，石板开花那才丢。

生不丢来死不丢，抓把冷饭撒田头；
肥田肥水任它肥，冷饭发芽也才丢。

生不丢来死不丢，除非黄河水倒流，
除非黄河干了水，河底朝天哥才丢。

生不丢来死不丢，要得公牛下母牛，
要得公马下母马，公鸡下蛋妹才丢。

生不丢来死不丢，除非阎王把命勾；
指望勾薄勾一对，莫把哪个留后头。

生不丢来死不丢，同到江边看水流。
江水倒流车倒转，木叶倒生哥才丢。

生不丢来死不丢，同去江边看水流，
江水顺流不分散，江水倒流妹才丢。

说不丢来死不丢，买根灯草拉水牛。
灯草拉得水牛走，灯草不断哥才丢。

生不丢来死不丢，除非虚空起高楼。
要等白米鸡蛋大，鸭蛋发芽妹才丢。

想妹想得颠倒颠

想哥想得好心伤，活路难做饭难尝。
七天难吃半碗饭，还没断气会情郎。

想妹想起相思病，好比山伯想祝英。
只要常来家中玩，哥的病情自然轻。

想郎想得脑壳昏，好比口渴想水吞。
好比冬天想烤火，好比打伞来遮荫。

郎害相思害得怪，要吃云南白菜苔；
云南白菜吃不好，见妹一眼病脱怀。

郎害相思害得真，要妹头发煎水吞；
要妹头发自己剪，要妹心肝自己拼。
（拼：方言，用刀子慢慢地割）

连夜想妹连心焦，老虎拦路哥当猫；
老虎拦路莫咬我，不是猪羊不要叼。

妹想情哥头发晕，雷响以为天要崩；
太阳当作灯笼看，风吹以为哥开门。

想妹想得颠倒颠，白天当成月亮天；

风吹花树吱吱响，猜疑情哥到窗前。

想妹想得昏了头，拿起醋瓶当酱油；
要想诓鸡却诓狗，煤油当酒来解愁。

想妹想得颠倒颠，扛耙吆牛去犁田；
拿起簸箕当筛子，黄菜拿当鸡汤咽。

想妹想得心发慌，忧妹忧得脸发黄，
三天不吃半粒米，睡了九天不起床。

想妹想得头发昏，变个飞蛾来扑灯，
情妹莫把飞蛾打，飞蛾就是郎的魂。

妹我想哥想得焦，绣花枕上发水涝，
哥你不信就来看，眼泪发芽三寸高。

昨夜想妹想得颠，梦见阿妹死在先，
情妹死了变花树，郎变蜜蜂绕花间。

想妹想得心发慌，犁田忘记带枷档；
牵起黄牛去洗澡，牵起水牛晒太阳；
哥在外边忙个死，妹在房中死不忙。

想郎想得心发慌，煮饭忘记榨米汤，
猪圈里面丢把草，牛圈里面甩把糠，
妹在家中忙个死，哥在外面死不忙。

妹我想哥想得奇，沟水没有眼泪急，
淌在高坡架得笕，淌在平处养得鱼。

想妹想得迷昏昏，白天夜晚都难分。

日出东方当夜晚，日落西方当早晨。

想你想得昏头脑，裹脚拿当头帕包，
鞋子拿当帽子戴，这样下去咋开交？

送郎送到院坝边

送哥送到院坝边，抬头眼睛望青天。
菩萨保佑下大雨，多留情哥坐几天。

送哥送到桥当头，桥头河水往下流。
桥头河水往下走，人要分离路分头。

送郎送到背阳山，送走容易转回难。
送时有郎同路行，回来一人好孤单。

送郎送到青松坪，请根青松当媒人。
松树千年不落叶，情妹万年不变心。

送郎送到枣树坪，掉了枣子打了人。
打了我来不要紧，打了情哥我痛心。

送郎送到金竹山，抱着竹子泪不干。
有人问我笑啥子？我哭竹子心不干。

送郎送到房门前，手扶门枋泪涟涟。
爹妈问我哭哪样？门枋卡着手指尖。

送郎送到椒子林，手搬椒子数哭情。
看到椒子在红脸，害怕情哥起异心。

送郎送到青山坡，一对阳雀叫嚷着。

行人问我送哪个？我说干妹送干哥。

送郎送到大石岩，眼泪汪汪愁满怀。
轻轻拉住郎的手，问郎下次来不来？

送郎送到桥上头，站在桥上望水流。
水流长江归大海，哥们一去不回头。

送郎送到青草坪，扯了青草慢慢行。
二回送郎到此地，免得露水打湿裙。

送郎送到杨柳湾，不怨杨柳怨青天。
今日鸳鸯来分散，好似狂风折柳尖。

送郎送到流水沟，远望流水去悠悠。
奴与情哥来分手，不如一齐跳下沟。

送郎送到青竹林，手扒竹子诉衷情。
可怜竹子不成对，可怜情妹一个人。

送郎送到花椒林，手摸花椒诉衷情。
莫学花椒黑心子，要学芭蕉一条心。

送郎看到豇豆藤，手拉豇豆诉衷情；
要学豇豆成双对，莫学黄瓜孤零零。

第二节 贵州民间歌谣的传承

歌谣创作出来后，是怎样传承的呢？从传承的媒介来划分，可分为口头传承，文字传承以及现代出现的音像传承。

所谓口头传承，就是口耳相传，即用口头的形式，一代一代的传承下去。

为什么会这样呢？究其原因，主要是贵州的许多少数民族，过去没有本民族的文字，他们要想歌谣世代相传，只有采用口头的形式，正如黔东南侗族《侗家无字传歌声》所唱的："客家有文传书本，侗家无字传歌声。祖辈传唱到父辈，父辈传唱到儿孙。"没有文字的民族是这样，就是有文字的民族，比如汉族、彝族、水族，旧社会由于绝大多数民众被剥夺了学习使用本民族文字的权利和机会，也只有靠口头传承。

口头传承

口头传承又有家庭传承、师徒传承、民族传承之分。

1. 家庭传承

家庭传承是指家庭范围内所进行的歌谣传承。家庭是以婚姻和血缘关系为基础的一种社会组织形式。在贵州农村广大地区，特别是少数民族地区，过去大多是大家庭，三世甚至四世同堂的现象比比皆是。在这样的家庭中，有的成员就是唱歌的能手。由于乡村民风古朴，因而家庭内外都有着一个演唱民间歌谣的浓厚的氛围。不少青少年在这种文化氛围中成长，耳濡目染，无形中受到民间歌谣的熏陶，学到了不少的歌。随着时间的推移，他们掌握的歌越来越多。歌场的历练，又增强了他们的本领，慢慢地他们便成为方圆几十里有名气的歌手了。通过有关调查资料，我们发现许多歌手早先就是在家庭中由祖父、祖母、父亲、母亲以及哥哥、嫂嫂调教出来的。比如丹寨县加配乡苗族歌手王启荣，小时候祖父和父亲就教他唱歌。十多岁时，他父亲病重卧床不起，就睡在床上教，一句一句，直到把自己唱歌用的理片（竹签）全部交给他[①]。罗甸县沟亭乡布依族歌手黄米石念，从小就生在一个贫苦的歌手之家。由于母亲和哥哥都是有名的歌手，她从十二、三岁起就跟他们学歌，经过勤学苦练，很快掌握了许多布依族民歌，成了远近闻名的出色歌手[②]。锦屏县巨寨乡侗族歌手林世凤，母亲是侗寨负有盛名的歌手，她从十三岁起就跟着母亲赶歌场，走客对歌，耳濡目染，学得了不少民间歌谣。下雨、落雪天、母亲不外出，活路也少，她就缠着母亲教歌，日积月累，她掌握了大量

---

① 贵州省文化出版厅、贵州省群众文化学会编：《贵州民间艺人小传》，第12—13页，贵阳：贵州人民出版社，1986。

② 贵州省文化出版厅、贵州省群众文化学会编：《贵州民间艺人小传》，第47—48页，贵阳：贵州人民出版社，1986。

侗歌，十四岁时就成了方圆几十里内屈指可数的侗族小歌师。① 威宁县红旗乡彝族歌手高友姐，由于家庭中大嫂杨润秀会唱歌，是个有名的歌手，因而给了她学唱歌很大的方便。她十二岁就跟大嫂学唱歌，到十七岁出嫁时，她已掌握了不少酒礼歌、婚歌、苦情歌。② 由此可见，家庭传承是贵州民间歌谣的一种重要传承方式。

2. 师徒传承

师徒传承指师傅向徒弟进行的歌谣传授。过去在贵州农村，歌师的地位很高，深受民众的热爱和尊敬。许多对歌谣有乐趣的人，常常登门拜师，投其门下，专心专意跟其学歌。

吴一文、覃东平在《苗族古歌与苗族历史文化》中谈到了苗族古歌的教授：

欲学古歌者若经歌师考察认可，就要选好一个吉日，带上一只鸡、一束摘糯、几条鱼和一两二钱银子（现在一般为一元二角人民币）给歌师，一是祭歌神，二是拜师傅。鸡用来占卜传授古歌的吉凶；摘糯有谷魂，能沟通与祖先的感情；鱼是敬祖先，因为祖先们曾在大河边居住，见有鱼敬才高兴。歌师收下礼后，在农历正月初三至十五之前选择吉日举行开授仪式。开授时，歌师首先要举行"祭歌神"（jent Dens Lax）仪式。用木升盛满白米，米上放一两二钱银子，插上香，置于房中那根被认为是寄托人的灵魂的中柱旁。歌师杀一只公鸡（或鸭），煮熟后依学歌者人数切成块，装入土钵，每块插上筷子，用白纸蒙住口，放在木升旁，然后把存放在中柱上供授歌时用的小竹片取下，口中唱吟"请歌神"：

智慧歌神，智慧歌神，请你传歌，乞你授艺，传给我们才人人聪明，授给子孙才代代不遗，你像银子那样圣洁，今天我们就拿银子敬你，你像金子那样珍贵，今天我们就拿金子敬你。智慧歌神，请你传歌，让我们人人诵唱；智慧歌神，乞你授乞，让子孙代代不遗。

唱罢叫学歌者各拿一支筷子，然后揭开纸盖，各人把所得的鸡肉吃下，得头者为大师兄。

---

① 贵州省文化出版厅、贵州省群众文化学会编：《贵州民间艺人小传》，第83—84页，贵阳：贵州人民出版社，1986。

② 贵州省文化出版厅、贵州省群众文化学会编：《贵州民间艺人小传》，第99—100页，贵阳：贵州人民出版社，1986。

授歌时学徒们每学一段就拿一块事先准备好的竹片，以帮助记忆章节。据说古歌与天神一起住在天上，来到人间后不愿住岩洞草棚，祖先们为了留住它，就请它住在竹房（即竹腔）里，说竹房是用银片（竹膜）砌，外面有金圈（竹节）箍，古歌才高兴地留在人间。

传授古歌的时间一般在农历正月到三月十五日内进行，一年学不完，第二年可接着学，但最多不能超过三年。传授内容主要是"歌骨"，而"歌花"不传。①

教古歌如此，教一般歌谣差不多，只不过程序没有那么复杂，气氛没有那么严肃罢了。

除此之外，也有歌师看中一些有发展前途的青年，主动招在自己门下传授歌谣的。丹寨县龙泉镇苗族歌手陈金才，当他学歌入迷、开始崭露头角时，一位寨上颇有名声的老歌师就主动将他收为歌徒，在三个月的时间里，一句一句地将自己掌握的苗族民歌传授给他，经常教歌到深夜，直到把自己掌握的歌谣教完。以后，老歌师又介绍他去向展良中寨的名歌手蒙山鸟继续学。陈金才也很勤奋，不论田间劳动，还是走亲访友，他逢歌就学，拜能者为师。一次，他与一唱歌老人相遇，立即央求老人传歌，老人看他这样诚恳，十分感动，搁下草担教他。不巧落起雨来，陈金才就脱下衣服为老人遮雨，自己淋着雨学唱，直到把歌学会。②

在调查中我们还现，像陈金才这样的歌手并不保守，一旦成名后他们又招弟子，开门传歌。由此可见，师徒传承是贵州民间歌谣的又一重要传承方式。

3. 民族传承

民族传承是指在一个民族内部进行的歌谣传承。每个民族都很注意本民族的文化传承。民族民间歌谣，作为民族文化的重要部分，每个民族都十分珍视。许多民族都有传歌的传统。比如侗族，几乎寨寨都有歌班。这些歌班按年龄，分为小班、中班、大班，个别的还设有老班。男歌班的领唱者为"罗汉头"，女歌班的领唱者称"姑娘头"。歌班请造诣较高的歌师来进行指导、教歌、传歌。民间歌谣就是通过这种方式，一代一代传下去的。惠水县

---

① 吴一文、覃东平：《苗族古歌与苗族历史文化》，贵阳：贵州民族出版社，2000。
② 贵州省文化出版厅、贵州省群众文化学会编：《贵州民间艺人小传》，第4—6页，贵阳：贵州人民出版社，1986。

布依族有首民歌道出了这种传承的真谛："老鸹不是墨染黑，雁鹅不是粉擦白，山歌不是我爱唱，祖辈相传丢不得。"

文字传承

有些有文字的民族，虽然口头传承仍是主要的，但用文字传承也是不可或缺的。所谓文字传承，就是用本民族的文字把歌谣记录下来进行传播，贵州彝文文献和水书文献记录的民歌就是明证。明代以后，贵州的书院、私塾、学校陆续举办了起来，汉文也随之成为贵州歌谣的载体，歌谣用汉文作载体在贵州有两种情况：一种是用汉文直接把歌谣记录下来，许多用汉语演唱的歌谣就是这样；一种是用汉文记录少数民族语音，比如用汉文记布依音、侗音的方法记录布依族、侗族的歌谣。民间过去存在着不少这样的歌本。这种歌本，按汉语语法去念，读者如坠五里雾中，不知其所以然，然而用布依语、侗语解释，便豁然开朗，了然于心。新中国成立后，学校蓬勃发展，许多民族地区的青少年都掌握了汉文，他们便用汉文对本民族的歌谣进行翻译、整理，从而使民族民间的歌谣得到了很好地传承。

音像传承

随着社会的进步和科学技术的发展，录音机、录像机基本上已经普及，有关人士使用这些器械把民族的歌谣录制下来，制成光碟，或拍成电视、电影，从而使民间歌谣得到了很好的保护和传承。

第六章 贵州民间歌谣的搜集、翻译和保护

第一节 贵州民间歌谣的搜集

关于民间歌谣的搜集,在我国可谓源远流长、历史悠久。早在两千多年前的周代就建立过"采诗制",专门有人来搜集民间歌谣。根据春秋后期范文子的追溯,远在春秋以前,统治者即以依据诗、谣等民间文化来了解社会风气,形成了采风听政的政治传统:"吾闻古之王者,政德既成,又听于民,于是乎使之诵谏于朝,在列者献诗使勿兜,风听胪言于市,辨祆祥于谣,考百事于朝,问谤誉者于路,有邪而正之,尽戒之术也。"[1]

贵州建省后,由于种种原因,当政者无暇顾及对民间歌谣的搜集。只有一些学者、官员,在他们编撰的有关贵州的著述中有所涉猎,如莫友芝在他编纂的《黔诗纪略》中,在"杂诗"一节辑录了明代贵州的歌谣、谚语14首;田雯在他编著的《黔书》"大相见坡小相见坡"中,采录了当地的民间歌谣4首;李宗昉在他的《黔记》中,节录了有关贵州的歌谣、谚语二首。总之,明清时期对贵州民间歌谣的搜集根本不重视,这使得我们现在能查到的明清时期贵州的民间歌谣寥寥无几,少得可怜。

倒是水西的彝族统治者,在其"九扯九纵"的土官制度中,设得有"歌官"一职,负责处理彝族歌谣的相关问题。"歌官",彝语称之为"慕史",其职责是"掌历代之阀阅,宣歌颂之乐章",[2] 也就是说,在其职责中,包含得有对民间歌谣的搜集。正因为如此,才使得水西彝族的民间歌谣,能够较为完整地保存了下来。

进入民国以后,贵州民间歌谣的搜集略有起色。

1936年,在北京求学的贵州人申尚贤参加了北京大学歌谣研究会同仁发

---

[1] 左丘明:《国语》,济南:齐鲁书社,2005。
[2] 《黔西州续志·诸家土司宗派礼仪》。

起成立的"风谣学会"。该会是从事研究民俗和民间文学的组织，主席是胡适，会员有顾颉刚、沈从文、朱光潜、周作人等。作为会员的申尚贤以"寿生"的笔名将贵州搜集到的一些民间歌谣发表在北京大学歌谣研究会编辑的《歌谣周刊》上，使全国的读者对贵州的民间歌谣有所知晓。《歌谣》周刊发表寿生搜集的贵州民间歌谣共有三期：即第二卷第二期的《贵州歌谣》一首；第二卷第二十七期的《贵州山歌》三首；第三卷第九期的《贵州山歌》十首。这些贵州歌谣，如发表在《歌谣周刊》第二卷第二十七期的"老远望妹身穿绿，手头提起半斤肉；要想与她打平伙，可惜人生地不熟"，贵州风味很浓，具有明显的地域特色。

抗日战争爆发后，上海大夏大学于1937年迁至贵阳。1938年，该校成立"社会经济调查室"，以后又改名"社会研究部"。该部的社会学家们为了加强对社会学、民族学的研究，作了大量的社会调查。在调查中，搜集了许多贵州少数民族歌谣。这些歌谣，不少得以发表。在当时《贵州日报》的《社会副刊》上，就刊载有《洪水滔天歌》（威宁花苗神话，第9期）、《侗家洪水歌》（第28期）、《花苗开路歌》（第29期）、《侗家朱洪武歌》（第36期）《黑苗七月会歌》、《仲家酒歌》、《红苗情歌》（第36期）、《榕江黑苗情歌》、《下江生苗起源歌》（第37期）、《黑苗情歌》、《侗家弹棉花歌》、《水家酒歌》（第38期）、《普定水西苗婚歌》、《普定水西苗送郎歌》、《罗甸仲家情歌》、《永从侗家情歌》（第39期）等。

在大夏大学"社会研究部"中，陈国钧对贵州少数民族歌谣的搜集最多。他多次深入到贵州少数民族地区，一人就搜集到几千首歌谣，涵盖黑苗、红苗、花苗、白苗、花衣苗、水西苗、仲家、水家、侗家……他从中选出965首编成《贵州苗夷歌谣》，① 作为吴泽霖主编的《苗夷研究丛刊》中的一种，于1942年4月由贵阳文通书局出版。在《自序》中，他写道："我专事调查贵州苗夷生活，已历多年，早就打定主意，在我所编书中，一定要先编这本书。因为我每次作苗夷调查，附带搜集歌谣材料，是件轻而易举并有意味的事，而且材料积到相当多时，也不必花多大的整理功夫，就可以编成书。现在，经过了几年的采集，略有一些所得，……本书在国内尚属第一本集录特种民族的歌谣，所以，我不敢随便在中间加以修改和诠释，只原原本本把它转译编汇在一起，以便保存它本来朴质的真面目，并就它的内容种属分了先

---

① 陈国钧：《贵州苗夷歌谣》，贵阳：文通书局，1942。

后，我想，这样仍不会减却它的价值，也可以供研究苗夷者，一大堆材料。"时任大夏大学文学院院长谢六逸在对该书所写的《序言》中，对陈国钧及所编的《贵州苗夷歌谣》给予了高度评价，他说："……这一部歌谣就是陈先生费了许多心血汇集而来的。此集出版以后，贵州苗夷的歌谣始有定本。我们翻开一看，其中无一首不是天籁。我们很庆幸，中国的民间文艺从此又增加了一种宝贵的资料。我想：凡是对民间文学感兴趣的人，都得对陈先生这种工作表示敬意。"

1938年，因日军轰炸长沙，由北大、清华、南开组成的联合大学决定从长沙迁往昆明。学校迁徙时，一部分教师、学生组成步行团步行，南开大学学生刘兆吉在同行教师闻一多的支持和指导下，在3300华里的长途跋涉中，一路采风，搜集了不少资料，其中歌谣就有二千多首，后结集为《西南采风录》，1946年12月由商务印书馆出版发行。《西南采风录》采录了贵州黄平、重安江、麻江、鑪山、贵定、清镇、平坝、安顺、永宁、安南、盘县等地的歌谣。这些歌谣，既有传统的，如在清镇采集的"郎想妹来妹想郎，二人想得脸皮黄；十字街头宰猪卖，郎割心肝妹割肠。"也有反映现实的，如在黄平采集到的"抗战！抗战！抗战到底！有枪拿枪，有笔拿笔。四万万人一条心，驱逐敌人，收复失地。"朱自清在《西南采风录·序》中写道："刘先生是长沙临时大学步行团的一员。他从湖南过贵州到云南，三千里路费了三个月。在开始的时候他就决定从事采集歌谣的工作。一路上他也请老人和孩子，有时候他请小学里教师帮忙，让小学生写他们所知道的歌谣，他就这样辛辛苦苦的搜集、记忆、分辨，又几番的校正，几番的整理，才成了这本小书，这才真是采风呢。他从一人的力量做采风的工作，可以说是前无古人。"闻一多在《西南采风录·序》中，提到了贵州的几首歌谣，并由此生发开去，与抗战联系起来。他写道：

"……在都市街道上，一群群乡下人从你眼前滑过，你的印象是愚鲁、迟钝、萎缩，你万想不到他们每颗心里都自有一段骄傲，他们男人的憧憬是：

快刀不磨生黄锈，
胸膛不挺背腰驼。（安南）

女子所得意的是：

>　　斯文滔滔讨人厌，
>　　庄稼粗汉爱死人；
>　　郎是庄稼老粗汉，
>　　不是白脸假斯文。（贵阳）

他们何尝不要物质的享受，但鼠窃狗偷的手段，都是他们所不齿的：

>　　吃菜要吃白菜头，
>　　跟哥要跟大贼头；
>　　睡到半夜钢刀响，
>　　妹穿绫罗哥穿绸。（盘县）

哪一个都市人，有气魄这样讲话或设想？

>　　生要恋来死要恋，
>　　不怕亲夫在眼前。
>　　见官犹如见父母，
>　　坐牢犹如坐花园。（盘县）
>　　……

　　你说这是原始，是野蛮。对了，如今我们需要的正是它。我们文明得太久了，如今人家逼得我们没有路走，我们该拿出人性最后、最神圣的一张牌来，让我们在那人性的幽暗角落里伏蛰了数千年的兽行跳出来反噬他一口，打仗本不是一种文明姿态，当不起什么'正义感'、'自尊心'、'为国家争人格'一类的奉承，干脆的是人家要我们的命，我们是豁出去了，是困兽犹斗。如今是千载一时机会，给我们试验自己血中是否还有那只狰狞的动物，如果没有，只好自认是个精神上'天阉'的民族，休想在这个地面上混下去了。感谢上苍，在前方姚自青，八百壮士，每个在大地上或天空中粉身碎骨了的男儿，在后方几万万以'睡到半夜钢刀响'为乐的'庄稼老粗汉'，已经保证了我们不是'天阉'！如果我们是一个乐观主义者，我的根据就是这一点。我们能战，我们渴望一战而以得到一战为至上的愉快。至于胜利，那是多么泄气的事，胜利到了手，不是搏斗的愉快也得终止，'快刀'又得'生黄锈'

了吗？还好，还好，四千年的文化，没有把我们都变成'白脸斯文人'。"

在贵州民间歌谣的搜集工作中，值得提到的还有马得的《漫画情歌》①。马得本名高马得，出生于江西，受学于天津，抗日战争爆发后，随家人从南京逃难至贵阳。1940年在贵州艺术馆供职期间，他搜集了不少贵阳的少数民族的情歌。他后来配上插画，在南京《新民报》发表，影响很大。这些宛如天籁的情歌和天真谐趣的漫画别具风采，十分动人，且看《生要缠来死要缠》：

> 生要缠来死要缠，
> 不怕雷打在眼前。
> 雷公要打一齐打，
> 阳间打死阴间缠。

王鲁湘2000年7月18日在上海《新民晚报》上对其进行了评论。他写道："很早就看过马得的水墨戏曲人物，为其稚拙却洗练，夸张而传神的艺术语言所折服。实在没有想到马得为贵阳少数民族情歌画的插画这么精彩——恕我直言，精彩过他的戏曲人物多多！这样原始又这样现代的漫画语言实在罕见。这样稚拙又这样诗意的漫画境界过去没有，现在更没有。奇怪的是，在商业文明和市井环境中的情歌总是赤裸裸的指向性，而偏僻山野中的贵阳少数民族情歌却总在热辣辣地讴歌爱情，纯真、热烈、爽快、执著、决绝，黑就是黑，白就是白，爱憎分明。马得用怪诞诡异的笔墨塑造了一个远离市民社会的爱情伊甸园，童话般天真浪漫。"② 还必须提到的是，民国年间在编纂地方史志时，个别编纂者在史志中已搜集得有一些民间歌谣，如《续修安顺府志》中，就设有"谣谚"一节，收有当地的民谣13首。其中既有生活歌，如"八月里来茨藜黄，苗妹摘来装满囊，东街走到西街上，赶了牛场赶马场。"也有儿歌，如"雀雀叫，蛐蛐应，姐做鞋，妹穿针，做对花鞋送母亲。母亲怀我十个月，哪年母亲得宽心。"这些"谣谚"，对于我们今天了解清末到民国年间安顺地区民众的生活和民众的心理都具有一定的价值。

---

① 贵阳市档案馆编：《漫画情歌》，贵阳：贵州人民出版社，2005。
② 贵阳市档案馆编：《漫画情歌》"编者的话"，贵阳：贵州人民出版社，2005。

中华人民共和国成立后，贵州民间歌谣的搜集工作进入到一个新时期。许多文化工作者认识到，民间歌谣作为民间文学的重要组成部分，做好对它的搜集工作，对于了解当时的社会风气，对于繁荣文艺创作，对于发展社会主义文化事业，都有着不可低估的重要作用，从而坚定不移地在做这一工作。

中华人民共和国成立后贵州民间歌谣的搜集工作可分为三个阶段。

第一阶段从1949年11月贵州解放到1957年秋。

贵州解放后，党和政府对文学艺术包括民间文学给予了相当地关注。许多文艺工作者深入到贵州的少数民族地区，将搜集到的传统民歌改编成新歌进行传唱，让人耳目一新，很快风靡全省乃至全国。这其中，苗族的《苗家好地方》、布依族的《桂花开在贵石岩》就是突出的例子。1952年，中央民族学院马学良教授率潘昌荣、今旦等学生到清水江苗族地区调查，在搜集语言材料的同时，也采录了不少苗族民歌。1955年，中国科学院和中央民族事务委员会先后抽调700多人，组成联合调查组到内蒙古、新疆、青海、宁夏、广西、云南、湖南、四川、贵州等16个少数民族人口较多的省、自治区，对近40个少数民族进行调查。赴贵州的调查组就搜集了不少少数民族歌谣。与此同时，许多传统的、现代的歌谣得以在省内、国内的报刊上发表，其广泛性、深刻性与以前大不相同。

第二阶段是从1957年冬到1962年。

1956年冬，随着以兴修水利和积肥为中心的农业生产基础设施建设的兴起，"跃进"民歌如雨后春笋地在全省范围内涌现出来。在毛泽东主席的倡导下，《人民日报》发表社论《大规模地收集民歌》。接着，中共贵州省委宣传部也发出了《广泛地收集民歌民谣》的通知。随着全国民间文艺工作者代表大会召开，在全省范围内掀起了一个大规模的采风热潮。参加搜集的人员，除民间文学工作者外，还有有关负责同志，"上山下乡的干部，中小学教员、民校或扫盲教员，业余文艺爱好者，在乡中学生以及广大农村知识青年。"搜集、整理的作品除了大跃进民歌外，还有"解放以来流传在各地的歌颂共产党、毛主席，歌颂新生活等方面的民歌"和解放前各个革命时期的民歌以及全省各民族民间文学遗产，如"古歌"、"酒歌"、"情歌"、"苦歌"、"反歌"等。由于有政府的支持，各地在很短时间内就搜集到了数量巨大的大跃进民歌。正如有首民歌所唱："跃进山歌多又多，跃进山歌用马驮，前马驮到遵义县，后马还在赤水河。"那时候，《山花》杂志几乎每期都有"跃进山歌"刊载，贵州人民出版社还将搜集到的一部分歌谣编辑或《贵州大跃进民歌选》

予以出版。

还值得提到的是，1958 年，中共中央宣传部下文要各地编写少数民族文学史和文学概况。为了完成贵州各少数民族文学史和文学概况的编写任务，贵州省有关单位派人到各个少数民族地区进行实地调查。短短几年内，搜集到了大批少数民族民间文学资料。与此同时，还组织人对彝文古籍进行翻译。中国作家协会贵州分会筹委会将发表的和未发表的资料搜集起来，编印了《贵州民间文学资料》43 集。在这 43 集中，就包括了不少贵州各民族的民间歌谣。

1962 年以后，贵州民间歌谣的搜集工作处于停顿状态。"文化大革命"中，许多民间文学资料包括民间歌谣资料遭到销毁。

第三阶段是 1979 年以后。

1979 年党的十一届三中全会后，贵州的民间文学搜集工作又进入到一个蓬勃发展的新时期。

1980 年，贵州省民间文艺研究会成立，紧接着，各地分会也相继成立。不少单位，诸如贵州省民间文艺研究会、贵州省社会科学院文学研究所和贵州民族学院等高等学校，由于业务需要，都把对民间文学的搜集工作放在十分重要的地位。他们不辞劳苦，深入农村，采集了不少具有重大科学价值和艺术价值的民间文学资料。贵州省民间文艺家协会（前身为中国民间文艺研究会贵州分会、贵州省民间文艺研究会）还将"文化大革命"中散失的民间文学资料重新搜集起来重新印刷，并在此基础上又增加了 29 集。

1984 年，文化部、国家民委、中国民间文艺研究会联合下发了《关于编纂出版〈中国民间故事集成〉、〈中国歌谣集成〉、〈中国谚语集成〉的通知》，又把民间文学包括民间歌谣的搜集工作推向了一个新的高潮。这是我国有史以来最大规模的民间口头文学文字化、书面化运动，被称为建设中国民间文化的万里长城。贵州各地遵照有关部门的指示，组织精兵强将，对蕴藏在群众中的民间文学作品进行了近乎拉网式的采集。许多县、市、州出版或印刷了民间故事、民间歌谣、民间谚语集成本。2009 年，贵州编辑的《中国歌谣集成·贵州卷》由中国 ISBN 中心出版，标志着贵州民间歌谣的搜集工作进入到一个新阶段。

第二节　贵州少数民族歌谣的翻译

贵州是个多民族的省份，许多民族都有自己的语言。要使这些语言让其他民族的人懂得，就要进行翻译。所谓翻译，就是把一种语言的意义用另一种语言表达出来。由于汉语很早就成为了我国各民族通用的语言，翻译通常是把其他少数民族的语言意义用汉语表达出来。

明清时期，封建统治者为了加强对少数民族的统治，在贵州开办学校，举办科举考试，使得一些少数民族的上层子弟有了得以学习汉族语言文字的机会。这些人学成后，不少人便将本民族的歌谣翻译成汉文。大定县志就有"德初土目、监生安光祖所夷类书四则"和"白皆土目安国泰所夷类书九则"的记载。从形式上看，这些"夷书"都是用歌谣来表现的，然而就内容而言，却主要是贵州几家土司及水西各土目家族谱系，与文艺性的民间歌谣关系不大。

虽然如此，并不等于这段时期没有贵州少数民族歌谣的翻译了。贵州少数民族的歌谣还是引起了一些人的关注。在清代田雯《黔书》记录的几首民间歌谣中，就包括得有翻译的贵州少数民族歌谣。其中两首被麟见亭河帅编纂的《清诗纪事》所采录。在《清诗纪事》[①] 的二十二卷中，有两首贵州《苗童歌谣》：

花锦缠腰布裹头，
月明风响四山秋。
下来千尺商讹道，
固梦呵交得自由。

唇下芦鸣月下跳，
摇铃一队女妖娆；
阿蒙阿罴门前立，
果瓮人来路不遥。

---

① 《清诗纪事》，南京：江苏古籍出版社，1989。

并对歌词中的一些苗语进行了诠释:"商讹"谓放牛、"固梦"谓餐饭、"呵交"谓饮酒,"果瓮"谓行役,"阿蒙"、"阿罢"谓父母,并认为这些"歌词","虽是转移"(即翻译),但亦"天然成韵"。

很显然,这是用汉族的七言绝句形式来翻译的苗族儿童歌谣。虽然翻译者在翻译中保留了不少苗语,但从中也不难发现,翻译者对苗族生活的隔膜。歌谣不仅视真情为生命,而且作为口头文学,它必须易记能诵。这样翻译出来的歌谣,让人体会不到其中的真情,也很难记,更不用说传唱了。尽管如此,翻译者作为对贵州少数民族歌谣翻译的尝试,其开启之功是值得肯定的。

贵州民间歌谣特别是少数民族歌谣还引起了一些外国人的注意,他们在搜集的同时也进行了翻译。

1896年,英国传教士克拉克到了黄平,在苗族知识分子潘秀山的协助下,搜集、翻译了苗族的一些歌谣,其中包括了《洪水滔天》、《兄妹结婚》、《开天辟地》等。

20世纪二三十年代,英国传教士柏格理到黔西北、滇东北传教,在威宁石门坎开设了教会学校,并与当地苗族、汉族教友一起,创造了波拉德苗文(俗称老苗文)。苗族中的一批中高级知识分子,如朱焕章、杨汉先、杨荣新等,与苗族民间艺人如杨芝、杨雅各、陶自改、杨爱新等,认识到搜集苗族口碑文化资料的重要,他们便用老苗文记录一些苗族的史诗、故事和歌谣。特别值得提到的是,是英籍教师张道惠的双胞子张绍乔、张继乔对苗族口碑文化资料的搜集和翻译。这两个英国人,出生在云南昭通,童年在威宁石门坎与苗族孩童一起玩耍长大,少年时代回英国接受教育,青年时又回到中国,一直在威宁从事宗教、教育等工作直到1949年回国。张绍乔、张继乔精通苗语、苗文,热爱苗族传统文化,在威宁工作期间就开始有意识地收集苗族口碑文化资料。20世纪50年代回国后潜心致力于苗族语言文字和苗族民间文化的研究,花了近30多年的心血将这些带回英国的苗族口碑文学资料用苗文系统归纳、整理成册,并逐字、逐句、逐篇译成英文。在英国南开普敦大学计算机专家(Mr Best·Bake)的支持、帮助下,于20世纪80年代将老苗文电子录入软件成功开发出来。2001年二张先生将这部珍贵的苗英对照的资料(原名称为"中国西部苗族古歌故事集")在因特网公开向世人发布。征得张绍乔、张继乔的同意,云、贵两省的民族工作者杨忠信、杨忠伦、王继阳、王云光等又将这部苗英文对照的资料从网上下载后翻译成中文,并以《中国西部苗族口碑文化资料集成》的书名交云南民族出版社于 2007 年出版。①

这部《中国西部苗族口碑文化资料集成》中搜集、翻译了不少黔西北、滇东北的苗族民间歌谣，如在《习俗篇》中，记录了这样一首《小伙子和姑娘歌》：

小伙子唱：
伊巴往高山，
（伊巴：苗语音译，小伙子自称）。
娥伊往平川。
（娥伊：苗语音译，对姑娘的美称）。
伊巴歌声传远方，
欲摘娥伊在平川。
娥伊在那方也会摘，
想摘伊巴在高山，
伊巴情思飞扬难平静。

姑娘唱答小伙：
伊巴呀伊巴，
你莫见花就想摘花，
你别见姑娘想诱她，
要让纷纷落花落开处。
我回眸侧视我身后，
你放眼巡视你四周。
那多情的小伙呀，
你别像那飘落黄叶堵我路，
你别似那凋谢花片塞我道。
我缟娥伊恰似初升的太阳，
（缟娥伊：苗语音译，姑娘的自称。）
你召伊巴正如偏西的月亮。

---

① 毕节地区民族事务委员会、毕节地区民族研究所编：《中国西部苗族口碑文化资料集成》，昆明：云南民族出版社，2007。

（召伊巴：苗语音译，姑娘对小伙的称呼。）
你召伊巴正如偏西的月亮。

　　这是一首道地的黔西北苗族情歌，向人们展示黔西北苗族青年当年在"姑娘房"或在"花场"上择偶时的对歌。这首歌，从内容上看，是苗族青年男女初识时相互的试探，朴实自然，幽默风趣，有着动人的艺术魅力。由于是先用老苗文记录，然后才根据老苗文翻译成汉文，比较忠实。

　　1930年冬，我国著名地质学家丁文江到四川、云南、贵州作地质考察时，发现这一地区蕴藏着大量彝文古籍。他便将搜集到的一些彝文古籍带到贵州大方，请彝族学者罗文笔进行翻译。在工作进程中，罗文笔还翻译了不少大方的彝文古籍。这样，一部由丁文江主编、罗文笔翻译的《爨文丛刻》编纂完成，1936年由商务印书馆出版发行。《爨文丛刻》搜录了九部贵州的彝文经典《说文》、《宇宙源流》、《帝王世纪》、《人类历史》、《酒经》、《解冤经（上卷）》、《解冤经（下卷）》、《天路指明》、《权神经》以及彝文石刻拓片《千岁衢碑记》。这是一部研究彝族历史、宗教、语言、文学的一部巨著，其中涉及到了大量的贵州彝族歌谣。

　　值得一提的是，《爨文丛刻》开启了彝文古籍（包括歌谣）四行译法的先河。到现在这种译法在贵州彝族地区还在使用。这四行译法是：第一行彝文，第二行汉语注音字母译音，第三行汉文直译，第四行汉文的意译。

　　抗日战争爆发后，上海大夏大学于1937年迁至贵阳。该校的社会学家们为了对社会学、民族学的深入研究，搜集了大量的贵州少数民族歌谣，并把这些歌谣翻译成了汉文。他们翻译的少数民族歌谣很多，其范围涉及到苗族、布依族、侗族、水族等民族，这在上一节已提及，此不赘述。

　　新中国成立后，贵州少数民族歌谣的翻译进入到一个新阶段。许多少数民族歌谣大量被翻译出来，让人大开眼界。之所以会这样，一是苗文、布依文、侗文的创制，使得苗族、布依族、侗族歌谣的翻译更为方便；二是少数民族中的知识分子涌现了出来，他们精通本民族的文字和汉文，能够顺利把本民族的歌谣翻译成汉文。这样的翻译，比较忠实于原作，对于人们了解该民族的文化与社会历史有着重大的价值。

第三节　贵州民间歌谣的传承和保护

贵州民间歌谣凝结着贵州各民族的民族精神和民族情感，承载着贵州各民族的文化血脉和思想精华，是弥足珍贵的非物质文化遗产，理应得到传承和保护。

贵州民间歌谣为什么要进行保护呢？这是因为在传统社会向现代社会、农业社会向工业社会、计划经济向市场经济转变的社会转型期，贵州民间歌谣的传承遇到了极大的冲击，存在着断裂的危险。

之所以会这样，是由于多种原因造成的。

首先，是因为在社会转型期，贵州民间歌谣赖以存在的生态环境发生了变化，

生态环境涵盖了自然地理环境和社会文化环境。自然地理环境指的是人们居住的地域，包括地形、气候、地产、土壤等非生物环境和生物环境；社会文化环境则包括了社会的政治、经济、科学、心理、风格、宗教、语言等环境。生态环境是民间歌谣赖以生长和存在的土壤。生态环境发生变化，必然会影响到民间歌谣的传承。比如"生产歌"中的"船工号子"，过去由于木船上行，没有电机带动，全靠人力拉纤。大船沉重，道路崎岖，每跨一步都要付出很大力气。为了提高功效，减轻疲劳，"船工号子"便应运而生了。然而随着社会的进步，科学技术的发展，汽轮出现了，大船在河中逆行再也不需要人来拉纤了，"船工号子"失去它赖以生长和存活的生态环境，慢慢地也就没有人再唱了。又如"情歌"，过去由于在许多民族地区，社会封闭，男女青年交往的机会不多，造成了他们择偶的困难。为了解决这一问题，于是乎，苗族的"游方"、布依族的"浪情"、侗族的"玩山"、"行歌坐月"等以青年男女谈情说爱为主的习俗出现了，由于没有文字以及其他工具来传递信息，青年男女基本上是通过唱歌来相互了解。情投意合者便可结为百年之好。在社会转型期，这一情况发生了大大变化，社会开放了，青年男女之间的交往十分频繁，他们谈情说爱有更多的方式来进行，传递信息的工具有书信、电话、手机、网络等多种选择。由于"情歌"赖以存在的生态环境发生了变化，也就很少有人在择偶时用对唱"情歌"的方式来进行了。这也就使得"情歌"的传承产生了断裂的危险。

其次，是因为在社会转型期，在现代文明和外来文化的冲击下，人们的文化心理、价值观念发生了变化。

随着现代化进程的加快，农村中许多青年人或者外出念书，或者进城务工，数量越来越多。这些原来生活在本民族群体中的年轻人，由于离开了民族的群体，对本民族的许多文化包括民间歌谣陌生了，自然也不会唱了。更有甚者，他们中的一些人由于受外来文化的影响，不少人容易接受建立在发达物质基础上的新潮文化，从而导致了文化心理、价值观念的改变。不少人认为民间歌谣落后、过时，很"土"，不愿接受，这样一来，也使得民间歌谣的传承出现了问题。

贵州民间歌谣作为重要的非物质文化遗产，在不断消失、"后继无人"的情况下应该怎么办呢？毫无疑问，应该采取措施，千方百计进行保护。

一、要提高认识，建立科学有效的对贵州民间歌谣的保护机制。

贵州民间歌谣是贵州各族人民智慧的结晶，是中华文化根基不可分割的组成部分，有着重要的历史价值、文化价值和审美价值。面对贵州民间歌谣逐渐消失的趋势，我们要采取积极举措，千方百计进行保护。

在保护包括贵州民间歌谣在内的非物质文化遗产的工作中，政府起着主导作用。因此有关领导和部门，要充分认识保护贵州民间歌谣的重要性，把传承保护贵州民间歌谣作为群众工作的重要内容。要大力宣传，提高民众对保护贵州民间歌谣的意识；要通过立法，制定有关保护贵州民间歌谣的条例；要在财政经费上予以更多的投入。

社会的参与是传承、保护贵州民间歌谣的重要方面。文化、旅游等社会团体要在保护贵州民间歌谣上多动脑筋，要想法恢复或重新组建基层的民歌演唱队伍；要办好新形势下的各个民族的"歌场"、"歌会"；要把为旅游演出的民歌演唱搞得更好……民众是保护贵州民间歌谣的主体，要有传承、保护的自觉，积极参与文化和生态的保护，积极参与民歌演唱活动，使贵州民间歌谣得到保护、传承和弘扬。

二、要加强对贵州民间歌谣传承人的保护。

贵州民间歌谣作为活态文化，长期以来主要是以口传心授的方式进行传承的。正因为这样，保护传承人就成了贵州民间歌谣是否得以传承和发展的关键。

为了让传承人积极开展活动，培养后继人才，许多地方采取的措施还是很有成效的。

比如，省、州、市、县为优秀的传承人提供经济保障，社会福利保障和精神关怀。授予传承人一定的荣誉称号，每年给予一定的经济补贴，帮助他们解决生计问题。

有些地方还为传承人评定职称，按不同的职称给予不同的待遇。黔南布依族苗族自治州人力资源和社会保障局2006年就对州内的歌师进行资格评估，评出初级、中级、高级等不同的级别，对传承人的激励很大。

三、对贵州民间歌谣进行普查，根据不同的情况采取不同的措施加以保护。

对于那些由于生态环境的变化而在逐渐消失的民间歌谣，要用文字、录音、录像、数字化多媒体等手段真实、系统、全面的记录下来，这不仅有利于保存那些濒临灭亡的民间歌谣，而且有利于相关科研人员的科研工作，使之能更好地为民间歌谣的保护工作服务。

对于那些仍活在民众口头的民间歌谣，要让它们在社会上广泛传唱，要大力开展民歌的演唱活动，有意识地组织民歌竞赛，让民歌得以很好的传承、保护。

在民间歌谣的传承、保护中，教育部门有着不可取代的重要作用。不少地方将民歌引入学校课堂教育，这是一个很好的路子。这不仅可以使民歌得以很好的传承，而且还可以使之"后继有人"，代代传唱下去。

主要参考书目

朱自清：《中国歌谣》，上海：复旦大学出版社，2004年。
朱光潜：《诗论》，上海：上海古籍出版社，2001年。
钟敬文主编：《民间文学概论》，上海：上海文艺出版社，1980年。
张紫晨：《歌谣小史》，福州：福建人民出版社，1981年。
万建中：《民间文学引论》，北京：北京大学出版社，2006年。
陈植锷：《诗歌意象论》，北京：中国社会科学出版社，1990年。
中央民族学院少数民族文学艺术研究所文学研究所编：《少数民族诗歌格律》，拉萨：西藏人民出版社，1986年。
段宝林、过伟、刘琦主编：《中外民间诗律》，北京：北京大学出版社，1991年。
《中国歌谣集成·贵州卷》编辑委员会：《中国歌谣集成·贵州卷》，北京：中国ISBN中心，2009年。
《中国民间歌曲集成·贵州卷》编辑委员会：《中国民间歌曲集成·贵州卷》北京：中国ISBN中心，1995年。
张中笑、罗廷华主编：《贵州少数民族音乐》，贵阳：贵州民族出版社，1989年。
贵州省文化出版厅、贵州省群众文化学会编：《贵州民间艺人小传》，贵阳：贵州人民出版社，1986年。
贵州省地方志编纂委员会编：《贵州省志·民族志》，贵阳：贵州民族出版社，2002年。
张人位、邓敏文、杨权、龙玉成主编：《侗族文学史》，贵阳：贵州民族出版社，1988年。
何积全、陈立浩主编：《布依族文学史》，贵阳：贵州民族出版社，1993年。
苏晓星：《苗族文学史》，成都：四川民族出版社，2003年。
贵阳市档案馆编：《漫画情歌》，贵阳：贵州人民出版社，2005年。
黄海：《瑶麓婚碑的变迁》，贵阳：贵州民族出版社，1998年。

遵义地区文艺《集成·志书》编辑部编：《中国歌谣集成·遵义卷》，贵阳：贵州人民出版社，1993年。

三都水族自治县十大文艺集成志书办公室编：《中国歌谣集成·贵州省黔南自治州三都县卷》（内部资料）

织金县民间文学三套集成编委会编：《中国歌谣集成·贵州省毕节地区·织金县卷》（内部资料）

威宁县民间文学三套集成编委会编：《中国歌谣集成·贵州省毕节地区·威宁县卷》（内部资料）

黔西县民间文学三套集成编委会编：《中国歌谣集成·贵州省毕节地区·黔西县卷》（内部资料）

从江县民间文学三套集成编委会编：《中国歌谣集成·贵州省黔东南州·从江县卷》（内部资料）

后　记

　　贵州是民间歌谣的海洋。生活在这里的我，从小就受到了这些歌谣的熏陶，对它十分喜爱。

　　进入贵州省社会科学院从事文学研究工作后，我一直关注着贵州的民间歌谣。在无数次田野调查中，我采录到了不少的活态歌谣；在一次次资料查寻中，我接触到了大量的歌谣文本，于是产生了对贵州民间歌谣进行一些探索的念头。2005年，我在完成了省哲学社会科学规划课题《贵州民间歌谣的实用与审美价值》后没有止步，不断进行补充。又经过六七年的努力，终于完成了此书。

　　这本书虽然耗费了我不少精力，但因学识浅薄，错误在所难免，恳请专家和广大读者批评指正。

何积全
2013年8月28日